寻找唯一的真相

现代推理馆 | 誉田哲也

灵魂之匣

誉田哲也 著

朱明 —— 译

中国出版集团

现代出版社

版权登记号：01-2016-1737

图书在版编目 (C I P) 数据

灵魂之匣 /（日）誉田哲也著；朱明译 . —北京：
现代出版社，2018.3
ISBN 978-7-5143-6376-0

Ⅰ . ①灵… Ⅱ . ①誉… ②朱… Ⅲ . ①长篇小说 – 日
本 - 现代 Ⅳ . ① I313.45

中国版本图书馆 CIP 数据核字（2017）第 188027 号

《SOUL CAGE》
© Tetsuya Honda [2007]
All rights reserved.
Original Japanese edition published by Kobunsha Co., Ltd.
Publishing rights for Simplified Chinese character arranged with Kobunsha Co., Ltd.
through KODANSHA LTD., Tokyo and KODANSHA BEIJING CULTURE LTD.
Beijing, China.

灵魂之匣

作　　者　【日】誉田哲也
译　　者　朱　明
责任编辑　赵海燕
出版发行　现代出版社
通信地址　北京市安定门外安华里 504 号
邮政编码　100011
电　　话　010-64267325　64245264（传真）
网　　址　www.1980xd.com
电子邮箱　xiandai@vip.sina.com
印　　刷　三河市南阳印刷有限公司
开　　本　890mm×1240mm　1/32
印　　张　10
字　　数　200 千
版　　次　2018 年 3 月第 1 版　2018 年 3 月第 1 次印刷
书　　号　ISBN 978-7-5143-6376-0
定　　价　42.80 元

目录

序章

不知在哪里看到的，说被判死刑的人最后都能得到馒头和香烟。

那个傍晚，三岛忠治一个人吃着馒头，馒头是三点休息的时候发下来的。不知是自己的那份没吃完留下的，还是偷偷把剩余的藏在了口袋里。馒头皮上有皱褶，豆馅儿的，类似葬礼上发的那种白馒头。他用那双没有洗过，满是污垢的手就那样吃着。

我实在不忍直视，将目光投向了窗外。窗子没有窗框，充其量是个正方形的洞。记忆里遮板不知为何被临时摘下，强烈的阳光从西边照射进来。此时的太阳恰好处在与九层楼的窗子几乎水平的位置上。

黑色大楼的影子。巨大的墓碑。一个名叫东京的广大无边的墓场。

即便如此，还是听到了蝉叫声。不，是记忆当中好像听到了。

目光回到室内，裸露着水泥的墙面和塞满了废品的麻袋，以及倚靠在那里的三岛的侧脸，全部化作黑乎乎的一片。

成为影子的侧脸在咬那个同样成为影子的馒头。没有声响。慢吞吞的。

为了打破这种沉寂，我点燃了七星香烟。

鼻尖一阵火热。吸了一口，伴着吐出的烟雾，我说道：

"真的，已经……没有其他办法了吗？"

他下颌的动作立刻停了下来。但马上又开始了咀嚼。夕阳的余晖已淡去，但我从他的表情中却没有捕捉到任何情感的流露。

那双眼睛没有聚焦在室内的任何地方。飘忽地越过刚铺完地面的空荡荡的房子，穿过走廊，投向更远的地方。

"已经没有办法了啊。"

一个仅用叹息和嘴唇的活动发出的声音。那是只有在工地的施工和收拾工作都已结束，工地恢复宁静后才能听到的声音。

哐，不知哪里响起了铁管的声音。

"不管是宣告破产，还是什么，都应该还有别的办法吧。不行的话，我去求京户部。"

他又慢吞吞地咬了一口馒头。

"……早就已经……宣告破产啦。即使那样还是不行，过不下去了，就再去借……借给我钱的是那伙人，所以我是有些心里准备……啊不，我没有那么能耐……"

一张满是污垢和灰尘的脸转向我。这个时间阳光还很炽热。但却看不到他额头上一丝的汗。

"你懂吗？一个父亲，要向饿肚子的孩子道歉说：什么都没有，没有能给你吃的东西，那是什么心情……对那扯起棕草地垫往嘴里放的孩子，我打他的手，敲他的头，用拳头揍，踢后背，踢大腿……但唯独脸，怎么都不能打……打了脸就会留下痕迹。那样的话，有人发现孩子受了虐待，就会把他保护起来。我拼命地跟自己说，要打就打脸，要打就打脸……但不知什么时候，却已经抚摸起了孩子的脸蛋……"

三岛的脸转向前方，直直地盯着剩了一半的馒头的白色的圆圆的表面。

……软软的，小孩子的脸蛋。清清爽爽的，还有一种温柔的气息。我的脸蹭过去，会把他弄疼。而且还那么脏……但是，他会问："爸爸你为什么哭啊？"这样一来，我就只有道歉了啊，"对不起，对不起，让你有这样的爸爸。"

夹在指尖的香烟不知不觉已经燃烧到了过滤嘴的地方。

我把烟头扔在窗边，又从口袋里掏出了烟盒，这次也让给他一支。但被他拒绝了，没办法，我只能把那支烟衔在嘴里。

他又抬起了头。

"……我们的事情你是从什么时候开始听说的？"

我吐出一小口烟，将烟盒与打火机放回了口袋。

"几乎是从一开始。"

"你已经知道啦？我的……那些事。"

我点头时，吐出的烟也跟着上下飘动。

"是啊……恕我直言，因为听说你那个年龄第一次高空作业。于是，就稍微做了些了解。"

"是吗？"他小声嘟囔着，声音里混杂着叹息声。

"……那么，为什么说还有其他的办法啊？"

"那个……"我挤出这两个字后，就再也无话可说了。

过去那些日子的种种事情，混杂着堵在胸口。但是不可以说出来。现在的我也没有资格说出来。

　　你想过儿子吗？这个问题愚蠢至极。当然是想过了。这应该是想了又想，脑浆想到发疯了，才最后得出的结论，这点我知道。没有谁比我更清楚了。

　　"……我想的是要是能跟我商量一下就好了。"

　　我好不容易说出了这么一句话。

　　他不屑地哼了一声。我的心头有种非常苦涩的东西在蔓延。确实，那句话很容易被理解为廉价的同情。但是除此之外，我又能说什么呢？

　　"……请回去吧。"

　　他站起身，把剩下的馒头填进嘴里。身上穿了一条没有什么尘土的，灰色的灯笼裤。他掸了掸屁股上的灰，拾起躺在一边的满是磨痕的安全帽。

　　"真的……要是让你卷入麻烦里来就不好了。所以，请回吧。"

　　他咚咚地踩着地板，走出了房间。到混凝土的外廊后，脚步声就开始变得像是摩擦沙土的声音，又像是拖蹭着脚走路的声音。我一直站在那里，一味地等待着香烟变成灰烬。

　　脚下有一个空咖啡罐。罐口处被木屑、沙砾以及捻烟头时留下的黑色烟灰弄得脏兮兮的。当吸了一半的烟落到那个罐口时，发出啾的一声，听起来是那么空寂。

　　听到脚手架的金属板发出的声音后，我将头伸向窗外，看到他正站在对面第三间房的外面。并没有系帽带，只是将安全帽扣在了头上。

他就这样仰头看着上面的铁管，然后手伸向金属接头，将扳手搭在了上面。

好一阵儿，保持着那个姿势没有动。

并没有在拧螺丝，只是一动不动地看着手的方向。

潮湿的风抚摸着天空。

终于，悄无声息地，他的脚挪动了一下。

一厘米。再一厘米。不，只有几毫米。

这样看下去的话，我大概会中途喊出声来。但是这是绝对不可以的。这不是为别人，而是为他好。

在他的脚跟离开脚手架的那个瞬间，我捂住了嘴。

斜纹跑步衫的背影。最先落下的是安全帽。左脚还留在脚手架上。但那样也于事无补。他的身体以向下倾斜的姿势，离开了九层，向着地面被吸引过去。

长长的，也是短短的几秒钟。

中途撞上铁管、撞到脚手架，冲撞着、旋转着、被重力摆弄着，即便如此也丝毫没有停止……

完全落地的前一刻，听到咔嚓一声，有什么黑乎乎的东西爆裂开来。

好像是头部碰到了入口处为施工而伸出去的铁管。

随后便是水泥袋落地一般的声音。

终于，他的身体横在了干涸的土地上。

头部基本上已经没有了。左手腕几乎粉碎。右脚弯曲成了一个奇怪的角度。

"啊……啊啊啊！"

还留在工地的监工和另外几个工作人员、保安等跑了过来。

我在九层吼叫。

"哎，掉下去了。从那，从那掉下去了。"

坠落地点和我之间有三个房间的距离。我觉得我大概是不会被怀疑的。

跟预想的一样——

似乎有些不近人情，这时我头脑里浮现的，竟然是这句话。

发生了那种事件后，工地上转天竟然照常开工了。现场取证等事情好像全部在昨夜完成了。难以置信的是竟然没有对我进行任何搜查取证。

那是在之后的两三天。

施工结束后，我眺望着那天的窗子，正想着这落日和那天很相似，这时看到了站在工地的大门处的一个小小的身影。

*

对于母亲的记忆，可以说完全没有。据说是生病去世的，可我觉得那不是真的。大概是跑掉了吧。有那样的父亲，跑掉也是情理当中的。

一个从来没有赢过钱却喜欢赌博的，无可救药软弱无能的父亲。连当天吃的米都不够，却还虚张声势地说什么偶尔吃顿大餐，结果拿出来的竟是罐装的烧鸡。即使小学生也能一眼看穿，那是用不能换钱的老虎机的剩余金币交换的礼品。

父亲平时好像在建筑工地上班。到现在，他具体做什么已经无从知晓，但应该不是什么了不起的工作。大概是收拾垃圾，或是装卸货物之类的杂活，顶多是个保安。无论如何，我想应该不会是被叫作"职员"的需要一技之长的工作。

小孩子都能看明白，父亲是一个没本事，也没耐性的人。我想也是喝酒的缘故。整天晕晕乎乎邋邋遢遢的。一副有气无力的样子。现在的我要是踢他一脚，应该一脚就能把他踢晕。

我上幼儿园时生活倒是也还能将就。更加糟糕的日子是从我上学校那会儿开始的。甚至连铅笔盒也买不起了。要是现在，在百元店也能买到很像样的了，但当时一般还是要去文具店。

铅笔、橡皮和本子。买了这些后就没钱了。

"……有没有一百日元左右的铅笔盒。"

褪色成焦糖色的跑步衫，破洞的工作裤，满脸胡子茬儿，浑身散发着变质了的臭汗和污垢的气味，一说话就冲出一股难闻的酒臭。

面对这样的客人，售货员虽面露难色，但也没有把我们赶出去。而就连我这个小孩子，都觉得很丢面子。

"这个三百日元的……是最便宜的了……"

最终还是死心了，结果我只能用皮筋绑着铅笔带去学校。

但是不知为何，我记得从二年级到三年级期间，还过上了相对较好的生活。不知是不是受了什么眷顾赚了大钱，或者是有人借了钱给他。那时候伙食费给得也很及时，也不用穿破裤子了。没有断粮的时候，每次还都有菜吃。

但好景不长，四年级的时候又吃不上饭了。勉强能交上伙食费，所以中午是能吃到饭的，晚饭是鱿鱼干，早饭是吐司边，这样的菜单成了我家的家常便饭。

不用说也知道，我在学校是受欺负的。同学们一连串地说我"穷鬼""好臭""好脏"。我心里想，好了好了，这些不用你们说我自己也知道，但有时候还是会反击。

"过来试试啊。贫穷不会痛苦，我的拳头可是会让你很痛苦的！"

其实贫穷也是相当痛苦的，那样说只是小孩子的强词夺理罢了。

那时候我并不壮实，但身手还算敏捷，还很不服输，所以打架并不在话下。只是会注意不要打得太过火。不是为对方着想，而是为自己。无用的运动只能让电池更早耗尽电量。

放学后就回到二层小木楼中的破房子里，父亲在家的话会给我做饭吃。不在的话就自己找些东西吃。当然，并不是只要父亲在家就能有饭吃的。

"对不起啊……我刚才找了一圈，什么都没有了……对不住啦。"

你明明还一身酒味的啊，我心里这么想着，但还是点头说知道了。

我摆弄着草席的毛边，像往常一样，陷入了美好的妄想中。

突然，妈妈回来了。然后开始给我做汉堡包什么的。热气升起来，米饭也是热腾腾的，看上去很香。接着，妈妈说和妈妈一起生活吧。我不知道妈妈的样子，就随便找我知道的女演员来充当。不要太温柔，不需要多漂亮，最好是会过日子，有魄力一些的更好。

余贵美子什么的吧。当时不知道那个名字，但知道她的样子。最好是那样的妈妈。不然的话柴田理惠也可以。对，就是那种感觉。嘴张得大大的笑着说，快，再吃一些啊。我想要这样的妈妈。泉子宾子也可以。要是宾子的话，应该是吃拉面吧。

啊——而至于放进我嘴里的东西嘛，鱿鱼干就好了……

想到这儿的瞬间，手突然被打了一下。

"你小子在干什么哪？"

原来，不知什么时候我正攥着一把草席，要往嘴里送。大概是因为触感比较像，我的手便自作主张地把它当成鱿鱼干了。

"啊，啊啊……对不起。"

"非要吃草席不行吗？"

"啊，不是的……"

"肚子那么饿吗？"

是啊。

"……不不，没关系，再说我午饭吃了两碗呢。"

"你给我说实话！"

喊，为什么打我啊。

"没……没，没事。"

"你太烦人了！"

又开始了。贫穷无能的父亲反过来冲我大发雷霆。无能的人就是会在被说成无能时发怒。而我则选择了忍耐，全当那是一场雷阵雨。

纵使我再身手敏捷，在这个八块草席大小的空间里也无处腾挪。与其那样，不如抱紧双手双脚，尽量缩紧身体保护好要害为妙。反正我的这个父亲已经是醉到连小学生都打不过的程度了。

最终，暴风雨会过去，他会抱着我说："对不起，对不起，耕介……

让你有这样的爸爸。"

真是的。除了反面教材，我从你身上学不到任何东西。既没有力气，也没有胆量，更没有耐性，再加上想法朝三暮四。

"……爸爸，你为什么哭啊？"

明明是你自己打了人。应该哭的是我才对。

"耕介……"

不要抱我。你很臭的。连我都会觉得你臭，你究竟是有多臭啊。

你这样的话，倒不如用体操垫把我裹起来更好，当时的我如此想着。

就是这样的一个父亲，在我五年级时死掉了。据说是从在建公寓的九层坠落而死。

因为家中的电话早就不通了，我是从直接找到家里来的刑警那里知道的。刑警看我并没有要哭的样子，摸着我的头说：男子汉，真坚强。

倒不是因为坚强所以没哭。反倒是因为软弱所以不知如何是好，因为软弱所以无计可施，只能愣在那里。即便是那么无能的父亲，他在的话，多多少少也会赚些钱给我饭吃。虽说大概三天会被他打一次，但即便那样晚上也能和我一起睡觉。如果连这些都没有了，我该怎样活下去啊。一个上小学的孩子不会玩老虎机。也不能去建筑工地干活。配送报纸？这种活会让五年级的学生去做吗？

不，一般还是会被送到福利院吧。不知道福利院是什么样的地方，但是也没什么吃的，比起这个破房子能稍微好一些吧。对，绝对应该好一些。问题是那种福利院，要谁带我去，如何申请才能让我进去呢？是要跟学校的老师说吗？或者是让警察叔叔来帮我办手续？

不过这些操心好像有些多余，我在那天晚上，被带到了位于大塚的一家医院。但是我觉得那其实不是医院。为什么这么说呢？因为那里没有护士。相反却聚集了很多警察。我听说过警察医院这个说法，但感觉也不太像。

"听说……你家就只有你一个人，真是对不住，你能不能……过来确认一下是不是你父亲。"

我只好点头。于是，我被带到一间阴森的房间，大概叫太平间吧，来到了盖着床单的床前。

我突然感到害怕起来。

记得到我家来的刑警说是从工地的九层坠落下来的。九层，是我学校教学楼的三倍那么高。从那么高的地方掉下来，人的身体会成什么样子啊？

"脸部……有点那个什么，你能从胸部和腹部这些地方确认一下吗？"

脸部有点那个什么，这是什么意思啊？正想着床单就被掀开了。

"呃……呕呜……"

或许是我记错了，父亲的尸体看起来有一点儿泛着绿色。身体上好几处地方能看到缝着黑线的针脚。这可怎么确认啊？虽然这么想，但仔细看的话，胸毛的感觉正是父亲的，加上那唯一没有受伤的肚脐还保持着那熟悉的形状。

"……没错……是我爸爸。"

好不容易说出了这句话之后，又是一阵恶心翻滚上来。

又过了一天，这回是有人通过学校联系到我。是叫作木下兴业的公司，父亲工作的地方，说是可以的话想让我去取一下父亲的遗物。

"可以吗？一个人能去吗？"

班主任益冈老师好心地给我复印好了地图，还给了我车费。我恭敬地道了谢，回了一趟家然后就直奔工地了。虽然说这话有些不太地道，小小的我想着这回会不会给我些钱呢，并开始在心里期待着。

让我去的地方并不是公司，而正是父亲坠落的工地。就在我面对挂着巨大门帘的工地大门犹豫不决时，从简易小房子里走出一位保安。

"你不会就是三岛的儿子吧？"

我回答是的，然后保安把我带到了一个稍大一些的简易房子里。应该就是工地办公室了。是工地监工、设计师以及施工公司的负责人等出入的临时办公室。

空调开得很足的屋子里，有四五个人人。人家都穿着统一的绿色薄工作服，而只有一个男的装扮有些不同。纯白的衬衫上没有系领带，下身是黑色短裤。小小的茶色墨镜，配上短茬胡子。记得他嘴里叼着烟，短发根根分明地竖立着。

"哦，自己来的啊，了不起了不起。"

虽然是小孩子我也感觉到了这个男人与别人不一样，而只有他过来和我说话。其他大人时不时地朝这边看，但没有人搭话。

"是这个吧，你爸爸的包，没错吧。嗯？"

我点点头，他又让我检查了包的里面。里面放的确实都是见过的东西。钱包里还有六百块钱。

"那个包再加上这个公司给的丧葬费，想来你应该能派上用场……拿着，一定好好地用啊。"

又有了一份临时收入。而且这一份，大概会是一个格外大的收获。

"谢谢。……那我走了。"

我接过丧葬费，行了个礼走出了临时房。

从房子走出两三步后，我马上把丧葬费打开来看看有多少钱，竟然有十万元。我有种难以抑制的高兴，同时又对拿着这么多钱感到不放心，有一种坐立不安的感觉。

不过我还是又回到门帘的出口处，看了一眼工地。

父亲好像是从九层楼掉下来的，大楼本身是十一层。整个被由铁管组装成的脚手架包围着。听刑警说父亲在去世前一刻还在组装脚手架。

大楼在夕阳的映照下发出混沌的光，让它看起来就像是关了一只巨大怪兽的笼子。

是那里面的怪兽把父亲吃掉了吗？还是父亲想逃离怪兽，逃到宇宙中去了？

放我出去，放我出去，救救我，救救我啊。

眼前浮现出了父亲泪流满面的哭喊的样子，我突然感到一阵悲伤。这十万元就是父亲生命的价钱啊。

即便如此，我也没有流出眼泪来。反倒是真的感到了口渴。

什么地方会不会有水管呢。我低头看到脚下铺的铁板是湿的。像是刚刚洒过水，所以应该有。附近绝对应该有水管。

就在我环顾四周的时候，听到有人在打招呼。

"……你，是三岛君？"

我转过头，还没来得及回应，打招呼的人便亲切地冲我微笑。

"眼睛真是像你爸爸啊。"

我心想，这人的话真是令人生厌啊，但我却并没有感到生气。

那个男的在我面前蹲下来，仰起头注视着我的脸。这是一位鼻梁高挺的，非常帅气的叔叔。大概是在这个工地干活的，但却没有父亲那种脏脏的感觉。

但还是从那微微敞开的POLO衫的胸前升腾起了一种劳动的男人的气息。而我并没有对这些感到奇怪和不快。

"叔叔啊，和你爸爸到最后还在一起干活。是……朋友。"

父亲的，朋友。

至今为止，我从未想过父亲在这个世上会有朋友。

"今天你是一个人吧。叔叔也是一个人。可以的话，我们一起吃晚餐吧。你喜欢吃什么，我请客。"

我喜欢吃什么——

肚子突然叫了起来，在身体的中央，胃部扭动得阵阵作痛。

"来，一起去吧……不会把你拐走的。不放心的话你走前面好了。然后随便去一个你喜欢的饭店，随便点你喜欢的吃的。行吧，这样的话就放心了吧？"

哪有什么不放心啊。本来把我拐走也不会有人出一分钱来赎的。怀里揣着十万元的不安，现在已经被抛到九霄云外。

"好，就这么定了。你叫什么名字？"

我回答说"耕介"。

"耕介啊，好名字啊。我叫高冈。高冈贤一。你好啊。"

这就是我和干爹的相遇。

第一章

东京都千代田区霞之关，警视厅本部大楼十七层，Pastel 咖啡厅。

姬川玲子正在与年长的部下菊田和男喝咖啡。

"怎么了？主任，为什么叹气啊？"

"……啊，抱歉。"12 月 4 日星期四，下午三点。不知是不是因为天气晴朗的原因，俯瞰皇宫周边的景色没有寒气袭人的感觉。

"是不是又梦到大塚了？"

抬眼一看，菊田正很少见地用手托着下巴凝视着玲子。

大塚的梦……

说中了。

曾经的手下，大塚真二在今年 8 月 25 日，在对一个事件进行追踪搜查时，被犯罪团伙中的一人枪击殉职。只有 27 岁，比玲子小两岁。

"是啊，特别是最近经常梦到。总是在池袋，最后一面的那个场景。那个孩子，什么都不知道，走出高峰期的车站……走进人群里。然后，明明现实中不是那样，但在梦中他……回头看我，向我挥手，傻傻地笑着……"

声音颤抖了。想要喝口水冷静下来，然而手却一直没有挪动。一直在不由自主地不停地说下去。

"我说不能走，不能走，可那孩子好像听不到……还是笑着走了。"

服务员走过来。玲子侧过脸，遮住了眼角。

"……我总觉得我的，我的感觉反正也是无凭无据的，要是，那时要是提醒他一下就好了，那时候，如果我提醒他，那孩子就不会死了。"

"主任……又说那种话。"

玲子摇头拒绝了递过来的手帕。在包中翻找自己的。但不知为何没有找到。也没有餐巾纸。又实在不想用桌子上的餐布擦。

"……对不起，还是借一下吧。"

菊田拿着正往回收的手帕，苦笑着又递了过去。乔治·华伦天奴的蓝色的手帕，是今年过生日的时候玲子送的三条中的其中之一。

"那种想法，真的不好。"

抓着杯子手柄的粗手指。有些褶皱的厚嘴唇。露着些许胡楂儿的面颊。玲子很直率地喜欢着这个男人的生命力。

"这种想法……"

"就是那个梦啊。就是因为主任觉得如果自己那个时候提醒他了，大塚就不会死，所以才会做那种梦的。"

"但是，我就是这么想的，没办法。"

菊田闭上眼睛，一副无奈的表情。

"那不是主任的责任。如果那么说的话，负责池袋的长官和负责人不是都有责任吗？"

"我不是那个意思。"

"一样的。主任，你不是经常自己说吗？错误，只让犯人自己承担就好。受害者家属和相关的人不可以谴责自己。说的不就是这回事吗？主任不可以谴责自己。大塚也一定不希望那样。那小子身为警官，已经做到了极致。生于办案，死于办案……不正是警察的本愿吗？所以才会对你笑的啊。在梦中，那小子不是对主任笑吗？是吧。"

"声音……有点大了啊。"

菊田"啊"了一声，用一双与大脸不相配的大大的黑眼球窥视着四周。

突然觉得很好笑，玲子用手帕捂住了嘴角。

"……菊田，你是相信那种事的人？"

"嗯？"菊田的眼睛睁得更大了。

"那种事指的是什么？"

"就是在梦中笑是死去的大塚的意识之类的。一些所谓的灵性的事情。"

菊田苦笑了一下放下杯子。

"啊，现在不是很流行这个吗？"

"你信吗？灵啊，魂啊什么的。"

"还不到信的程度。……主任，你呢？一般来讲女生都比较喜欢这些事吧。"

有些被刺痛了。

"真不喜欢'一般来讲'这种说法。"

但是，仔细想一想。自己应该是信那种事的吧。

确实，有时会思念过去失去的重要的人们。想要他们的帮助时，也会想借助他们的力量。但是，就因此说相信灵啊魂的，感觉又不是。自己得到的结果，基本上都是因自己的行为而导致的。并没有被什么看不见的东西帮助过的感觉。当然，去扫墓时会感谢祖先，但还是认为自己的成就是属于自己的。会和上司下属去分享，想到神啊佛的，会觉得别扭。

更何况保护神之类的压根儿脑子里就不存在。假使有那回事，如果向他们讨教什么，某种意义上说，那不成了人生的作弊行为了吗？

"嗯，我应该是不信……吧？"

"啊，果然是吧。"

玲子有些微微发怒。

"什么啊？你是想说我不属于正常的女性吗？"

"不，不是那样的，不过……"

"不是那样，不过什么？"

"啊，就是觉得还是这样比较像主任，仅此而已。"

"比较像我指的是什么啊？"

菊田露出一副为难的表情。

"真是穷追不舍啊……就是说不相信那些，掌握着自己的方向的这个样子更像姬川玲子你，只是这么想的而已。大塚的事也是一样，不要总是想着要是那样要是这样的，是犯人的错，只是这样……这才像主任的作风。"

嗯哼，鼻子里面好像堵了什么东西。

——菊田，原来是这么看我的啊。

做事快刀斩乱麻。如果自己看起来像是那种女人，那么一定是因为自己向外展示的就是那样。如果不表现成那个样子，一个二十几岁的女孩子是很难在这个象征警察最高机构的警视厅本部生存下去的。

玲子27岁时晋升为警部补①，之后又被选上刑事警察的明星组——搜查一课杀人犯搜查第十系主任。这不是一个女人能够以其女性特质立足的岗位。如果不比男人还男人，女人是永远不会有出头之日的。

但是——

玲子至少只在菊田这里是想展示自己女性的一面的。一方面她觉得以他们之间的关系是可以的，同时感觉菊田本身也不会排斥。只可惜——

——这个人完全不理解……

如果说是敏感还是迟钝的话，很显然是后者。虽然也没少因此而感到沮丧，但也认为是这个人的魅力所在，所以一直都是认可的。但是终归这是因为觉得他是理解自己的。其实也会有脆弱的一面，所以也会需要帮助。她始终坚信这些不用说他也会懂的。

——啊——啊。什么嘛……

但是，虽然那么说也是不能突然就转变态度跟这个人撒娇的。玲子现在背脊反而是挺直的。主任警部补这个头衔像一块钢板一样紧贴在她的背脊上。

"……差不多该走了。"

---

① 日本的警察职衔从高到低依次为：警视总监→警视长→警视正→警视→警部→警部补→巡查部长→巡查。（译者注）

玲子看了一眼伦琴表，菊田马上拿起小票站起身来。这种点位低的用心倒是很擅长啊，玲子叹了口气。

"这儿不用管了，你先走吧。"

先走不也是要回同一个大办公室吗。

"没事，不用了。"

"别管了，你先走吧。"

菊田那张大脸突然凑了过来。

"去补个妆吧。一看就知道哭过了。"

玲子有些慌乱，只感到眼睛有些发热。

对这种事的用心不知是点位低还是点位高。

不过被男士指使去补妆的自己，也真是……

回到六层的大办公室后，其他组员都已经回到座位了。

资格最老的石仓保警官依旧在看报纸。

没有了大塚，感觉位置稍稍往前提了一些的汤田康平警官睡眼惺忪地看着晋升考试的参考书。

另外作为大塚的后任新进来的叶山则之警官正在用心地读以前的搜查资料。

这个叶山虽说是高中毕业，但二十五岁就能进入搜查一课，首先是一个能委以重任的人。虽然身为长子又是一个美男但丝毫不浮躁，出现场时也是默默地完成交给的工作，可称为所谓"模范刑警"，这就是进组三个月后玲子对他的印象。

只是非要列举一些不足的话，这大概跟缺点差不多了，硬要说的话就是，脾气、性格有些阴暗。大家一起去喝酒，也基本上不说话，也不笑。哪怕喝醉的汤田用脸和头的所有部位夹住方便筷，摆出姿势说"猛鬼追魂（Hellaiser 电影名）"，他也只是慢慢地点点头。即便是让场面很尴尬了也无所谓的样子。

另外，从平时的状态中还能看到一些像是顶撞玲子的行为。也说不上来是什么，不知是否因为眼神比较冷，总是一副让人觉得不把女主人放在眼里的态度。问他的话就会面无表情地回答"没有啊"。但再继续追问又显得有些孩子气。现在玲子也只能不去管了。耐心地等待，总有一天会自然地融入进来吧。于是决定对叶山采取静观对策。

以上三人加上菊田总共四个人是现在玲子的下属。警视厅刑事部搜查一课杀人犯搜查十系，姬川班。除此以外还有一个日下班，那里也是聚集了很多不好对付的人——

"主任……"

把报纸移开的石仓斜视着玲子，还想要说什么秘密的事。玲子绕过桌子，来到石仓旁边，对面的菊田也悄悄地竖起耳朵。

"……什么事，大叔。"

年近五十的石仓身上经常散发出这种气息。但是绝不是让人讨厌的气息。而是最近总让人感觉到的一种大叔特有的值得信赖的感觉。

"远山在偷偷搞呢。带着日下主任刚刚出去。或许是今早的那个案子有情况了。"

远山是日下班的巡查部长。"今早的那个案子"说的是据说管理官桥爪警视一大清早从蒲田区的蒲田警察署带回一个什么东西。

“知道是什么了吗？那个东西。”

“没有，只是听说用一个小冷藏箱送到了科搜研（科学搜查研究所），厉声命令法医组长无论如何要赶快拿出结果。”

目前，在搜查一课的大办公室待命的只有杀人犯搜查十系。俗称“在岗”的待命状态本来分为 A、B、C 三个阶段。

从上到下依次为本部在岗待命、在家待命、自由待命。

自由待命基本上可以认为是休假，但由于这两天的厨房事件这是不可能了，这三天的配置变成了十系 A 级待命，三系 B 级待命，没有C 级待命。

也就是说今天在东京的某个地方发生事件，成立搜查本部的话，无疑要和日下班一起行动了。日下班是姬川班的天敌。或者说，玲子讨厌口下。

原因有很多。从长相到声音到对搜查的态度，所有的一切都喜欢不起来。这几个月很幸运地没在一起搜查，虽说同样的系却始终是割裂状态，只有这次好像行不通了。既然只能吴越同舟，也只好做足心理准备了。

“然后蒲田署那边怎么样了？”

“哎呀，那边是远山在搜查，应该是下了缄口令了吧。好像进展不顺利。”

搜查本部设置之前，警视厅本部的部署之间以及地方警署之间，媒体对外等的对策都是在水面下进行的。现在玲子他们得不到消息，有可能是这个案子很小没必要成立搜查组，但还是把它看作一个难办的大案子比较合理吧。而且这对于玲子来说也是难得的。

破三个小案子不如攻下一个大案子更能得到社会的好评。而这个社会的好评一定会影响到组织内部。最让人高兴的就是凭一己之力拿下像今年夏天的"水元公园可疑死尸遗弃案"这种大案子。

——但是，案子被别人抢走，不太好吧……

再一次环视了一百几十张桌子摆得像河流一样的宽广的搜查一课的大办公室。在对面的入口处附近，在咖啡厂家的附近站着的是日下班的沟口老大，新庄警官和系井警官吧。

"……突然想起来系长去哪了？"

杀人犯搜查十系系长，金泉春男警部。

"十分钟之前出去了。"

"被谁叫走了吗？"

"不是，好像没有。"

正说着，日下和远山回到了大办公室。沟口他们正在小声汇报着什么。他们自己藏着消息，是打算一成立搜查本部就抢先行动吗？

——这些家伙。想法真是恶劣。

玲子故意大踏步地向他们走过去。菊田的脚步声紧随其后。

黑目的小小的像虫子一样的眼睛看到了玲子。薄薄的嘴唇依旧抿成一字。

"线索？怎么回事？"

声音低沉，且阴暗。

"是在收集消息吧？辛苦了。"

"误会了吧。我们只是去了趟厕所。"

"和部下关系好到一起去小便？"

"姬川。说那么低俗的话，只能让婚期离你越来越远。"

一脸坏笑，都是惯用的演技。

"非常感谢您的忠告。但是在工作场所，不太适合谈这个话题。"

"对不住。不小心说漏了嘴。"

眼前的系井偷偷往这边看，但玲子装作没看见。

"然后，怎么样了？科学搜查那边？"

"什么怎么样，不是说只是去厕所了吗？"

"但是日下主任即使是上厕所也会得到一些有用的消息吧。"

表情僵住，却还在用鼻子发笑的日下。玲子虽然讨厌至极却一直盯着那个表情看。

"姬川，那么喜欢消息消息的，你也自己去跑跑怎么样。在风景好的地方和下属用谈恋爱的心情在岗，这怎么行呢。"

畜生。忍无可忍了。

"果然不是去厕所了。"

"我不记得我见过，这种无聊的争论，停止吧。"

日下拍了拍远山的肩膀，准备回到自己的座位。

"等一下，是想逃跑吗？"

转过头的日下，用非常阴险的目光盯着玲子。

"姬川。你不适合模仿钢铁。想光凭嘴就从我这套走什么，你还太嫩了。"

班员们跟在他后面走远了。

——我模仿钢铁？

杀人犯搜查五系主任，胜俣健作警部补。通称"钢铁"。原公安的老手，擅长以恶毒语言和行贿为武器的情报战，就是画上画的无德警察。

——我才不要和他一样……

忽然背后传来脚步声，回头一看，是管理官桥爪和今泉系长出现在了门口。

"喂，蒲田杀人案要成立搜查本部啦。马上出来。"

今泉说话时一脸严肃，而相比之下桥爪不知为何却满脸得意。看起来很像是要和玲子说什么。

"怎么了？……管理官。"

喀喀，果然又是用那戏剧般的咳嗽来回答。

"我用鞭子赶着让他们快点。开始说要九个小时，后来说快点做七个小时就能完。"

"什么事啊？"

"DNA鉴定啊。"

"啊！"

"血迹和手腕。和我判断的一样，DNA类型一致。"

原来如此，带进来的东西原来是手腕啊。确实是有可能用冷藏箱装的东西。

"具体的让那边解释吧。先快点去一趟。天黑了就又浪费一天。"

在今泉的催促下，玲子和菊田回到座位。

下午三点二十分。时间上来说不能打车。蒲田站的话，还是从樱田门站到有乐町站，从有乐町站换乘京滨东北线。

1

警视厅蒲田警察署位于沿环形八号线从 JR 蒲田站步行五分钟左右的地方。

玲子他们从六层的电梯下来，进入了食堂前面的礼堂。脱下大衣，环视了四周。

——整备还算充分。

桌子已经摆成开会的样子，有二十几位该署刑事课以及邻近警署会集而来的搜查员正在待命。

在这中间……

——不会吧……

为什么。

"啊，玲子主——任。"

那个井冈博满怎么会在这？

"啊……是你啊！"

玲子制止了想要一把揪住对方衣领的菊田，站在两个人的中间。

"哎，菊田……啊，井冈君，你怎么会在这呢，前不久不是还在龟有那吗？"

井冈露出大龅牙，耳朵通红，圆瞪着感觉快要掉出来的眼睛盯着玲子看。

"啊，又调动了，从十月份开始到这边来了。"

"乱讲。那太奇怪了。你一年当中三次都调动到我去的地方。通常情况是不可能的吧。"

那双手揉搓的样子和那弓着的腰，一如既往地让人感觉浑身发冷。

"那是因为……玲子主任和我的小指头上连着红毛线啊，这还用说啊。"

"真是讨厌，每次都来烦我。不是跟你说过了不要叫我名字吗？"

"又来了，害羞的样子很可爱哟。"

"哪有害羞。一点儿都没有害羞。"

"……井冈！"

菊田摆出一副凶神恶煞的模样站到两个人中间。

"你这家伙，只要一有案子就会跳出来，太不符合常理了。不会是你为了见到主任，自己弄出来的案件吧！"

玲子觉得这话说得也有些过分了，但这个井冈竟然无动于衷。

"哟嗬，你不就是那个……菊田君吗？"

菊田、君。

"你这家伙，干吗这种口气？"

亏你还是警察，菊田还要继续说下去，井冈亮出手掌示意他不要再说。他从里面的口袋里掏出警察日志，一脸自以为是地打开来说。

"我，这次有幸晋升为巡查部长了。也就是说和菊田君平起平坐啦。"

什么——

菊田皱着眉，气得喉咙作响，却说不出话。

确实，如果通过了升职考试，就会有调动，这是警察的规则。不过难道就正好赶上发生了案件，还正好赶上姬川班出现场吗？

"……就算，就算像你说的，你这家伙也比我晚两年。"

话音未落，就被今泉系长的喊声覆盖了。

"你们哪，太烦了！"

菊田、井冈以及在附近的汤田、石仓都吓得缩回肩膀。

玲子下意识地低下头。

在还不知道大致情况的现阶段，玲子已经有种很强的预感，这个案件不会解决得太顺利。

不一会儿本部的车来了，电话、传真打印机、无线机、办公用品等设备物料被陆续搬进来。

搜查一课杀人犯搜查十系、机动搜查队、蒲田署及邻近警署总共四十三名刑警组成的搜查阵队，他们集中坐在讲堂里，马上开始听案件的概要说明。

"啊，我是搜查一课的管理官，桥爪。你现在就开始对案件进行简要说明，大家听一下。好，今泉系长。"

"好。嗯，今早在大田区西六乡二丁目三十四附近，多摩川大堤的道路上，在一辆被遗弃的面包车，斯巴鲁Sambar，汽车牌号品川480·ひ29·6△的后货厢里发现一样东西，被鉴定为成年男子的左手。"

为什么只有左手？还是先记笔记接着听下文吧。

根据发现者证词和那个左手的指纹，经判定此左手主人为在该署管区内仲六乡二丁目×番望庄公寓居住的TAKAOKAKENICHI，43岁。字是高大的高，大冈越前的冈，贤明的贤，数字一的一，高冈贤一。此人单身独自生活。左手被装在便利店的塑料袋中，扎口绑得很紧。另外后货厢的地面上有大量血液，据推测流血量已达到致人死亡的程度。车辆现在在本署地下停车场保管。大家各自找时间去查验作为参考。下面说明立案的经过。"

今泉将手上的资料翻了一页。

"今早6点多，本署杂色派出所岩田俊光警官接到口头报警，该区仲六乡二丁目×番的活动租赁车库里发现了大量血迹。报警人是MISHIMAKOUSUKE，20岁。字是，三加上常用的那个岛，耕种的耕，介绍的介，三岛耕介。车库的租借人是高冈贤一。高冈不是公司组织，是一家叫作'高冈建筑'的承接木工工程的店。三岛耕介是这家店的店员。

"三岛今早去上班，打开车库的拉门后，发现平时工作用的汽车不见了，水泥地板上满都是血。那时感觉到一股不对劲的味道，但没以为是血，三岛走进现场。他意识到地上是血后就马上用手机联系高冈但没打通，去他的公寓也不在家。就直接去了杂色派出所，说明了情况。接待他的岩田俊光警官向本署报告了此事。同时也确认了丢失车辆的牌号。"

完了。高冈的公寓地址没记下来。先偷窥一下旁边井冈的笔记填上再说。

"另一方面，在车辆发现现场附近的西六乡派出所确认到该车辆凌晨两点左右就已经在多摩川大堤了。由于没有接到影响交通的报警，直到早上5点才进行处罚。之后用粉笔做了标记。收听到6点17分的中心广播的该派出所警部补田中英雄向本署报告了发现该车辆一事。6点52分该警部补和拿着备用钥匙的三岛耕介一起检查车辆时，从货厢里面发现了被装入塑料袋的高冈贤一的左手。而且切断左手所使用的电锯已经在车库发现。"

重新看一遍笔记，在脑子里整理一遍案件到发现时为止的来龙去脉。

主要就是，三岛耕介这个 20 岁的年轻人早上发现工作用的面包车不在车库，并向派出所报警说车库里全都是血。而该车辆至少在夜里两点开始就被放在了多摩川大堤，早上打开车时，从里面发现了放着高冈贤一左手的塑料袋。

"车库、车里的血迹，还有左手。采集到的三种血液都是 A 型，DNA 也一致。因为判断出血量已超过致死量，所以高冈贤一已经死亡，本案件可以认定为死亡遗弃案，我们决定列入他杀范围进行搜查。"

也就是说，这是无尸杀人案件。从过去的案例来看，这是比较难举证的案子。

"接下来，说明初步搜查方案。"

这里换成桥爪管理员进行说明。

"嗯——今天全体分成两组进行走访搜查，包括发现车辆的多摩川河岸附近和被害者住所的车库周边。搜查一课姬川警部补负责河岸，搜查一课日下警部补负责车库，两个人分别任两个组的组长。现在宣布地区分配。"

这种本部搜查，一般都是本部搜查员搭配一名地方警署的警员。

"先是河岸组。一区，搜查一课姬川警部补，蒲田署井冈巡查部长。车辆发现现场。"

"啊？"

不留神说了出来，好不容易把"不会吧"这句话吞了下去。

——为什么，又是，还是井冈………

桥爪在前面咳嗽了一声。

"……姬川。你不要先回答一下吗？回答。"

"啊，是……抱歉。"

"井冈博满，知道了。是。"

一看，井冈在腰的附近做起了小小的胜利的姿势。

"啊哈哈……这是爱啊，爱。"

"闭嘴！"

抑制住想揍他的心情，继续往下听。

"二区，搜查一课巡查部长菊田，蒲田署巡查部长阿藤。二丁目三十区到三十三区。"

"……是。""是。"

不好了。菊田的样子有些不对劲。声音像流浪狗的哼哼声。

但是，桥爪不会注意那种细节。继续往下念。

"三区，同样搜查一石仓巡查部长，蒲田署吉野巡查部长。二丁目三十四区到三十七区。"

"是。""是。"

玲子等河岸组的分区结束，离开了搜查员围成的圆圈。找到正在主席台整理资料的今泉。

"……系长。"

应声转过头来的今泉脸上，浮现出意味深长的笑。

"什么事。有什么意见吗？"

玲子装作帮忙整理资料站在今泉旁边。

"……意见很大。不是吗。为什么我又要和那个井冈一组。"

果然。今泉觉得好笑得不行，笑得肩膀直颤。

"没办法的啊。因为是桥爪决定的。"

"是怎么搞的。这么分有什么打算。"

"本部组和蒲田组。分别按照职位高低排列，又重新整理组合了一下，好像有一些微调。其他的分管组和机动搜查组据说是按五十音图排的。"

真是的。一直觉得管理官不靠谱，没想到竟然到这程度——

"嗯……好了。今天的走访搜查就算临时的我也不换了，明天请给我换一个稍微强一点儿的。"

"嗯？强一点儿的是什么意思。井冈据说也是非常努力地办了很多小案子的。至少在这个蒲田还算是优秀的警察啊……好像。听刑事课长说的。"

如果那就算优秀，那这个刑事课的实力也可想而知了。

"好了不说了。资料给我看一下。"

在礼堂的一角，蒲田署警务课的几名职员正在快速地将搜查员要用的资料进行复印和分堆。但是没时间等他们弄完了。玲子先翻看起从今泉那拿到的资料。

发现现场搜查书。从现场的草图上看，丢弃车辆所在的多摩川大堤很像是可以通行一般车辆的普通道路。从那里下来沿河岸前进两三米，马上就能走到多摩川的河边。

"系长。从这个车上只发现了左手，而那对面就是河，这样说的话按理说其余的部位应该是被扔到水里了。"

"嗯，或许是吧。先是把取证范围定在遗弃车辆的周边五十米，到河边的草丛附近。现在这个时候应该本部的班子也到了吧。大体上是要留意鞋印以及搬运遗体时可能留下的血迹。不管怎么说车里面就是这个样子了。"

今泉翻看资料的其他页。左手的发现地点也就是那辆车被从不同角度拍了照。

轻型面包车。座椅只有驾驶席和副驾。后面全是货厢，用一个架子分为上下两层好像是要分开货物。架子看起来材质像是胶合板的，大概是高冈或是别人手工做的。上面一层放着束成一团的电线，工具箱，不知里面放着什么的结实的小纸箱，上面放着用金属罩罩住灯泡的临时灯。

根据搜查报告，左手被放在了货厢下部的最里面。即使从照片上看，架子上层搁板像盖子一样盖住的下层很黑，特别是里面根本看不清。如果是在夜晚的多摩川大堤上的话，情况大体能摸清楚了。

"嫌犯是不是忘了把左手丢弃了。"

今泉自己念叨。

"或者是被路过的人说了什么，中途丢下逃跑了。这样想的话，丢下车逃跑也有些说不通……"

突然感觉有人过来，玲子回头看了一眼礼堂。以为是井冈结果不是。是日下走了过来。

"……系长。现阶段做那样的预判会造成对后面搜查的妨碍。"

今泉开玩笑地耸耸肩。

"不要那么严肃。只是一个参考意见。"

"如果按照那样做出指示，会让搜查迷失方向。"

“你指的是什么？”

日下的目光中带着近乎怒目而视的严肃。

“……对机动取证的指示。鞋印和血迹。如果做这样的限定，会让现场的人给眼睛戴上有色眼镜。”

来了。日下理论的根基。一切预判都是搜查的妨碍。只相信看到的发现的和听到的，去除先入为主原理主义。

——记不清是从哪听来的了。

今泉一脸苦笑地挠着头。

“……是啊，锁定对象还为时尚早。现场再给一次指示，让大家不要戴着有色眼镜去搜查。”

“那就拜托了。告辞。”

向后转，带着负责车库的搜查员们走出了礼堂。河岸组也有半数人已经离开了。

玲子不由得叹了一口气。

“……真是讨厌难办，那个人。一点儿都不动用直觉，警察还能工作吗？如果光凭理论就能抓到犯人，从搜查专科讲习毕业的新人也能独当一面了。”

今泉还是在那点头微笑。

“啊，是这样的。有像你这样的人，也有像日下这样的人，然后才能取得平衡，在一个机构里。如果都是像你我这样的人，那也不好办，就变成大家一起猜犯人的押宝游戏了。”

是的。当年出现场时的今泉相对来说更像现在的玲子，是依赖直觉的刑警。

这样说的话，玲子也只能笑了。

"那样说……有些过分了吧？"

"好了，快去吧，同伴等着你呢。"

站在出入口边上的井冈，不停地搓着手。

"好吧……先要拜托你明天换搭档啊。"

"啊，我考虑考虑。"

玲子把包从一只手换到另外一只手，穿上了外套。

但是，这个季节的多摩川河岸啊——

不知道犯人在那给我惹了多大的麻烦。

2

玲子从大堤上眺望在眼前画了个弧形后向左边六区的多摩川的水面。现在站的地方，就是遗弃车辆的发现现场的普通道路。

被枯草覆盖的河岸现在以这里为中心，周围宽 50 米，到河边为止的长 30 米的范围内禁止进入。当然刑警也不例外。现在本部的取证课警员以及管辖此地的取证课警员共 20 人左右正在用放大镜和手电筒进行取证作业。而周围已经差不多暗下来了。今天留给他们的时间并不多了。

不过，真冷啊。

真的很冷。

在本部大楼时还是晴天，到蒲田署时云的走向就开始不对头了。所以还算是有些心理准备，不过也没想到这么冷。

——明天开始下身要穿厚一些了。

想着明年就三十了，今年是最后一个二十几岁了，买了巴宝莉蓝标风衣。接近茶色的米色是最喜欢的颜色，款式也没得说，不过这个长度还是抵御不了这种寒冷的。从臀部向下都冷得不行。

"主任，腿在发抖啊。我来给你暖暖吧。"

"啊——，讨厌，闭上嘴。"

天气预报明明说今天天气比较温暖的。

现在抱怨这个也没用了。本来已经快5点了，现在往后不可能变暖和了，只能多动动腿了。

这时，玲子的手机响了。小屏幕上显示"东京都法医代表"，也就是国奥。玲子法医学知识的来源，快退休的法医，一直把玲子当成他的恋人，酒友国奥定之助。

"喂——"

"喂，小姬。现在没有案子吧。今天晚上一起喝一杯怎么样？我定了上野小姬喜欢的那家土瓶蒸的店……"

"啊，我在办案，暂时没空。"

挂断电话，合上手机。

"什么事主任？"

"没事。"

回过神来，先是取证。初步搜查，根本中的根本。把现场周围划分为几大块，从边边角角开始挨家询问。

发现遗弃车辆的河岸附近交给十组的20名搜查员。包括菊田组、石仓组在内的十四人负责大堤对面的住宅区。玲子、汤田、叶山的组负责对从河对岸来的行人进行直接问话。

"小则，你们去问那些孩子们。"

大概是附近高中的社团活动吧。左边两百米左右处的跑道上，从刚才就有一群人在跑。

"是。"

叶山带着搭档蒲田署的巡查部长，向那边走了过去。

"广平去问从那边过来遛狗的、跑步的、走路的人，问在这附近是否见到了可疑人员，这两天有没有什么不平常的事。只要能想到的就问问……"

"我明白了。"

汤田有些困惑地紧锁眉头，还是和蒲田署的巡查部长朝右手边走去。

"那我们就是这附近啦。"

井冈指着警戒线左侧一带。的确有到那附近去又折返回来的人，或是沿黄色带子上到大堤上来的人。但是玲子摇了摇头。

"我们还是先去那边吧。"

河岸边上唯一的一个用白色床单做的帐篷。看那样子也只能推断是流浪者的住所。

"……哎，为什么那个，只有一个？"

井冈"啊——"了一声，指向对面。

"再往前面一些有自行车道、棒球场什么的，有厕所和水设施比较齐全，一般都会住在那边。大多集中在那边啊，蓝色帐篷。"

"是啊。那就更应该问问为什么一个人住在那里了。"

"哎呀，我觉得就是不想让人看到吧。"

一步步登上大堤的道路，绕过警戒区走过来一位70多岁的男性，虽然身材矮小，但步伐十分矫健。

"那个，不好意思。"

"……啊。"

帽子戴得很低的他，伸长了腰抬起头看着玲子。玲子身高一百七十厘米，也稍微弯着腰，将视线迎了上去。

"什么事？"

混浊且发白的眼球被满是皱纹的眼睑遮住了一半。

"向您询问点事，您经常在这附近散步吗？"

玲子声音很高、很大，同时又让自己保持着稳重。这个年龄的男性，用女儿的感觉去应对应该正合适。

——孙女……的话有些太厚脸皮了。

果然他展开笑容，慢慢点了点头。效果还算不错。

"是啊，每天，都散步。"

"基本上都是这个时间吗？"

"不，平时还要比今天早一些。都是趁着天不黑回家。"

"那您夜里会来这吗？"

"夜里不来。很危险不是吗。……是发生什么事了吗？"

"没有。"玲子摇头说，她稍微弯下膝盖，为了让他看清楚动作很大地指向那边。

"那边不是有个帐篷小屋吗？"

"啊？……啊，是，有。"

"那是从什么时候开始有的？"

嗯，他稍微点点头。

"很早以前就有了。一两年了吧……夏天还有人在那悠闲地钓鱼呢。"

对突然变化的语气，玲子一边觉得好笑，一边点着头说："嗯，这样啊。"

"您看到过住在里面的人是什么样子吗？"

"嗯……见没见过呢。什么样的……"

"您没印象了？"

"是啊。应该是不怎么样的。夏天不经意从旁边路过，臭气熏天的。真是服了。"

好像对夏天的印象比较深刻。不管怎么说，能够确认昨天晚上那个时间帐篷已经在那里了就足够了。

"是吗……那您在这附近散步时感觉还有些什么奇怪的事情吗？可疑人员啊，什么的。"

他摇摇头好像也没想到什么。大概是站久了有些冷，戴着黑色棉布手套的两只手不停握住又松开。

……是啊，真是冷啊……

玲子从口袋里掏出记事本，打开了证件。

"我是警视厅的，其实今天这里发生了刑事案件。所以向附近的人询问一下这里平时的情况。如果可以的话，能告诉我您的姓名和住址吗？或许还有需要向您请教的问题。"

可以啊，他爽快地答应了，田山晋介，西六乡一丁目三十八△，然后又告知了电话号码。

玲子等井冈写完后伸出手。

"……嗯？做什么？"

"给我一张名片。"

"啊，这样啊。"

并不是吝惜自己的名片。因为玲子的名片没有蒲田署的号码，给了也没什么意义。

"那田山先生如果您再想起什么，请您给这个号码打电话。24 小时随时都可以。"

"啊，好……感谢。"

玲子他们也恭敬地行了礼，目送他走了一会儿后也离开了。

站在旁边的井冈伸长脖子看向那边。

"……主任。那个小屋，要过去吗？"

通过警戒区，路过还残留有很多枯草的斜坡。

"去啊，还用说。或许正好撞见遗体在水里呢。"

"哈……但是，很臭的，那个老爷子说过的。"

"没事的。天这么冷。不会臭的。"

话音未落。

"啊！"

鞋底刺溜滑了一下。

"……危险！"

夹住左胳膊，几乎同时又抱住了腰。井冈线条纤细，绝不是大块头，但却感觉到了两臂结实有力。

"啊……不好意思，谢谢。"

"不不，小事一桩。"

井冈想要就此抓着玲子的手下坡。

"哎，把手放开！"

"别这样啊。玲子主任要是有什么闪失，我就算死了也不能瞑目啊！"

"是啊……即便是杀了你，看样子也死不了。"

但是，井冈直到走到坡下面也没有松开手。

"……我说了可以了！"

"又来了，害羞起来真可爱。"

"我说过了没有害羞。"

玲子使劲甩了两次，终于把手甩开了。

"真过分，想什么呢。"

"那当然是……满脑子里想的都是玲子主任啊。"

"你可以打住了。能不能开始想想案件的事了。"

"不行啊……那个……"

玲子不管不顾地加快了步伐。这几分钟的工夫天已经完全黑了下来。必须要快一些了。

而且糟糕的是，从大堤上看得很清楚的白色帐篷靠近一看也隐藏在河边长得又高又茂密的杂草丛中，很难一眼分辨出来所在的位置。

"井冈君，手电筒。"

"好好。这就拿给你。"

说着从肩跨的公务包中掏出一个大得有点惊人的手电。

"不错嘛。带着这么个好东西。"

"是吧。"

"快点打开。"

"好好。这就打开。"

周围啪地一下亮了起来。但是黑暗看起来黑色却更加深了。

放眼一看，右手边有杂草的分界线。玲子走向那边，光亮是能够跟上，但总是照不好脚下的路。

"把手电筒给我。"

"啊——真过分！"

从分界线照向前方，就在前面三米左右看到了黑色的水面。白色帐篷就搭在左手边，比这里高一截的地面上。这样一来即使河水有些上涨也不会浸水。挪开手电的光，知道帐篷里没有一丝光亮。里面没人啊。

"过去看看。"

"啊？这要去吗？"

再次照向帐篷，小心翼翼地前进。形状上大致算是正方形。

往里张望，面向河流的一面打开一个黑色的口子。正对面吊着三双像是洗过的黑黑的鞋子。

"主任，还是很臭啊。"

"嘘。"

确实周围充满了垃圾的恶臭味。

如果左手之外的所有部位都被丢弃在这里的话……

玲子有所期待地向里面张望。还是太黑了看不清。

"有人吗？"

由于捏着鼻子发音有些奇怪，但有人的话应该会应答一声吧。但是，没有。

"有人在吗？"

仍然没有回应，玲子把手电照向里面。于是，看到大致正方形的内部，意外地被收拾得很整齐，是一个很不错的居住空间。

地面是土地，但右手里面放着便携式燃气灶和摆着调味料的四方形桌子，那前面放着显像管电视机。另外还有没有发动的汽油发电机，以及收纳着杂志的书架，竟然还有整理房间的掸子。

但是，床铺——

正想着，前方最里面的小山丘动了一下。

"嗯……谁啊……"

与声音同时出现的是带着针织帽的脑袋，因为用纸箱盖着，没想到是床铺。好像下面裹着棉被或是毯子。不知是不是因为床没有整理，他几乎是睡在和地面差不多的地方。看上去不像是抱着尸体的样子。

"啊，对不起，因为没有回答所以……"

"是政府的吗？……怎么回事……这个时间来？"

特别嘶哑的声音。

"不，不是政府的，是警察。"

然后终于看到了脸。但那是一张看不出原形的扭曲的脸。再加上脸上可能太脏，皮肤是一片漆黑。

"饶了我吧……开玩笑吧？"

"不是，真的。"

"这大晚上的，突然到访……要处罚我吗？这么冷的天，从这出去，让我去哪啊……"

"啊，不是那样的。"

感觉已经没问题了，悄悄松开了鼻子，不想还是不行。这要是在夏天走近的话确实能把鼻子熏歪了。

"那个……我们不是因为您住在这来的，今天早上就在这附近来了很多警察，您知道吗？"

男的咳嗽着闭上眼睛。

"我说……能不能把那东西关上。太亮了……"

"啊，对不起。"

因为没有直接照着他所以认为没问题的，但对于一直卧床的眼睛来说可能确实有些太亮了。

玲子关上了电源。瞬间，一切都淹没在黑暗中。如果是一个人应该会很害怕，因为旁边有井冈在就不怕了。

"您，知道吗？"

"……什么啊？"

"就是警察在那边草丛里搜查的事。"

只听到窸窣的声音。但不像是要起身的样子。大概是回到最初的姿势了吧。

"……不知道啊。正赶上我这段时间……身体不好。睡了……一整天。"

"一整天吗？"

"啊……不，起来小便了，就在你站的地方。"

真想跳出去，但总觉得那样做的话就输了所以忍住了。

"是吗……那么，从昨天晚上到今早那边大堤的道路上停了一辆白色面包车，关于这事呢？"

"……大堤上，什么东西？"

"从昨晚到今早，停了一辆白色面包车，您知道吗？"

然后男的突然开始咳嗽。而且是非常奇怪的咳嗽。玲子想着要是肺结核就糟了，但没办法只能等他镇定下来。

"……不知道。晚上和早上只起来小便了。所以没有看大堤。"

确实从这个位置看不到大堤那边。要绕过杂草的墙根或是走到河边才能看到。

"那您听到这附近有什么声音了吗？"

"……什么时候？"

"从昨晚到今天早上。"

嗯——男的嘟囔着，沉默了一会儿。

"声音……什么声音？"

"什么都算。折树枝的声音，脚步声，急刹车的声音都可以。"

本来想加上有东西掉进水里的声音，但又把这句话咽回去了。

"啊。声音的话，太多啦……狗也会经过。小鸟……也会来。乌鸦在那边的垃圾里找吃的……各种声音都有。"

眼睛适应了环境，可以些许看到内部的样子了。男的并没有完全回到原来的姿势，只有头抬起来，脸朝向这边。

"发生了什么事吗？"

正说着，男的再次猛烈地咳嗽起来。

"……那个……您没事吧？"

没有回答。只听到止不住的咳嗽声，以及报纸和纸箱咔嚓咔嚓摩擦的声音。

一般这种时候该怎么办啊——

也不是没想过作为人也好作为公务员也好，应该走过去为他拍拍背，询问一下情况，可以的话带他去趟医院之类。

但是确切地说那不是刑警的工作，而且个人也不喜欢不干净的人，还是不想那样去做。老实说，玲子感觉比起活着的不干净的人，腐烂的尸体更容易接受些。尸体腐臭是自然的，而且也不需要对其本人做什么了。所以不管是腐烂了也好，爬出蛆来也好，只要想着这是工作即便闻着腐臭味也不觉得辛苦。但是对于活人却做不来，或者说对于自暴自弃有些看法。

身体坏了确实是很可怜。但是也想说过着这样的生活怎么可能健康呢。另外，还有种说法叫破窗效应。也就是说一般认为荒废的环境是道德缺失的，招致犯罪的可能性就会提高。不管这种说法正确与否，但从短时间内接连发生的流浪者被害事件来看，能够认为这种心理多多少少会起些作用。

确实其中也有拼命地努力之后结果没有办法沦落到这种地方的人。但是如果说因为一点儿懒惰或绝望而待在这里的话，还是应该早点醒悟努力让自己走出去。无论是对于健康还是对于治安来说，首先这样的生活肯定都是危险的。

男的终于停止了咳嗽。

"嗯……已经行了吧。你想知道的事情……我什么都不知道……我连现在几点了都不知道……我还能说什么啊……快走吧……"

听起来很费劲的一段话。但是在那当中，有什么东西瞬间占据了耳朵。

不清楚自己感觉到了什么。是声音，是那之前的气息，还是他的话语本身。

——此人措辞竟然有些做作……

玲子做好失败的准备问了句有没有手机。自然回答是没有。问了姓名，说叫 IIDUKATAKESHI，又加上一句 TAKESHI 是武士。最后请他如果想起来什么可以打 110，联系蒲田警察署。

对此，男人没有回应。

只听到像是鼾声一样的粗粗的喘气声。

3

玲子他们回到蒲田署的搜查本部时，已经超过七点半了。入口处贴着"多摩川可疑弃尸案特别搜查本部"。

"姬川。过来一下。"

刚走进礼堂，就看到今泉系长在主席台上向她招手。玲子走到中间，把包和大衣放到最前面的椅子上然后走过去。

"……是，什么事？"

"谁留在现场了。"

河岸附近的搜查取证最重视的，主要是附近居民目击者和夜里到现场的人。傍晚时进行问询，以及在夜里停车的时间进行问询信息的质量是不一样的，所以有几个人要作为搜查要员留在现场。

"小则那组，和这里的强行犯组的筱田警长组留下了。大堤的旁边有一个寺庙，我拜托那里借了能够看到现场附近的三层会客室。我告诉他们以那里为据点，轮班去巡逻。会议结束后就安排换班。"

"是吗。辛苦了。可以回去了。"

"告辞了。"

回到座位后，井冈就送上了裹着海苔的饭团。玲子在回来时路过的便利店买的梅干饭团。

"好了，不要这样。说过了自己来了。"

"不要这么说嘛！这是对你的爱啊，爱！"

和这个男人在一起真是会在不必要的事情上消耗神经。

"不用了。我自己来。"

"啊啊，我的工作就是……"

突然传来一个沉闷的硬邦邦的声音，井冈"啊"了一声抱住头。好像是坐在后面的菊田突然给了他一拳。

"你干什么啊菊田！"

"对不起，手不小心打到你了。"

"怎么可能，你看。"

"干吗，想打架吗龅牙，到外面去！"

"好了，别闹了！"

往后一瞧，菊田正转过身努着嘴。

——真是的。又不是小孩子了……

就在这期间，好像大部分搜查员都聚齐了。日下班的所有人也都回来了，在玲子他们左边排成了一列。

不一会儿，今泉系长拿起麦克风。玲子慌忙把剩下的饭团塞到嘴里。

"好，现在开始搜查会议……起立……敬礼！"

加上取证课的人，参加会议的有 50 多人。坐在上面的有蒲田署署长中村警视正，搜查一课理事官宫川警视，管理官桥爪警视，蒲田署刑事课长川田警部，还有十系的今泉警部。形式上，特别搜查本部部长就是刑事部部长，刑事部部长一般不会亲自到现场。就连管理官桥爪也不一定每次都在。实际上，特别搜查本部的头儿就是今泉。

"……嗯，先从我这边汇报一下发现的左手的情况。部位是手关节的大约四厘米以下，认为是从手掌侧用电锯将桡骨和尺骨同时切断。"

从拿到的资料中找到手的照片。玲子硬着头皮拿出一张发现时拍的没有清洗过的照片。

那只手沾满了自己的血，颜色特别不像人的皮肤。怎么说呢，好像是生姜的颜色。

"查验了留在车库里的电锯，将骨头的截面和刀的形状进行了对比，结果断定这就是切断左手所用的电锯。从主体上部的把手以及开关部分，检测出类似工作手套的握痕。没有指纹。"

翻了几页，这回又拿出一张电锯的照片。电锯看上去很旧，像是用了很久的样子。电源线中间有一个修复断线的接缝，用绿色胶带缠绕着。

"……有什么问题吗？"

暂时，没有。

侧目瞟了一眼日下，他正戴着银绿色的眼镜，头也不抬地记着笔记。

"那下面。由总部取证课说一下车库的情况。"

"好。"

刑事部取证课石津警部补走到前面，站在白板旁边。白板上提前画好了车库的平面图。

"我来报告一下车库内部以及周围外部的取证结果。……车库内部是门口宽度 3.7 米，进深 6.2 米的长方形。是三个并排的同样大小的出租车库的最左边的，距离门前道路 1.6 米，呈向内凹的形状。从这边的路看，左边有窗户，室内三面墙都有架子，所以窗子是被东西塞住的。从窗户能看出来里面是否亮灯，但看不到内部的样子。

墙上的架子上放着或者立着工作用的工具、钉子及金属配件等材料、木材、建材、木板等残余物料。具体情况这里不细说了，肉片、血迹飞散到各个方向，并且水泥地板充满了大量血液，由此推断遗体已经被分尸，且至少被分成了 6 个或 7 个部分。"

石津歇了一口气。

"……接下来是指纹，除被害者高冈贤一，员工三岛耕介以外，还取到了 6 种指纹。均与有犯罪史的人员进行了比对，未发现存在一致。这其中的两样东西是从架子上放材料的纸箱中找到的，有可能是从现场以外的地方拿到现场的。值得注意的是，这个用于关闭卷帘门的勾杆。"

说着他向大家展示了装在塑料袋里的实物。

"这上面发现了左边和右边的一组指纹，既不是被害人高冈的，也不是三岛的。我认为可以考虑是罪犯关闭卷帘门时，一时疏忽直接用手去关留下的指纹。"

日下立即举手。

"石津主任。请您尽量不要做那样的主观推断。"

没有勇气向后看，不知道石津作何反应。但应该是轻轻点了点头吧。停了一小会儿。

"……好，继续。下面是鞋印。由于地面基本上都被血覆盖了，采集到的有三种。有三岛的运动鞋和另外一个运动鞋，还有一个皮鞋。根据三岛的证词，高冈平时一直穿运动鞋，所以这个皮鞋……"

大概本来想说很有可能是犯罪（嫌疑）人的，但石津犹豫了一下。

"……嗯，应该是其他的什么人的吧。另外，在犯罪现场前面与道路相隔的混凝土部分也采集到了相同的鞋印。并且，出车库方向的鞋印中附着有血液。可以认为是在现场踩了血，然后直接出去了。这个鞋印与从丢弃车辆的离合器上采集到的也是一致的。"

今泉询问到此为止是否有问题。

基本没有。

"另外，车库内还有一条塑料布，大概是用于施工作业的防尘罩，或是用于包裹防污材料的。"

"长度多少？"

日下的声音从讲堂后方传来，连手都没举。

猛然回头一看，石津正紧锁眉头，咬着嘴唇。

"……刚好 2 米。那上面也有工作手套的痕迹。我认为被割掉的部位有可能就是用这个塑料布包裹起来运走的。"

石津的语调显得有些绝望，但这次日下并没有反驳。

接下来还有一些更加详细的报告，但没有特别值得关注的了。

"如果没有问题……接下来是车辆的搜查结果。"

"好的。"

还是本部取证课，峰尾巡查部长起立。但是关于车辆并没有比现有情报更有用的内容。

从驾驶席采集到的指纹并没有可以认为是被害者指纹的证据。有的只是吸满了血的工作手套的痕迹。而且也是非常模糊的。据说连从车库取出的电锯上都没有采集到一个完整的指纹。另外，在驾驶席一侧的门上，左侧的推拉门上，以及后备厢的开关上也采集到了同样的工作手套的痕迹，但这最多只能算作确认受害人行动的一个物证。要说有用的话要等到抓到罪犯之后了。还有发现时所有车门都是锁着的，钥匙也不在车内。

也就是说，在车库将高冈的遗体肢解的人，用塑料布将各个部位包好，或是放在塑料袋里，然后装上车，自己开车运到了多摩川大堤。不知道是什么时候锁上的，然后大概因为某种原因扔下车离开了现场。再然后发生了什么还不知道，虽说不是日下，但以现有情况作出再多的推断的话就危险了。

"那接下来。河床的搜查结果。"

同属本部取证课的森井巡查部长站起来。报告的主要内容大体是关于采集到的血迹的情况。

由于犯罪当晚小雨一直下到半夜，所以推断大部分血迹都被冲走了，好不容易才从遗弃车辆正对着河岸的直线上发现了几处血迹。

其分布在宽度 4 米左右的范围内，推测是杀人犯在车辆和河边径直往返数次来丢弃尸体。只是鞋底附着的血迹好像被雨水冲走了，不能确定丢弃后朝哪个方向走了。

可以认为是遗留物品中有一个小的白色纽扣，几种尼龙纤维片，不知何物的红色塑料片，一些鸡蛋皮，一根插烤香肠之类的粗竹签，一个狗项圈，一部坏掉的手机，一枚十元硬币，两枚一元硬币。

"……每样东西上都没有附着上指纹。以上就是河床的取证结果。"

"有什么问题吗？"

没有人举手。

"那么接下来，车库周边的实地取证，一区。"

"是。"

日下站起来。旁边坐着的是蒲田署的叫什么里村的巡查部长。

"一区对仲六乡二丁目一番地到五番地区进行了走访。首先是向高冈出租车库的田中英之，32岁，邮政局员工，先从这个人开始汇报，住址是仲六乡二丁目三，是独门独院，与父母同住。去拜访时父母也在家。田中昌幸，68岁，没有工作。妻子静子，71岁，主妇。英之是他们唯一的儿子。比他大两岁的姐姐惠4年前嫁人，由于丈夫工作调动现居住在爱知县。英之的自家用汽车是马自达2，颜色是水母蓝，稍微带些紫色的浅蓝色……"

是的。日下的实地走访报告，总是要把看到的听到的事情全部逐一摆出来汇报。

请不要汇报那些多余的事，只说跟搜查有关的点。当然是玲子抱怨了好几次。但是日下完全听不进去。他的主张是：现阶段什么是多余的谁都无法判断。就拿今天来说，如果不知道旁边租借人的姐姐4

年前出嫁，现在在爱知县，那么就不知道是否要将其纳入搜查对象。

有时候玲子被逼急了，会说些极端的话。

——那么根据时间和场合是不是还要考虑有没有陨石坠落的可能性。

日下便会这样反击。

——我在搜查之前，一定要先弄清现场周边每个小时的气象数据之后再去。现场是否有陨石坠落傻瓜一看也知道，不过谨慎起见我先说一下，本次现场附近目前为止没有发现那样的怪现象的记录，已确认没有雷电和龙卷风。

崩溃了。不要说心里，从脚掌到头顶，有种瞬间沸腾气化掉了的崩溃感。

——真的是既听不懂讽刺也听不懂玩笑。

只要是自己触手可及的事情，不管是什么首先各个角落都要过一遍筛，然后捡起最后剩下的那一颗。这就是玲子印象中的日下的杀人案搜查。无论如何也不会像玲子一样，在筛子里用手指拨弄，然后捏起那个引人注目的。

更加让人崩溃的是，虽然如此全方位地进行搜查，但绝不会影响工作的进度这一点。可以说准确而快速。这时警察及检察机关的人对日下的评价，赐给他的外号叫作"有罪判决制造机器"。说来奇怪，日下如此被大家信赖，很遗憾这件事连玲子也不得不承认。

——当然，讨厌他还有其他的理由。

日下还在继续汇报。到此为止如果让玲子来总结就是这样的。

概括邻近居民的证词，听到车库里男子的怒喝声是在夜里9点半左右。对面人家的高考复习生听到电锯的声音觉得吵看钟表时是 10 点 40 分。这时候路过现场门前的居民看到一辆轻型面包车停在外面道路上。

——就这么点事,究竟要说多少分钟啊。

走访搜查的人家如果有条狗,连狗的种类和颜色都要汇报。如果家里有病人,连看病的医院名称、地址都要汇报。

——即便这样罗列,也没人会记录。

看一眼旁边,井冈竟然把日下的汇报画到漫画里。画得还挺不错。

——像这种完全像开玩笑一样活着的类型,似乎也不错……

日下的汇报终于结束了。当然,谁都不会插话也没有问题。

"那么下面,二区。远山巡查部长。"

"好的。"

后面的汇报,内容都大同小异了。

负责车库的汇报结束,终于轮到这边说了。

"那么,下面进行河岸周边的汇报。姬川。"

"是。"

也并不是故意和日下对着干,玲子的原则原本就是言简意赅只总结要点。我就是我。以自己的风格行事。

"负责周边居民走访搜查的叶山巡查长一组和蒲田署筱田巡查部长一组由于要留在现场,由我来代替他们简单进行汇报。

傍晚的河岸边有很多人,遛狗的,慢跑的,还有团体活动的大田事业高中田径队的学生,但他们都只在傍晚的时候来,没有人知道昨晚遗弃车辆的事。另外,河边有一间流浪者临时搭建的窝棚,但住在里面的叫作饭塚武士的男子，这几天由于身体不好，今天一天都在床上，对在其后面进行的取证作业，以及遗弃车辆都一无所知。另外还向其询问了可疑的动静，好像也没怎么在意。

根据筱田警长的报告，西六乡三丁目八×，石川明夫22岁，昨晚零点刚过，开车回家途中看到了案件中的遗弃车辆。把自己的车放入车库，实际回到家是夜里12点半左右，倒推回去看到车辆时最晚也是在5分钟前。也就是说12点25分左右已经停放在发现地点。至于那时周围是否有可疑人员，车里是否有人影，由于当时下着雨，说是没有看清。

其他附近居民也都从各自的家中看到了车辆，但都或是记不清时间了，或是比石川明夫看到的时间晚，简单说一句作为参考。

……我这边就是以上这些。"

"有问题吗？"

日下只是用食指推了推眼镜的中间连接处，并没有发言。

最后全体进行自我介绍，管理官指示信息不要外露，第一次搜查大会就结束了。

很多搜查员就地留在礼堂，围坐一圈开始喝着啤酒，吃蒲田署准备的便当。

不喜欢这种场合的玲子一般都带着菊田及其他几个人去附近的小酒馆，但今天容不得那样了。要出席干部会议，重新分配负责区域，还要对明天开始的与受害者相关人员的走访搜查进行任务分配。

如果有其他会议室就在那边了，但不知是蒲田署也很忙还是只是办事不得力，由于没有可用的其他房间了，结果只能在大家吃吃喝喝，吵吵嚷嚷的讲堂的角落进行了。参加者有桥爪、今泉、蒲田署刑事课长川田警部、同一刑事课强制犯罪组组长谷本警部补，另外还有日下和玲子总共 6 个人。

这里中心还是今泉。桥爪管理官说到底是站在观察员的位置不参与进来。摆出一副架势大概是想给人大度宽容的上司的印象，但在玲子眼中他只是在溜号。关于这一点，恐怕日下也是同样的意见。

今泉用圆珠笔点着搜查员的名单。

"……搜查不多派些人手恐怕忙不过来啊。"

日下点头表示同意。

"光是工作关系的，以前工作的建设公司，现在打交道的工程店、设计师、安装施工行业，水管、电气、煤气、五金店、工具店、钢架、装修、建材店、木材店、水泥工、涂装、砖瓦等交往范围也是非常广。"

刚刚日下读的是蒲田署的川田刑事课长写的三岛耕介的供词的一部分。也就是说今天向发现者三岛听取事情经过的是这个川田。

"那个，明天开始三岛耕介的……"

玲子想要说，搜查能不能我来做，但是被人拦住了。是日下。

"在那之前姬川，我有事想问你。"

一种特别不好的预感，但在只有 6 个人的这种小型干部会议上，无视发言继续说下去是很困难的。

"……好。什么事。"

"河边组的报告中哪里都没有出现前川博的名字，是怎么回事？"

"啊？"

谁啊，谁叫前川博。

"看你的表情，好像心里一点儿都没谱啊。"

糟了。玲子感觉自己好像做了一件非常糟糕的事情。

"什么情况……那个人"

"前后的前，三个竖的川，博士的博，前川博。在我负责区域内居住的 74 岁的老人，你们应该是在河岸边询问过的，一位 5：30 左右出来走路 6：00 过后回家的男性。"

那又怎么了？

"前川博说他去了河边，但却没有警察跟他打招呼。也就是说你们对于往返于被认为是尸体破坏现场和遗弃现场的男子，完全没有记录。有这样粗糙的搜查取证吗？"

太气愤了。稍微靠近那个河边的所有人我都要毫无遗漏地一一搜查吗？

"你能反驳吗？那是在事件发生后 24 小时之内，来往于两个现场之间的男性啊。他完全有可能是去看一看警察的搜查进行得怎么样了，或是去看一下自己的东西是否落在了现场。"

"你是说感觉那个前川有可能是犯罪嫌疑人吗？"

"我并不是在做那种预判。不过幸好，因为他有不在场证明，知道他是清白的了，就放心吧。昨晚前川去做了兼职警备员。我们通过电话向相关人员进行了确认。当然如果再出现其他的疑点，还要重新搜查他的不在场证明。但即便如此，也不能将你的预判和失职一笔勾销。"

又来了。只要做预判就不对。走到哪说到哪的话柄。

"……要是那样的话，解除封锁的那个岸堤旁的道路怎么办呢？你是说要如何让从那儿路过的车辆停下来，如何进行检查吗？"

"作为现实问题那样可能吗？"

"啊？"

"我并不是要提出不现实的要求。如果用你喜欢的比喻，我并没有说连外星人有可能是犯人的可能性也要考虑进去。但是，那是来往于两个现场之间的男子。你作为一课的主任把他错过了怎么说得过去。"

老大课。即刑事部搜查第一课、二课、三课，是警视厅刑事搜查的最前线。作为主任责任非常重大。

——讨厌……

玲子深深叹了口气，低下了头。

"……非常抱歉。今后会注意。"

不知是否应该说是不幸中的万幸，日下即使在这种时候，也绝不会放大音量。在边上喝酒的一伙人完全不知道玲子在被当众责难。

日下突然避开了玲子的脸。

"系长。明天开始三岛耕介的问话由我来进行。"

——什么？

简直是，见缝插针的绝妙时机。

——浑蛋。难不成从最开始就是这个目的？

从川田写的搜查报告来看，被杀掉的高冈贤一每天基本上从早到晚都是和三岛耕介一起行动的。

要想了解受害人的情况，向三岛询问无疑是最直接快速的方式。不管是什么恩怨也好，女人的问题也好，甚至金钱的纠葛，最近的人肯定能感觉到某些征兆的。

负责问询三岛的任务被日下夺走，毫不掩饰地说非常懊恼。但以现在的局势，玲子仍然要硬抢过来说：不，我来，应该是没人同意的。给了对方这么重要的一个把柄，如果再被抓到疏漏就彻底输了。被那样指责，肯定是扛不住的。

再说今泉再怎么照顾玲子，但也不是任何情况下都会偏袒她的。不行的就是不行，不能做的就是不能做。是这样的上司。

"不过，姬川。"

日下透过滑落的眼镜视线朝上地看着玲子。

"什么事？"

"三岛有一位正在交往的女朋友。在推断的犯罪事件前后三岛曾去过那个女孩工作的地方。"

日下在看同一份搜查报告的复印件。这点事玲子也知道。

中川美智子，19岁，是美容专科学校的学生，家庭餐厅的服务员。

"系长，让姬川来负责这个女孩怎么样。对方是年轻女孩，不是正合适吗。"

"那到是……哈。"

日下还向其他人征求同意。

"这样没问题吧。川田课长。"

川田是警部，日下是警部补。但是像这种本部搜查时，主导权说到底还是在搜查一课这边。差一级的等级关系，好像是可有可无的。

"嗯，我……是的。没问题。"

"好，那就这样吧。"

来不及感到吃惊的工夫，被抢了三岛的问询权，玲子被指派负责中川美智子之类的边角工作。

——所以才那么讨厌和这个人一起。

结果，干部会议持续到午夜零点。

4

第二天 12 月 5 日星期五，上午 10 点 7 分，搜查本部。

日下守结束了早上的会议后，马上来到三层的刑事课。为了等待证人三岛耕介来自愿接受问询。

"我想应该一会儿就会来了……请坐。"

在今早的大会上正式成为伙伴的里村丈彦巡查部长给日下泡了杯茶。里村是一个举止稳重的男人，年龄 42 岁，比日下小两岁。

"啊，不好意思，谢谢了。"

对面是刑事课长川田警部。手指夹着烟从里村手里接过茶水。

"不过……那位叫姬川的女主任可真是……"

说着啜了一口茶，发出响亮的声音。

"可真是什么？"

"嗯……个子又高气量又大，而且看起来还很要强啊。"

日下对他苦笑了一下。

"要强是天下第一的，而且是一名优秀的警察。"

川田又不经意地说了声"不过"。

"……她和你好像有点合不来啊。"

"为什么那么说？"

"嗯……眼睛。怎么说呢，她看你的眼神好像很厉害。所以感觉你们是不是有点合不来……"

然后露出意味深长的笑容。部门同事之间的不和是打消无聊茶余饭后的最佳话题。

"没有那回事。搜查时经常会有意见的冲撞，但那与合得来合不来是两码事。反倒是越是合作愉快地去工作，才越能说明头牌课的搜查不是闹着玩的。"

川田耸了耸肩，表示"那是我失敬了"，放下了茶杯。

虽说如此，但姬川玲子在某些方面敌视自己，这是不可否认的。至于为什么现在日下还不太明白。

不记得曾经说过什么类似性骚扰的话，也从未有意地贬低过她。特别是也想不起是因为什么事情从何时开始的。这种意义上说，大概是她被分配到杀人犯搜查十系的第一天就开始的吧。从开始到现在，两个人关系不好。

所以，大概并不是因为在会议上发生了冲突，或是严厉地指责过她，或是高傲地不接受意见之类的事情。不如说自己原本就是她讨厌的类型，应该就是这么回事吧。还好，对于日下本身来说即便那样也无所谓。只要把工作做好，就没什么说的。反过来说，不管合不合得来，如果有觉得不对的地方都会不客气地指出来，要是判断出她不行的话，也都不排除会马上把她的位置抢过来。

但是像今天这样被外人议论也并不好。可以适当地庇护，但要是过度了也不好。

——真的。简直是不知道自己的举动、言行给周围带来了多大的坏影响。那个刚烈不羁的女人。

即便如此，把她评价为优秀的警察这种想法并不是假的。同时也把她当作行为模式的出发点和自己完全相反的、完全不同的一个异性。

"……他来了。"

川田看了一眼刑事课的入口处。日下回头一看，一个和驾驶证上的照片多少有些印象不同的青年站在了那里。

三岛耕介。个子不算高，170厘米，可能还不到。流行的茶色短发。像秋田犬一样的带有纯日本人特征的脸庞。因为是干木工的，体魄比较厚实，乍一看给人非常健壮的感觉。

日下拿着资料站起来，向入口的方向走去，川田和里村紧随其后。

"……百忙之中，劳烦你跑过来，不好意思。"

日下边说边向三岛点头示意，三岛表情有些吃惊。好像是看到不是昨天谈话的川田，而是别人跟他打招呼，感觉有点糊涂。

"我是今天要跟你谈话的日下。请先到这边来。"

来到走廊，日下示意三岛到对面的第三审讯室。这是对于普通人来说多少会有些抗拒的地方，不过如果在外面喧嚣吵闹的刑事课的话会有一些不方便。

三岛看了看日下和川田，怯生生地点点头。川田只是轻轻点点头，没有走出走廊。怀抱笔记本电脑的里村打开门，三岛、日下先后进入房间。

"请坐在那边。"

日下让三岛坐在里面的座位，自己坐在近门的座位。房间有三块榻榻米大小。作为审讯室是标准大小。

里村放下笔记本后又马上出去了，可能是去泡茶了吧。

"……一大早真对不起啊。工作上已经有安排了吧？"

为了不让气氛沉闷下去，日下从轻松的话题聊起来。使并非受害人的三岛一味紧张可不是什么良策。

"嗯，还好。"

"今天的工作是在这附近吗？"

"不，是川崎。承包了一个做厨房装修预算的活儿，可是干爹……"说完这个词，三岛的脸有些微微的变形。

"高冈先生出了这种事……对方还不知道是吧？"

"三岛你不能接下来吗？"

"我还不能独当一面。"

回到房间的里村为他们上茶。三岛微微点点头，视线盯着缓缓升起的热气，好像是要逃避对方的视线。

"是吗……那基本上工作都是和高冈先生一起吗？"

"是的……虽然叫装修店，但我们那个地方其实很小。到之前做过的雇主那里，问问还有什么需要做的，或是让人家给介绍什么的。……这次川崎的活儿也是那样，人家委托我们做厨房改造。偶尔有被叫到更大的装修店做个帮忙的……像那样的时候会接到大一些的活儿。基本上都是两个人能完成的小活儿……所以很少有我一个人的时候。"

后面响起了里村启动笔记本电脑的微弱声音。

"那基本上每时每刻都和高冈先生在一起啊。"

"嗯……基本上。"

"也偶尔会有分别行动的时候？"

"嗯，那个……直接接到的工作如果是要钱什么的，就是高冈去。施工地的摸底、预算也是高冈来做。这种时候我就是一个人。"

要钱？

"你们的工程在金额上一般都是多大规模的比较多？"

"规模……"

三岛微侧了一下头。

"这种事我不太清楚，但是我觉得没有几千万日元的工程。最多也就三四百万日元，再多了也就五百万日元，也就那样了吧。"

"要钱还比较顺利吧？"

三岛稍微顿了一下，调整了一下姿势。

"您所说顺利……是指？"

"比如说，不能收回工程款，发生纠纷之类的事情。"

"啊，也不是没有……"

三岛突然抬起头。

"不会是因为这个干爹……高冈才被杀的吧？"

日下尽量镇静地对三岛笑了笑。

"那还不知道。……三岛先生，听我说。我们对于高冈先生是怎样的人到昨天为止还完全不了解。今天这个阶段也没有特别明显的进展。高冈是一个什么样的人，平时都做些什么，都和什么人交往，遇到了什么难事。我们首先要知道这些。根据昨天的谈话，最近最了解高冈先生的人应该就是三岛你，这应该是可以肯定的了。所以想请你告诉我，高冈先生遇到这种事的原因也好、契机也好、征兆也好。就算不知道这些，说一说有没有什么奇怪的地方，高冈本人和身边的人都可

65

以。不管大事小事，只要是你知道的，都可以告诉我。"

三岛点了点头，但马上又将头歪向一边。

"……但是，款项的回收并不是那么大的问题。要是 500 万日元整个拿不回来了那就成问题了，但是也没有过那样的事情。即使有，顶多也就是让便宜 20 万日元，或是去掉 10 万日元以下的零头之类的，再然后……"

三岛沉默了数秒，好像有什么难以启齿的事情。

"然后就是，挑刺儿的，或者说做工不好之类的，工程结束后损坏了原来的地板啊什么的，总之是要以此来讨价还价的……但是，让人挑出毛病的地方基本上都是我做的。高冈即便因此被人砍掉 30 万日元或 50 万日元，也绝不会扣我的工资……其实高冈的生活也一点儿都不宽裕，但是对这件事还是相当顽固。即使我跟他说因为是我干的，请从我的工资里扣除，他也绝不会那样做。总是说你不用操心这种事，跟你说了不要紧的……"

虽说如此，也不能立刻排除金钱纠纷的可能性，但可以得出的一个结论是从三岛这里没有得到那方面的讯息。

"那么接下来要让你再看一下昨天看的东西了。"

日下一打开文件，三岛就瞪大眼睛，紧紧地咬住了后牙。脸色也明显变苍白了。

"……是照片……吗？"

听川田说，三岛昨天在看到左手腕之后马上就吐了。

"这样的东西要亲近的人进行确认是非常痛苦的……不过高冈因为没有家人，也只能请三岛你来确认一下了。还请你理解。……伤痕的地方我用手遮住。"

日下抽出照片，用右手遮住切断的部分拿给三岛看。

"你看到这只手的什么地方能够确定这是高冈的手？"

三岛不停地咽口水。

"这，这个……伤疤。"

是拇指和食指连接部分的一个伤疤。

"这是什么伤疤呢？"

三岛像是要摆脱咒语一样让视线从照片离开，然后大大地吐了口气。

"那是……已经差不多两年前了，在装修的工地……用圆锯切一个旧柱子。"

圆锯。就是使用圆盘状刀刃的电锯。

"好像里面还有钉子。刀刃碰到后，当的一下圆锯被弹了回来……很不幸正好打到了干爹……高冈的左手……就是那时候伤的。"

"受伤的时候，你在旁边吗？"

"是的，在。流了很多血，受伤的是高冈，我却在旁边吐了……因为切到了神经，左手有一阵子不太好使。现在食指还有些握不紧，但还好因为是左边……"

果然是印象深刻的一个伤疤。

"其他的特征如何呢？"

"其他……"

三岛瞟了几眼照片。看样子无论如何都不想再直视了。

"其他的，是……指甲吧……那个，我们这些工匠，会徒手直接接触一些硬的东西或是重的东西。所以手上的皮会变厚，指甲也会变厚，变硬。"

三岛拿出自己的手给日下看。的确大拇指的指甲厚度看上去是日下的三倍以上。仔细看，也确实和照片上手指甲的状态很相似。

"但是这是工匠们普遍的特征吧？"

"嗯，是……是的。"

"那么，可以确认这是高冈的证据还主要是看这个伤疤，可以这么说吗？"

"只凭这点，不可以吗？"

像是吃了酸东西一样噘起嘴的三岛的脸上，还留有很多少年的痕迹。

"不，可以的。就是要确认一下看哪能看出来。"

合上照片，为了缓和一下气氛，日下聊起天气的话题。

今天有些阴天。三岛担心说会不会下雨。一个瓦工朋友今天要在附近工地揭瓦，也就是房顶装修，看样子要是下雨的话就麻烦了。还说要是能等到晚上再下就好了。

日下边喝茶，边随声应和。

"对了，你和高冈是怎么认识的呢？"

三岛坐直身体，眼睛望向远处。

"我的父亲在我小学五年级的时候，从在建公寓上面坠楼身亡。那时我去取丧葬费。高冈也在现场……高冈在别的公司是一名木工……然后我去现场取爸爸的东西，高冈跟我打招呼……他好像知道我没有了父亲，自己无依无靠。于是就觉得我很可怜。"

然后问了父亲工作的公司名称，说是木下兴业株式会社。另外当时高冈在一家叫作中林建设的中型承包公司。也就是说可以认为木下兴业作为中林建设的分包商承包的工程。

三岛喝了口茶，深深地叹了口气。

"……我，在那之后一直到中学都是在品川的孤儿院里，高冈也会经常来找我玩。赶上休息什么的，还会带我去游乐场，也会经常请我吃饭。"

问他孤儿院的名字，三岛回答说叫"品川慈德学园"。

"然后，中学快要毕业的时候，他来问我，毕业后，和我一起干怎么样。他现在一个人到处跑工地，也有了不少关系，想着要自己开一家高冈装修门店。我真的特别开心……我没有父母，学习也不好，简直是一无是处，而他竟然能对我这么好……我立马答应说，'我干，拜托了。'那个时候我已经把高冈当成了真正的爸爸也好，大哥也好……总之就没认为他是外人，真的特别开心。"

接下来就询问了一会儿关于工作的事情。其中也问出了前几天川田没有问到的一些往来客户。关于业主，虽然三岛说不知道高冈有没有能作为客户名册的记事本，但在三岛能记住的范围内了解了大致的地址和姓名。

"那么说来你跟高冈干了5年了。"

"是……啊。已经那么长时间了。"

"有没有和高冈交往的女性呢？"

"这个，怎么说呢……我也觉得有些不可思议，完全没有。"

目前搜查本部拿到的高冈贤一的照片只有驾驶证换证中心保管的

一张面部照片。现在远山他们搜查高冈住的公寓或许能发现什么别的东西，但还没有传回消息。

"啊，那三岛你有没有高冈的照片呢？"

"嗯……有没有，得回房间找找看才知道。"

"如果有请一定给我们看一下。我们复印一下马上还给你。"

"好的，知道了。"

不过，那个高冈，从驾驶证的照片上看来，长着一张非常端正的脸。至少不至于不受女人欢迎。但他身边却没有女人，这一点不得不让人对其他方面产生怀疑。

"再问一下，女人是真的完全……那什么吗？"

这样说年轻的三岛好像听懂了。

"啊，虽然这么说，但不是我啊。"

说着将右手手背放到左脸颊。

"他稍微有些钱的话，也会去夜总会什么的，有几次……还跟他去了红灯区。他也和正常人一样是喜欢女人的……这点不会错。"

"啊，对不起。我不是那个意思。"

是那个意思，哎，也好。

"他有没有固定一家店的固定一个女孩。"

"没，没有……或许只是我不知道，也可能私下里有。"

"晚上，你们不在一起？"

"啊，是，有时候晚饭也会一起……也就是经常去附近的小餐馆或者烤鸡店、小酒馆之类的。"

这个也要具体问一下。吃饭的地方有万田亭、冈田烤串、藤川酒馆。

"其余的时候，都是自己行动了。我们又不是男同。"

似乎这样的谈话使得三岛心情非常郁闷，但向他道歉反而显得更加可笑，于是只能什么都不说了。

"话说，三岛好像有正在交往的女朋友吧。"

三岛表情稍微有些尴尬，不知是因为害羞还是另有什么其他原因。现在还无从判断。

"啊，倒也没……到交往的程度。"

"中川美智子。据说是在美容专科学校就读的 19 岁女孩。你们已经认识很长时间了吗？"

三岛竖起浓黑的眉毛。

"什么，连那事都要问吗？"

"是的。因为听说高冈出事的时候，你刚好和那个女孩在一起。所以我必须要搞清楚事件周边的情况，否则没法向其他搜查员讲解。"

三岛看上去很生气，从鼻子出着粗气，努起嘴唇。但这也是没办法的。逐一确认相关人员不在现场是刑事搜查的铁律。根据情况还要质疑是否有提供伪证的可能性。如果是男女一起的话，就更加有必要加以确认。

"从认识到现在，还……刚刚一个月多一点儿。"

"在哪里，认识的？"

三岛沉默了一小会儿，视线侧向一边。一个多月以前相遇的，需要那么想才能回忆起来吗？

"在她打工的饭店。15 号沿线的，川崎区政府的前面一点儿，名字叫 Rowena。"

是 ROYAL DINER，川崎店。这点我们已经确认过了。

"离你住的地方有些远啊。"

"是下班回家时路过的。"

"然后就认识了？"

"本来就喜欢 Rowena，在川崎干活的时候，就顺便进去了。"

"从川崎方向回来的话，应该是在行驶路线的相反方向，会不会有些不方便。"

三岛皱紧眉头。

"什么，你还要怀疑这事吗？"

"不，并不是怀疑，在地图上确认了一下，只是觉得有疑问。如果是我的话，大概会再往前开一点，去一家和行驶路线相同方向的餐厅。"

"我会去。因为我喜欢 Rowena。"

"当然，如果有喜欢的女孩，即使那样也没什么奇怪的了。"

三岛很无趣地叹了口气，将身体靠在靠背上。

"……先搭话的是你吗？"

"够了，饶了我吧。"

"就请再回答一个问题。"

"什么？"

没有特别的原因。一定要说的话，因为三岛抗拒，反而更想问一问。

"……你看，如果不把情况搞清楚，如果后面有问题，会非常麻烦。所以拜托你了。"

三岛很不情愿地回答说，是我。

"……去了几次，觉得她很可爱。她好像也记得我。就开始说话了……就大概是这样。"

"高冈也一起去吗？"

"嗯，去过一次。"

"下班回家不是一起吗？"

三岛突然伸直腰，屁股从椅子上抬起来，鼻孔张得好大。

"你们要干吗。也许是两次，也许是三次。这有什么关系。这和我干爹的事件有什么关系？！啊？"

日下赶紧安慰半站起来的三岛，让他坐在椅子上。

"就是因为不知道有没有关系，所以才问的啊。请你不要生气。"

为了调节一下气氛，这次话题转向了汽车。

三岛现在好像开斯巴鲁翼豹。问他是贷款买的吗？回答说因为不给贷，所以现金买的。又说有点贵吧，回答说因为是二手的所以没那么贵。

第二章

不知是因为政府的安排还是什么，我被送进了品川区的孤儿院———品川慈德学园。虽然房子很旧，但还算是个不错的地方。

能够吃上饭，也有衣服穿。因为换了学校，所以也没有人欺负我了。对于我来说是求之不得的日子。

"你比我们想象的适应的还快，这就放心了。"

当时的园长虽然这么说，其实在学园内也是有欺凌什么的。

有几个女孩子被高年级男生做了过分的事。也有弱小的男孩被抢光了所有的零用钱。到了高年级，就到和学园不在一起的另一个独栋建筑里过集体生活，所以学园里最嚣张的就是初三学生了，不过我尽可能地不和他们同流合污。

"……耕介。你，一个新来的，别装老大。"

"浩树，听说你在学校被人甩啦。这么个邋遢鬼，找小学三年级的小女孩寻开心，真是没人性。"

"……说什么呢，你这个浑蛋！"

是我挑起的战争。好像早就准备着有这么一天。那时从学校回宿舍的路上偶尔捡到的一截30厘米左右的断掉的扶手棒。现在回想起来仍然觉得那是一个好武器。又硬又好握，用电锯锯一下，长度也好调节。

插在后裤兜里，拔出来就先给对方一棍，那时就已经能分出胜负了，剩下的就是踩上去，让他们哭着求饶，把大家都叫来，看着他们脱裤子，还得再下跪求饶一次，最后还要让他们做1000次蹲起。当然是光着屁股做。偷懒的话就再用扶手棒打。大家都多多少少被那家伙骚扰过，所以谁也不会去告诉管理员。

不过，我没有取代他欺负人什么的，没做过那样的事。好像感觉有了些权利似的，但至少没有欺负过低年级学生。这件事，嗯，发誓没做过。

我能够那样心里平和，或者说没有变得那么粗鲁，都是因为有了干爹。

他带我去别的孩子想去也去不成的迪士尼，带我去吃牛排。我感觉只有我自己去享福，有些对不起孤儿院里的伙伴们，所以在其他事情上，就相当地谦让。现在回想起来，说实话如果没有干爹，我可能也会做出那个浩树做的那种事情来。

然后，在初中三年级的一个冬天。

"……耕介。你认真地准备考试了吗？"

当然，并不是每次都带我吃牛排。大多数时候是吃拉面什么的，那天吃的是大阪烧。干爹是生啤和猪肉鸡蛋，我是乌龙茶和牛肉鸡蛋。

"没，没怎么……学习。"

那家店现在已经倒闭关门了，但那里的大阪烧确实很好吃。

"高中，怎么办呢？"

"啊，高中……怎么说呢？"

说实话，对学习已经厌烦了。总感觉因式分解是什么嘛，二次函数又有什么用啊。又或者，因为不想成为爸爸那样，作为一个小孩非常急切地觉得必须赶快自己赚钱。

"这算怎么回事……不上高中，你打算怎么办？"

"嗯，那个，我有点想……工作。"

"现在这个世道，不是你有点想就能工作的。"

这个我知道。中学毕业要活下去，不是要有相当的能力就是要有野心，或者是有一技之长，否则是很困难的。所以，如果可能的话，我想成为像干爹一样的工匠。尤其是木匠的话，只要有点工具和技术，到全国各地都能有饭吃。即使不去专科学校，一边干一边拼命地学，这样用不了几年就能独当一面了。

现在回想起来，干爹或许就是要跟我渗透这个事，为了制造说话的机会才约我出来吃饭的。不过如果是那样的话也是很好的。有些诱导我的意思，但绝对没有强迫我去做什么。

"……耕介，如果你觉得愿意做工匠的话，就来我这吧。我最近也正在琢磨。现在说出来还是有些难为情……我想独立出来自己做一家装修店，取名就叫高冈装修店。"

眼前的热气不断升向天井。我感觉到在我的身体里，好似也升腾起一股叫作热情或者希望的东西。

"什么？你会用我吗？"

两只手撑在桌子上的姿势一下把杯子碰翻了，乌龙茶洒到了铁板上——

"哇！"

"……傻、傻瓜，冒失鬼！"

猛地一下子冒起了好大的热气。引起饭店一片骚动，连火灾报警器都响起来了，倒是还没有把消防车引来，不过我和干爹不停地不停地跟饭店里的人低头道歉。干爹一边戳着我的头一边说这孩子真是的，而我只能低头不出声。

但是，一出饭店大门，两个人就大笑起来。

那种幸福的感觉，我绝对一生都忘不掉。

我等不及毕业，在那一年的寒假就开始了木工的学习。

不过其实赶上正月工地放假，我只是收拾收拾垃圾，帮着给当时干爹服务的公司做了做大扫除之类的。

"什么？阿建有个这么大的儿子啊？"

在这个行业，把儿子带到工地上来绝不是什么新鲜事。干爹每次都会说"不是，是亲戚的孩子"，还会加上一句：现在我在照顾着。语气里有种说不出的骄傲。

但是在当时的记忆里，干爹有时会有些怪癖。

"……这个说明书，可以扔掉吗？"

我看到门窗之类的施工说明书在垃圾袋里，不知道是否可以扔掉，于是向干爹确认一下。但是，没有回应。以为是他没听到于是想看看他在干吗，不想干爹正在用一种像是瞄准猎物的狼一样凶狠的眼神盯着正前方。

在新建住宅的门外，站在昏暗的人行道上的，是那个我去取父亲的遗物时给我丧葬费的男人。

我记得在漂亮的黑色大衣的衣领处，看到了一个鲜明的红色。尽管已经是傍晚了，却依然戴着一副太阳镜。那时还是小学生的我没有特别在意，就是感觉这个人可真高啊。

过了几秒钟，好像是注意到了干爹，男人朝这边笑了笑。不过就仅此而已了。"再见"，男人向外面的人打了声招呼，就消失了。

干爹好像一下子回过神来，把脸转向我。

"……啊，那个，我还在找呢。"

从我手中接过说明书，直接上梯子去了二楼。

现在回想起来，那两个人应该是很早以前就认识了。

毕业的同时，我就从品川的孤儿院出来，到干爹的地方来住了。

大田区仲六乡的公寓。有两个房间，一间是八张榻榻米，另外一间是六张榻榻米。破是有些破，不过能洗澡也有厕所，对于我来说，是足够舒服的"家"了。

木匠的工作的确不是好干的。要做的所有事情都是体力劳动。而且是需要技术的工作。就只是搬运材料，不但要小心不能撞到什么地方把东西碰坏，像石膏板这种又大又重，而且很易碎的东西，如果一旦没有摆放平稳，立即就断掉了。

"耕介，你认真点，材料不是白来的。"

"好的，对不起。"

再加上工地的空气，从头到尾都是灰尘漫天。一天工作结束后用毛巾擦一下鼻孔，可真是名副其实的漆黑。眼睛里也经常会进灰尘。圆电锯的机械声也是刺耳地吵，其中还有人戴上耳塞干活的。当然要是有人刚好是立体声发烧友倒也是一种特别的体验。

"钉子如果笔直地凿就会笔直地进去，从侧面凿当然会弯了。拿锤子的方式本身就是错的。"

"不管什么工具，锯齿部分都要保护好。它要是弯了，整个工作就完了。"

"你现在用圆电锯还太早。先用普通电锯，用胳膊的力气来锯。"

"皮尺的头部没有刻度不要从那开始量。量的话要把10的地方当作0来量！"

需要掌握的东西像山一样多。道具的使用方法、材料的切割方法、组装方法、钉子的钉法、建材的种类、木材的种类、工作的顺序、与其他打零工的人们打交道、专业术语、建筑力学，从如何把收尾工作做漂亮，到一些做坏了之后的弥补办法。但是，因为知道这些都有什么作用，全都是真实地发生在眼前的事情，所以学起来并不觉得苦闷。那个时候才刚刚体会到，其实学习是那么快乐的事情。

"哈，你这小家伙还会做笔记啊，没想到还挺认真的。"

被发现时有些难为情，每天晚上趁干爹洗澡时写的《木匠日记》无论何时对我来说都是最宝贵的东西。

"干爹。硬木槐树的汉字怎么写啊？"

"槐树……用片假名写就好啦。"

是啊。干爹比我还不擅长写汉字。

"木下兴业的兴，为什么是这个字呢？"

"不知道啊，下次问一下总经理。"

"总经理是谁，我见过吗？"

"应该没有吧。我也没怎么见过。"

"那还不是没用。"

我的日薪是 5000 日元，半个月集中结一次。

"……啊，我不会让你付房租的，不过你要尽快把自己的工具置备齐全了。如果不自己买，就怎么也不会珍惜。"

一年后薪水涨到了 8000 日元。那之后，我就从干爹那搬了出去，开始一个人生活。房间是干爹带我一起找的。6 张榻榻米大小的单间带公共浴室，每月 62000 日元。比干爹住的地方新而且干净，总感觉有些对不住他。

"来，当作你独立生活的纪念，拿去付押金吧。"

这么说着，他拿出来的却是两个信封。

"谢，谢谢您。这个是什么？"

平常的祝贺信封的下面还有一个印着现在流行的外资保险标志的信封。

"嗯，这个是……我万一出什么事的话，你是受益人。钱不多，申请一下就能拿到。"

感觉一股暖流和一股寒流掺杂着席卷过来，让我身体发颤。

"说什么呢，干爹，什么叫出什么事？"

想到干爹能如此这般地把我当成家人看待我当然很高兴，但听他说万一出什么事这样的话，老实说我很厌烦，而且很害怕，很难受。

"我不要听那种话。"

但是干爹紧握住我拿着信封的手，用威严且认真的目光看着我。

"不，这里面不光有你的，还有另外一个人作为受益人的证明信。因为某些原因，没有对那个人说过，搞不好到我死了可能都不会有人去通知那个人。所以这个请你替他保管……然后，我万一出了什么事，请打开它，通知那个人。请你告诉他：有一份受益人是你的保险，你去申请把钱领出来。我想请你帮我完成这件事。"·

有生以来从没体验过的一种复杂的心境。

信任。保险金。死。莫测的未来。还有，谜团——

但是并没有什么可厌烦的。作为我不可能有拒绝的资格。干爹不管是工作方面还是生活方面就是我的"父亲"。这样的一个人在我面前低下头说要请我帮忙。

"……知道了。不过……干爹你说什么，万一出什么事那样的话，我……"

于是，干爹使劲地在我肩上敲了两下。

"说什么小孩子家家的话，生命保险一般都是要上的，等你有了老婆也自然会考虑的。"

当然，一直不明白为什么干爹没有女人。所以，当干爹说"某种原因"的时候，那时的我便认为原因应该就在这儿了，也并没有多想什么。

那是在我马上到 18 岁的时候。好像当时正在工地附近的面条店吃猪肉盖浇饭。

"……耕介。你，去考个驾照吧。汽车的驾照。"

关于这点，我也曾想过。我知道有家驾校在蒲田站前面有接送大巴，如果去的话就去这家吧。

"但是……下班以后再去肯定会很累的。周日什么的人又多。"

"不是，要是去训练营考驾照，能很快拿到而且比在市内考还便宜。智充的女儿之前就是去岩手考的，说住的也挺好的。"

智充是泥瓦工人。

"你要是能给我开车，我也能省点事了。"

"对啊……木料店什么的我自己也能去了。"

"是的是的。下班以后，我还可以喝上一杯了。"

"……什么嘛。原来是为了这个啊。"

好像干爹对这件事特别上心，说借我钱让我赶紧去报名，然后从宣传册中拿出申请表，还有所需要的钱，一起推给我。

很快的，我就定下来要去福岛县的驾校学习了。

从结果来说去了那里还是很好的。没出一次错误，用短短16天就取得了驾照。而且第一次出门，在东京以外的地方常住一段时间，也算换换心情。

但，为之付出的代价，就是回来之后……

"耕介。到五金店买个钻头来。这个，像这么粗的。"

"喂，耕介。丸吉说边角线和踢脚板到货了，赶快去取回来。"

丸吉是一家经常合作的建材商。

"那个什么耕介，这种颜色的钉子凿了之后钉帽太显眼了。钉子要凿进沟槽里，还得要更黑一些的，褐色或巧克力色的。……来，去换一下。顺便再带两束椽子回来。"

"……椽子，是要1寸2乘1寸3的，还是要1寸3乘1寸5的？"

这些都说的是一种比较细的方木料。在建筑行业到现在还用尺或寸来表示长度。

　　"笨蛋。现在这里哪用的上1寸3乘1寸5的。现在不是要做起居室的龙骨吗，当然是要1寸2乘1寸3的了。"

　　"哦，是，知道了。我马上去取。"

　　"真是的。"

　　话音未落，就听见刺耳的"叮"的一声，干爹突然扔下圆锯，蹲坐在地板上。

　　"啊，阿健！"

　　"……干爹？"

　　电气店的松本跑过去，干爹的左手——

　　"妈的……锯到手了……"

　　"喂，没事吧？"

　　没事，是不可能的。拇指和食指之间的连接处完全裂开了，肉都露出来了——

　　"小耕，救护车！"

　　"不用……没事的，松本。"

　　"伤成这样怎么行呢。先拿毛巾来，有没有干净点的，小耕！"

　　鲜血，滴滴答答，滴滴答答——

　　"小耕，愣在那干吗呢！"

　　一股强烈的凉凉的东西从我的腹部到胸部，从头到脸翻腾上来，几乎同时，胃的盖子也打开了——

　　"哇——"

控制不了。自从看到我爸爸的绿色的尸体，我只要一看到伤口啊，鲜血啊之类的，一秒钟都忍不了，一下子就会吐出来。

"喂喂，不知道究竟谁需要救护车，真要命！"

结果干爹由松本陪着走路去了工地附近的外科医院。

我则一直躺在没铺榻榻米的地板上，额头上顶着块湿毛巾，眼睛直直地盯着没有天花板的屋顶，看着房顶上的大梁。

1

玲子在走访取证中，把高冈贤一的过去作为走访目标。只是不得不先去找三岛耕介的女朋友中川美智子问话，这是在昨晚的干部会议上被指派的任务。

住址是川崎市川崎区渡田向町的单间。从京急蒲田坐四站地到八丁畷，换乘南武线，第一站川崎新町是最近的车站。事先已经打电话预约好了。

"……玲子主任。"

玲子和井冈沿小学校的墙根向前走，井冈摩挲着发旧的皮革包，朝玲子搭话。

"我跟你说过了，不要直接叫我的名字。"

当然，玲子换搭档的请求没被通过。

"你和日下主任，关系不太好啊。"

一阵冷风吹进领口。玲子颈背挺直，打了个寒战。

"怎么问起这事来了？"

"没有，做完的圆桌会议上那个……"

圆桌会议和干部会议是一个意思。

"你，偷听我们开会了？"

"没有。只是偶然地传到我这个大耳朵里来了。"

井冈故意用胳膊夹着包，两手扑噜扑噜弹了弹耳朵。

"这个耳朵，只要是玲子主任的事，无论多小都能捕捉得到。"

"你是戴着红头巾的狼吗？"

以为他会乘兴学一声狼叫，结果没有。他轻轻说了句：真冷啊。井冈这种节奏混乱的演技风格，慢慢给玲子一种压力，开始让她不断地积攒不满情绪。

"对了，为什么会关系不好呢？"

啊，真累。真是麻烦。

"……也没有。那种事应该不算什么吧。隔壁所的关系基本上都不太好，这是正常现象。"

"不是隔壁啊，不都是十系的吗？"

"同一组不是一个班也同样会是对手。掉以轻心的话以后我就要吃苦头了。"

不知为何，井冈咧嘴笑了起来。

"……干吗啊，真恶心。"

"啊，不是，我是觉得日下主任，总是那样说话，可不受女孩子欢迎啊。"

玲子很想说，这样的你也同样不会受欢迎的，可话到嘴边还是忍住了没说。她可不想留下什么引子，引起男人女人的话题来。

85

不过，像这样色情狂一样的男的，在郊野的歌厅之类的地方或许反倒很受欢迎也说不定。

——哎，那种事情，关我什么事。

到达目的地。SUN HIGHTS 渡田向町。三层楼。看了信箱，共 12 户。

"好家伙，真漂亮。"

的确是很新很漂亮，贴在外墙的瓦片，色调让人想起红叶，非常非常时尚的设计。

"进去吧。"

手表指向 10：28 分。时间也刚刚好。

玲子按响了一楼倒数第二间，102 号房间的门铃。

"……来了。"

对于 19 岁的年龄来说，声音显得有些低沉嘶哑。不知道是因为喝多了，还是感冒，或者是心情不好。

"我是今天早上给你打电话的，警视厅的姬川。"

"啊，好的……这就开门。"

过了一会听到取下链锁的声音，门打开了一条缝。女孩房间特有的气味和暖风一起溜了出来。

"你好……"

"不好意思。"

对这种单身生活的女孩子，要直接出示身份证件。因为需要尽快地解除对方的戒备心理。

"……电话中和你沟通过，我想了解关于你朋友三岛耕介的一些事情，可以吗？"

"啊，好的……请。"

这下把门开大了，虽然看到井冈时惊了一下，但这个女孩、中川美智子依然不慌不忙地把玲子他们带到房间里。

能感觉到，三岛耕介应该是和她联系了。两个人交往到什么程度了呢。是正式的男女朋友吗？还是还没到那个程度？如果是交情很深的话，那么不得不考虑和夫妻一样，其证词的可信度就低了。

玲子他们在一张小桌子旁坐下后，女孩去了小厨房。

"不用忙活了。"

"嗯，好的。"

6 张榻榻米大小的单间。放上一张床，一个电视机，一个整理箱，然后再加上这张桌子，就把房间塞满了。因为上的是美容师专科学校，在墙边还堆放着专业书籍和杂志。但是除此之外可说得上是俭朴了，玲子感觉这和时尚、兴趣高雅、梦想成为美容师的女孩子有些不一样。

说好听些是脚踏实地，说难听些是被逼无奈。从她身上丝毫感觉不到这个年龄的女孩应有的娇气、慵懒、玩乐的东西。既没有米奇，也没有米菲兔，既没有龟梨也没有皮特的房间。或许这样说有些过分了，让人想起监狱的单间来。

即便如此，她仍然从电热壶中倒出热水，给我们泡了红茶。立顿。

"请……"

"不好意思。"

"谢谢。"

女孩瞧了一眼玲子身边的大衣。

"啊，我都没注意……大衣，给我吧。"

好像是要把团成一团放着的大衣挂到什么地方。但是大衣口袋里放着重要的东西。

"不用了，谢谢。没关系的。"

女孩没再多说什么，只是轻轻地点了点头。看起来倒像是一个比较用心的女孩。

美智子中等身材，有着瘦弱的身躯。隐藏在针织衫下面的胸部很薄，被牛仔裤包裹的双腿细得很难说得上好看。五官长得很端正，很可惜，一张嘴就能看到虽然比不上井冈但也算够大的门牙和牙床。

——啊，不过大塚……

对。死去的大塚曾经说过喜欢那种牙齿出来一些的，鼻子向上翘的有些自卑感的女孩，说那样的女孩很可爱。

——那时玲子好像说的是，抱歉，我不是那样的女孩之类的话……

的确。想到这些再来看这个女孩，说完话马上腼腆地合上的嘴角，有些羞怯的眼神，还真是有那种因为自卑感而带出来的可爱劲儿。

井冈喝了口红茶，长舒一口气。

"啊，可算暖和了。"

玲子也拿起杯子，喝了一口茶。

"……抱歉今天一大早打电话给你。今天是不是原本有事的？"

美智子微微点一下头，自己也拿起了杯子。表情没有什么变化。

"要去上学。不过已经请假了。"

"哎呀，那太不好意思啦。早知那样的话……"

美智子摇头打断玲子的话。

"早上开始身体不舒服，本来也打算休息的。"

"是吗，不过不管怎么说都是给你添麻烦了。现在身体没事吧？"

"嗯，已经……没事了。"

虽是这么说，估计也不想被打扰太长时间吧。玲子以一句"那我们开始吧"为开场白，开始了问话。

"……我能了解一下最初你和三岛耕介是什么关系吗？"

美智子没有显出害羞的样子，点了点头。

"怎么说呢……嗯，算朋友吧。"

"是怎样的朋友？"

美智子将头侧向一边，像是思考的样子。

"本来他是我打工的那家餐厅的客人，嗯……因为经常来，而且年龄也相近，不知不觉就成为朋友了。"

"是吗……那，前天呢？"

美智子在瞬间做了个收回下巴的反应。虽然是一个微小的举动，但一定是有某种心理活动的。

是什么呢……

玲子静静地等待答案。

"前天……我上晚班，从晚上 10 点开始。然后，我记得好像是……刚上班。三岛君就进来了。"

称呼是"三岛君"？一般不是应该叫"耕介"之类的吗？

"三岛待到了几点？"

"应该是不到 12 点吧……我记得大概是那时候。"

"一个人吗？"

"嗯，一个人……好像在看书什么的……"

提问过于咄咄逼人的话气氛就会有些紧张，所以玲子会不时地点头微笑。

"顺便问一下，他点了什么菜你还记得吗？"

"啊，嗯……好像是焗海鲜鸡肉饭吧……还有，咖啡。大概就是这些吧。我们店没有酒。"

"这个，去你们店的话，能查得到吗？"

"嗯？查什么？"

"三岛是不是一个人去的饭店。"

美智子说，应该可以查到，看昨天的会计数据应该能够查到人数、性别、年龄段等大致的东西。至于负责人会怎么说就是另外的问题了。

美智子看了看玲子，又看了看井冈。

"那个……发生什么事了吗？"

不知道她是明知故问，又或者是耕介什么都没跟她说。不管是哪种情况，目前这边能做的判断都很有限。

"嗯……其实是和三岛耕介一起工作的叫作高冈贤一的人，去世了。"

看美智子的脸色。没有什么大的变化。这又该如何解释呢？

"……高冈先生对三岛君来说相当于是父亲了。"

"嗯，是。"

"去世了……不会是，被杀了吧。"

玲子稍微停顿了一下，慢慢地点点头。

"现阶段还不能断定，不过我们觉得是这样的，不过因为搜查刚刚开始。很多情况还不了解。"

玲子喝了一口红茶，让话题告一段落。

美智子长出一口气，好像是放松了下来。

——在想什么啊，这个女孩……

给人一种灰色印象的少女。

这种有些胆怯的感觉，是要隐藏什么吗？还是她的性格使然？

回答问题的时候出人意料地清晰明了，也能看着人的眼睛认真地谈话，其实看起来是相当坚强的人，不过这或许也能解释为做服务员这个职业的原因，或是"接人待物的技巧"。

要不要再稍微多问一些——

"那么说，你一个人住是吧？"

玲子一边环视房间一边问，在美智子的脸上好像看到了些许暗淡。

"你父母呢？"

"妈妈很早就去世了。爸爸……"

不知怎么话音中断了一会儿。

"……也是，十月初的时候。"

"是吗？"

玲子双手合十低下头，旁边的井冈也跟着效仿。

"节哀顺变。"

"啊……谢谢。"

"是因为生病还是什么？"

美智子面无表情地摇摇头。

"工作的时候，因为事故。"

"啊……"

尽管显得有些不近人情，玲子这时候选择了沉默。她是想让对方说话。故意不说话，看接下来女孩要说什么。

美智子果然接着说了下去。

"……在施工现场发生了坠楼事故。从10层的脚手架上脚踩滑了。好像是跌跌撞撞地掉下来的，遗体上有很多伤，幸好脸上的伤比较少……也是靠这个才认出来的。"

施工现场——

这和高冈还有三岛是木工这件事，有什么联系吗？

"这样啊"，玲子同情地点点头。

"你父亲，是做什么的？是贴外墙砖什么的吗？"

"不是。是叫作高空作业吧。那时候好像是搭脚手架的搭建工作。"

"那时候，也就是说……那之前是做别的工作吗？"

美智子皱起眉头。不知是否在对没完没了的提问表达一种不快，但玲子不可能在这个时候后退。

再一次用沉默来等待答案。

终于，美智子像是没了耐心般地叹了口气。

"……以前，是在建造和售卖公寓的公司做营业员的。在去世前不久，换到工地上去工作了。"

本来想问，这次换工作是有什么特别的原因吗？但没有问。现在应该不能再多问了。中川美智子现在看来，只不过是作为证明第一发现人不在现场的一个证人而已。

于是，井冈突然开口了。

"那个，作为参考我问一下……你父亲最后工作的公司名称方便告知一下吗？"

还是一贯的吊儿郎当的语调。但是，美智子毫无表情地，眼睛好像在看着玲子和井冈之间的根本不存在的什么人一般。

"……一家叫作木下兴业的公司。是在世田谷区的……我也不太清楚。"

"木下，然后是'工业'的'工'吗？"

"不是，是'兴起'的'兴'字，兴业。"

"好的，木下兴业。好好，知道了。"

然后，谈话结束，玲子等井冈把红茶喝完，起身告辞。她拿出自己的名片，在名字的旁边写下了搜查本部的直播号码，然后递给了美智子。

"那个……"出门的时候，美智子叫住了门外的玲子他们。

"嗯，什么事？"

"啊，那个，三岛君……没事吧。"

这句话可以用几种方式来解释。三岛是否被怀疑成犯人。或者失去了如亲生父亲般的师父，精神上是否受得了。他自己今后会不会有什么危险——

目前为止的谈话让玲子觉察到美智子和三岛并没有多么深的交情。而就是那样的美智子，会特意叫住玲子他们问一句"没事吧"。玲子从那句话中感觉到了一种特别值得尊重的东西。

所以，玲子也饱含各种含意地冲美智子笑了笑。

"没事的。……不过，如果担心的话，就给他打电话吧。我觉得他一定会很高兴的。"

再一次微笑，美智子也好像放心了似的露出了笑容。

玲子发自内心地觉得：真是可爱的女孩子啊。

玲子回了一趟蒲田，将事先准备好的书面搜查函提交给区政府，调出了高冈贤一的居民证。从曾经居住地可以看出，高冈搬到现在的住处是在 12 年前。在此之前住在足立区的南花畑。明天应该要到那里走一趟吧。

"玲子主任，差不多，肚子该饿了吧。"

"啊，已经 1：30 了呀……是啊，先吃点东西吧。"

井冈并不愿意。

"不愿意去的话没关系啊。我一个人去。"

说着走进了卖牛肉饭的松屋。

"我是更喜欢那种约会的感觉……"

"我说过了我不喜欢。……快点吧，赶紧吃完，赶紧走了。"

ROYAL DINER，川崎店。

故意避开午饭时间来的好处，就是客人只有午饭时的三成。

"欢迎光临。两位吗？"

玲子点头示意，被一个和美智子差不多年龄的女服务生带到了座位上。

女孩刚要说"您要点些什么"，就被玲子打断了。

"对不起，能叫你们店长或者负责人过来一下吗？"

玲子悄无声息地拿出警察证给一脸惊讶的女孩看。眼看着她表情僵硬起来，急促地行了个礼，快步退回了后院。

之后过了不到一分钟，一位叫作齐藤的男经理来到玲子他们的座位跟前。

玲子和井冈两个人起身。

"百忙之中把您叫出来真是不好意思。我是警视厅的姬川。这位是井冈。"

"你好。"

互相点头问好后，玲子请齐藤坐到了对面座位。

"嗯，您找我，是……"

"啊不，不是齐藤先生您，这里有没有一个叫作中川美智子的员工？"

"啊，是，有的。"

还没有什么特别的反应，可以说是比较冷静的态度。

"那个，您知道中川的朋友三岛耕介这个人吗？"

"三岛，耕介……"

跟他说了一下样貌，齐藤点点头，像是认识他的样子，不过马上表情就阴沉下来。

"中川的男朋友，他怎么了？"

在这里是这样来看他们俩的啊。

"啊不，他没有怎么样，就是想确认一下前天他是否来过这个店，如果来过大概是几点，可以的话想请您查一下记录，然后告诉我们。"

齐藤低下头，一副为难的表情。

"很抱歉。按照规定，这样的数据如果没有授权书或者其他什么证明的话是不可以公开的。"

啊，是吧。这种事我们事先也是想到了的。

"是吗……顺便问一下齐藤先生前天晚上 10 点左右在前厅吗？"

"是的。前天一直待到了早上。有几次休息离开过，但一直都在店里。"

"那么，那个男孩子有没有来过您知道吗？凭您的记忆回想一下就可以。"

稍微思考了一会儿，齐藤"啊"地点了点头。

"前天晚上确实来过了。或者说，我清楚地记得他是和中川一起来的。"

和美智子一起？

"那是怎么回事？"

"一开始出现在店里的是三岛先生。我还想着，中川还没来啊，不知什么时候她也来了，端着饮料套餐。从时间上看，我觉得，啊，应该是一起来的。中川晚到一会儿，应该是换衣服去了。"

也就是说，一同出行。

"您知道他待到了几点吗？"

"几点……嗯，一般都是待一个半小时或者两个小时，所以那天晚上也差不多应该是那样吧。因为如果时间短的话，我就应该会觉得：今天真早啊。"

"他回去的时候，齐藤先生您在大厅吗？"

"是的，在……对，我在。他如果是一般的客人我就不记得了，但因为是中川的男朋友，所以多少会多留意一些。"

这又是什么意思呢？

"……店员和客人交往，我们这里允许吗？"

玲子将左右食指轻轻交叉，齐藤便浅笑了一下，摇头说"不允许"。

"还没发生过这样的事。如果在工作中聊天的话我们会提醒的，不过中川不是那样的女孩。又是那个年龄的孩子，能遇到自己喜欢的人也挺好。"

但不知为何。说完之后，他马上皱起了眉头。

"有什么不对劲的地方吗？"

齐藤说"啊没有"，脸上露出复杂的表情。

"……这可能是我有些多虑了，那天晚上，感觉她有些怪怪的。"

"您说怪是……"

"嗯……倒也没什么大不了的事。就是叫她的时候反应有些慢，平时能直接做完的工作，那天都是其他人帮她收拾完后，才注意到说，啊，谢谢之类的……"

齐藤"啊"了一声像是又想起了什么。

"然后，还感觉她对声音的反应过度敏感。客人把玻璃杯碰到地上时……对我们来说已经习惯了，根本不会吓一跳什么的，但那天晚上她总会被那个声音惊吓到……或者说看上去有点害怕。……啊，我过后想想看，所以说，可能是有点不对劲。"

对声音过度敏感。惊吓，害怕——

虽然没有确凿证据，但好像突然想到了什么。要说与之类似的状况，玲子以前也经历过。

——中川美智子正在遭遇某种迫害。

而且十有八九也是直接跟暴力有关的。

2

结束了三岛耕介的问话后，日下和搭档里村来到所里的食堂吃午饭。中华盖浇饭和乌冬面的套餐。里村撒了好多辣椒粉，让人看着都感觉脸发麻。

"……真是现在的年轻人啊，动不动就生气。"

这里的食堂风格不是一次性木筷，而是提供涂漆筷。这对于总是分不开一次性木筷的日下来说倒是很方便。只不过吃面类的时候有些太滑了。

"现在的年轻人……嗯，是啊。"

日下脑子里突然浮现起自己 14 岁的儿子的面容。再过几年芳秀也会变成那样吧——

不，肯定不会的。

不知算好事还是坏事，到现在一直没有培养起儿子的战斗心，没有通过自己的力量跨越难关的精神，或是说心里没韧劲儿。当然，也知道对于这点作为父亲的自己是有不少责任的。

"……主任您怎么想？"

"怎么想是什么意思？"

"三岛参与犯罪的可能性。"

日下侧着头不说话，用筷子把黄芪挑了出来。他不想在人多的地方谈论搜查的话题。对于里村来说，这里可能都是自己人，但对于日下来说是毫无关系的外人，只是搜查本部以外的人。另外，他也尽可能避免轻易阐述自己的见解。

"关于这个，回头再说吧。里村。"

里村好像也感觉出来了。然后一直到吃完饭，两个人只是聊了一聊家常。

吃过饭后里村提议休息一下，便先回刑事课了，日下直接回到了报告厅。打算看一下今早上没有看完的报纸。

杀人犯搜查十系的动向只要是警视厅栏目的记者应该谁都知道。问题是他们知道多少。搜查组是在蒲田成立的他们知道吗？关于在多摩川河底进行了大规模的取证作业这件事又如何呢？

至少在今天的主要报纸上没有看到类似的报道。应该可以认为目前尚未泄露出可以用来报道的消息。

搜查本部对于这个案件的方针是尽可能不要外漏。会议的最后一定会对全体搜查员强调这一点。这次包括日下在内的干部特别磨破嘴皮地说这个事，是因为犯人本身现在有可能还不知道把左手腕忘在了车里。

幸好，除警视厅相关人员以外，知道左手腕这件事的目前只有三岛耕介一个人。如果向与他无关的其他什么人问话，供词中出现了车内留有左手腕之类的内容，那么马上就能判断其与案件有关。但是如果现在的状况被报道出去，那就不可能马上作出判断了。

向媒体发声是在需要大量信息的时候奏效，同时也会弱化所掌握消息的作用，这是一把双刃剑。如果有个记着对此事感兴趣就会对管辖署仔细搜查，这样一来这里的搜查小组也早晚会被知道。到那时候应该如何应对也要提前想好。

首先，要让那个桥爪管理官闭嘴。他从地区部门调过来，也就是说是那种很少见的没有搜查经验的管理官，而且是个典型的人来疯，一定要避免让他说话。他想要抢风头的话，就完全不考虑现场的情况，说不定就会把知道的事情全盘托出。

有些指望的事情，是十系的系长是今泉警部这点。虽然是喜欢通过文件把握案情脉络，但在实践判断方面是一位值得信赖的上司。他只要能很好地控制桥爪，日下就能够放心地出现场了。问题是哪里的记者，在什么时候，会黏住搜查组的谁。

高冈的工作关系委托给了一课的警长他们，日下组目前负责对高冈和三岛的关系进行搜查。

下午第一家。日下和里村拜访了收留了三岛耕介四年半时间的品川的孤儿院。

出来接待的品川慈德学园的园长，清水规子，在三岛在的时候还是副园长。告知了拜访的来意后，她用沉痛的表情表示了惋惜。

"……那耕介，是不是会很受打击啊。"

她说她对高冈印象很深。

"肩膀宽大，面容端正的一个人。"

"啊，是啊。"

日下他们来到的这间办公室，是一间有点像小活动室感觉的房间。三张办公桌，拼成了"品"字形的一个小岛。

"听说三岛唯一的亲人，他父亲因事故去世后，就被收养到这里了。"

清水一脸难过的表情，皱紧眉头，叹了口气。

"嗯……据警察说，怀疑是自杀。"

这是第一次耳闻。

"警察跟清水女士您说过怀疑是自杀是吗？"

"是啊。好像是他借了一笔数目不菲的钱，当时也有是否能用保险金来偿还的问题……哎，结果应该是以事故死亡立案的。因为这事不能拖得太长。"

伪装成坠落事故的自杀。骗取死亡保险——

不知是否与这次事件有关，但肯定是需要留意的事情。

"您知道他借款的大概数额吗？"

"哎呀，细节就不知道了……但是，警察交代说，今后只要有来看望耕介的人就要通知警方。"

从此便可窥见当地警察对事故当时的疑惑有多深。

"那实际上有谁来看他吗？"

于是清水浮现出笑容，缓慢地摇了摇头。

"没有，只有高冈先生。那个人呢……不是坏人。而且休息的时候还带耕介出去玩，请他吃饭，是非常热心的人。"

"那样的事，在孤儿院常见吗？"

"嗯。像那样接触几次，双方都同意之后，就收作养子，经常有这样的情况，另外还有，说是志愿者……又有点不一样，有些人是想为孩子们做些什么的那种像长脚大叔①一样来无偿服务的人士，虽然不多，但偶尔会有。"

日下突然冒出来一个问题。

---

① 日本动画片人物，总是热心帮助别人，会为别人着想的人。

"那么说，高冈有没有提出过要把耕介收作养子这样的事呢？"

清子摇了摇头。

"没，那个倒没有……我也问过他，虽然觉得有些多管闲事。然后得知他是单身……也是因为这个原因吧……高冈先生后来结婚了吗？"

"没有，一直单身。"

"这样啊……"

日下身体坐直咳嗽了一声，说道："我要问些严肃的问题了。"

"好，作为参考，我想问一下您是否记得交代您留意谁来探望耕介的是哪里的警察吗？"

因为没有想过三岛父亲的死存在疑点，日下自己大意了。没有详细问谁负责这件事。

"啊，哪里的啊……耕介之前住的应该是三鹰市，但是他父亲的事故不一定是在那附近是吧。"

没有必要在这个地方纠结。

"是吗。好的知道了。"

三岛和高冈的关系，高冈的特点已经大致确认了。新的情报是关于三岛父亲的死的疑惑，但本来就没有期待的事情，作为收获来说已经足够了。

礼貌地行了礼后，日下离开了学园。

正好出门的时候，与背学生包的两个男孩子擦肩而过。心想已经这个时间了啊，看了一眼表，下午两点半刚过。

从那里移步五反田，要去拜访一下高冈之前工作过的承包公司，中林建设。

面向马路建起来的公司大楼有七层，在一楼的接待处告知想见总务负责人后，被带到了二楼的接待室。

两分钟后出现的是叫作栗原的总务部长。是一个个子矮小有些胖的男子。

"哦，警视厅的……请，请坐。"

"不好意思。"

"日下对品牌不太了解，所以不知道他的西装是那个厂家的。只是感觉应该是挺贵的。金色的手表大概也是劳力士或是那个类别的。"

他靠在沙发靠背上，翘起并不算长的腿。

"今天，二位有何贵干呢？"

一种与"友善"相距甚远的口吻，关于刑事案件的拜访本来就不怎么受欢迎。所以不会揪住这一点想这想那。

"嗯。9年前，在这个工地因事故死亡的木下兴业的叫作三岛忠治的人，您还记得吗？"

栗原耸耸肩，撇了撇嘴，表示"不知道"。

"说不定会有那种事故，不过我到这个公司来是在4年前。那时候的事情，我不知道啊。"

"那么，我们能见一下知道的人吗？"

还是用同样的动作表示了拒绝。

"谁会知道这事本来我也不知道……如果能再给我些时间，我来找一找人。从工地回来的话……我想最早也要6点半，或者7点左右了。"

好像一点儿都不愿意自己说的样子。还是先回去为好。

"那么，如果您有了您所说的目标，能否给我打个电话。"

日下写好自己的手机号码递给他。他接过去看了一下，直接放到名片夹里了。然后也拿出了一张自己的名片。

中林建设株式会社常务董事总务部长栗原充轻轻点了点头，日下说了句"那么日后联系"就走出了房间。栗原一直坐着，没有出来送他们。

日下他们在能看到中林建设出入口的咖啡店坐了一会儿消磨时间。但是，进进出出的都是提着公文包穿着西装的男的，没有什么值得看的。

"……总觉得，不是什么好人啊。"

日下只是笑了笑，不过栗原要说可疑的确是个可疑的男的。

"里村，在这先盯一会儿。我要去弄一下电脑。有什么动静给我打电话。"

"啊，好……"

拿了小票结过账后，日下走出咖啡店。从外面看里村正一边盯着对面马路一边点烟。

转过身开始迈开脚步。风里有了些许寒意，手不由自主地伸进了大衣的口袋。

指尖碰到了香烟的盒子。开了封就这么一路带着却一根也没吸。没有打火机。如果有的话应该早就吸了吧。

来到车站前环视了一圈，三个网吧的招牌映入眼帘。看了看，几家店都不是自己办过会员的店。反正要重新办会员卡，还是找一家小孩子少的能安心坐下来的店为好。写着"有单间""有禁烟室""放松休闲"的那家应该不错。

从招牌正下方的入口，爬楼梯上了二楼。

"欢迎光临，您是会员吗？"

"不是，第一次来。"

快速办理完入会手续，买了半小时套餐，马上进了指定号码的包厢。以前总是一天到晚带着不知是否能用得上的笔记本电脑到处走，这样的店盛行起来后就不带笔记本了。

只要有一个唇膏般大小的 U 盘，到哪个店都可以做自己的工作。因此而积攒了一堆会员卡是会有些麻烦，不过跟笔记本电脑的重量比起来也就不是什么问题了。

戴上眼镜，首先启动网络浏览器，登录事先签约的企业数据库网站。然后将 U 盘插入 USB 接口，复制并输入自己的 ID 和密码。

ID 认证完毕，显示付费会员的检索页面。要查的当然是中林建设。

敲入公司名称按下回车键，企业数据马上就以列表形式显示出来。然后用搜索引擎一个一个地搜董事长列表中的个人姓名。同样的操作对成立者、出资者、集团公司的栏目中的所有姓名都进行一遍。对相连子公司、关联企业也进行了同样的搜查。那里也出现了木下兴业。

然后再查关联公司的关联公司、成立人后来建立的公司、并购的公司或者大量借调员工重新建立的公司，像这样范围不断扩大。

查了将近一个小时后，慢慢地就看出了公司之间的联系，以及另有图谋的"影子"。

终于日下推导出了决定性的名字。

田岛利胜。

存在 U 盘里的暴力团体相关人员数据文件中也查到了，没错。大和会系三次团体、指定暴力团田岛组的第一届组长、田岛正胜的弟弟。

从查到的名字倒推回去总结一下，也就是去了这个田岛利胜的女儿美雪的小川通夫这个人出资建了叫作"株式会社泽尔"的建设公司，由于过度负债一度关停了业务，之后推举身为一级建筑师同时也是泽尔的常务董事的中林辰夫为董事长，这家变更了名称继续公司业务的是"中林建筑事务所株式会社"公司，是中林建设的母体。另外现在中林建设的职员名单中没有小川通夫的名字。但是，和小川作为代表董事的公司"新东京兴产"有三个职员名是重叠的。可以认为关系还在延续。

要说从这里可以知道什么，主要是中林建设有可能是大河会系田岛组的前台公司。表面上是一般公司，为田岛组输送利益，而且还是组织的手脚，怀疑是作为一个表面公司来运作。

——无论如何今天要深入进去。

日下用手机给搜查本部打了电话，告诉今泉今晚的会议看样子回不去了。

晚上 8 点左右，终于能够见到负责城南地区的叫作井川的这个男人了。和白天一样也被带到了二楼，不过房间是再往里一间。

"……什么啊，听说你要问 9 年前的坠楼事故？"

"是。木下兴业的三岛忠治。您记得吗？"

乍看起来像是中年上班族的井川，应了"近朱者赤，近墨者黑"这句话，和栗原一样，也没有什么好态度。

"啊，我记得。"

"另外，三岛借了大额的钱款这件事呢？"

井川向两边晃动了一下下巴。

"啊。这个就不知道啦。再说他是木下的人吧？我怎么可能知道呢？"

"刚才我看了公司的导览图，发现有一个叫架设工程课的部门。与木下兴业业务上应该有重叠吧。这块是怎样的架构呢？"

井川挠挠头，发出短暂的哼声。"……的确有独立经营的部门，那样有时也会忙不过来。特别是这种工作受天气影响很大。经常是计划上能分配得很好，但结果就忙不过来了。这样一来，就只让木下做脚手架的拆卸，或者是人手不够的时候借用一下……嗯，也就是这种往来吧。"

"原来如此。我明白了。"

喘口气，调节一下气氛。

"……那么，关于高冈贤一您知道吗？"

"高冈"，井川嘀咕了一会儿后，马上想起来了。

"啊，高冈啊。嗯，阿贤是吧。像这样鼻梁高高的，是个美男子。个子也高。嗯，我记得。"

对高冈的印象好像都集中在这几点。

"……阿贤，怎么了？"

日下应了一句"是啊"。

"高冈从这辞职是什么时候？"

"啊，那个啊……嗯，5年或者5年半之前吧。"

"您知道他为什么辞职吗？"

井川轻轻点点头说"知道"。三岛的事和高冈在他看来完全是两码事。

"我们做的都是这种，你看，特别大的公寓或者楼房。阿贤他说想做更接近城市的，最大顶多是独门独院的那种工作，他这么说我也没办法啊。我们基本上是不做那种工程的。"

"辞职的时候，有没有什么纠纷呢。"

井川将靠背向后仰，使劲儿摆着手说："没有没有。"

"每个木工辞职时都不会有纠纷。这么说吧，木工一般都是不稳定的。这种意义上来说，几年啊，五六年吧，做了那么长时间，算是干得非常好的了。但是……说白了，公寓也好楼房也好，并不要求每个工人的手法有多好。实话说，谁都一样。只要是把材料钉好就行了。多多少少会考虑这个人是好相处还是难相处，但是因为是工作……如果说要辞职的话，一般也就说一句'以后要加油啊'，送到门外就完事了。这些工人也不来公司，基本上只在工地上见面，不会给他们开送别会什么的。"

"是吗，这样啊……"

借了巨款的三岛忠治就是在这个公司的工地坠楼死亡的。

他的借款很有可能用他的身故保险金抵销掉了。

这个公司的大部分职员虽然是普通人，但实质上是田岛组的门面公司的嫌疑很大。在这个公司工作的高冈贤一成了去世的三岛忠治儿子的干爹。

然后，高冈贤一——

"怎么样，阿贤还好吗？前些日子在川崎还是哪的工地还碰巧遇到他了。"

日下从正对面望着井川的脸，摇摇头说"不好"。

"……高冈贤一，死了。"

井川说了句"什么？"就没再说话，从他的表情上看，以日下的经验可以断定他没有伪装。当然，这既不是事实也不是结论。仅仅是印象而已。

3

昨晚，日下没有回搜查本部。

今早的会议上，关于昨天三岛耕介的问话内容，以及拜访高冈以前工作的公司的结果等，都只是极其简单地进行了汇报。正因为他平时的作风，所以玲子觉得他今天给人一种有些敷衍的印象。

——一个晚上，他做了什么……

机关枪似的汇报确实招人烦，可是突然间沉默下来，又会让人感到强烈的不安。是不是抓住了什么重要线索，打算一个人抱着不放呢。等到自己知道的时候，事态会不会就已经进展到无法插手的地步了。浑身被那种焦虑所包围。

——因为，类似的事情，我也做过……

是因为自己有这种想法，所以才会怀疑别人的吧，结果，玲子陷入了毫无根据的自虐式的胡思乱想当中。

"嘿，我们是不是要走啦。"

"……是啊。走吧。"穿上昨天刚买的羽绒服。坐在后面的菊田招呼也没打就转过身，已经朝出口走了。

——什么嘛。有必要这么冷冰冰的吗？

本来，和井冈一组就不是玲子愿意的。再说井冈和自己套近乎也好，晋升到和菊田同一级别也好，都是玲子本身没办法左右的事。于是两个人较劲儿，虽然现在休战了，不过认为玲子袒护井冈，这也太小孩子气了吧。

——真是的……

已经准备完毕的井冈，还是老样子扭着腰在等玲子走出去。

——真是一个不如一个……

玲子夹着蔻驰的包，向门口走去。

不管怎样，赶快把这个案件解决掉，本部解散后，所有的事情应该就能圆满收场了。

今天去足立区南花畑，搜查高冈贤一的过去。

但是，到达当地后，玲子惊呆了。

"应该，就是这吧……"

"啊呀……这可不好弄了。"

居民证的履历上写的以前高冈的住址，已经建起了 14 层的公寓。

周边的建筑物也都比较新。在这个地区，知道 12 年前的高冈贤一的人，究竟能剩下多少，是个问题。

首先，去公寓的管理办公室看看。负责人是一个看起来 60 多岁的瘦瘦的男性。看他的脸，能让人想起乡下人家门前吊起来的腌萝卜。

"不好意思啊，我也是三年前搬到这里来的，以前的事……"

"那在这附近，有没有原来一直住在这的人呢？"

"怎么说呢。从这条路稍微往左边走一点儿，那有个理发店，好像是以前一直在的。"

马上去看一下。但是怎么看，都感觉这家位于四层建筑的一层部分的店面布置很新，而且又很漂亮时髦。进去一看，老板也是 30 出头的年轻人。

"12 年前是吗……刚好那个时候我到新宿的店去实习，没在这里。"

"那么，那个时候谁在这个店呢？"

"我父亲。不过 6 年前已经去世了。"

"是吗……那你母亲呢？"

"在那之后两年也……"

"那么，建那边的公寓之前，有一户叫高冈的人家，你知道吗？"

"嗯……不太清楚。我们家是竹之塚。"

然后玲子他们又通过介绍，来到了往前数 7 家的房产公司。

"不好意思，现在经理不在。"

店里空空如也，只有打杂的阿姨。

"……但是，二丁目的丸善那里或许会知道，小学校对面的那家房产公司。"

但是，徒步 5 分钟路程的那家中介连办事员都没有，整个一个空屋子。

"这是一条死街。"

"别这么说。"

在街上绕了将近一个小时，也没有找到什么目标。

玲子他们没办法，决定到四丁目的警察署看一下家庭联络卡。从地区居民的家庭构成到出生日期，好好查一下的话应该能成为有用的信息来源。但是——

"好像，都没有认真地填写呢。"

"……不好意思。"

一个 40 多岁的值班警官，一副无所事事的样子，懒洋洋地回答道。

"先把附近所有的房产公司给我找出来吧。"

"好的，那个可以。"警官突然来了干劲儿。

"这个是吉泽地产。"

"那里已经去过了。"

"那……这个，有限公司丸善。"

"这里没人。"

"啊？……那，剩下的就是这了，铃木房产销售。"

那里没有去。井冈马上记下了地址。

"还有呢？"

"然后……就是这儿了吧。三光住宅。好像也就是这些了。"

"知道了，谢谢。"

因为三光住宅比较近，所以先去了那里，不过好像是一家大公司的分店，很遗憾没有一个是从 12 年前一直在这里的员工。

但是，终于在最后找到了眉目。

"……啊，是那家公寓啊。我很熟啊。"

铃木地产。帅气的 50 多岁的总经理，名字叫铃木太一。他一脸得意地讲给玲子听。

"是绿城南花畑吧。那里啊，因为拆迁闹了好多纠纷呢。当时还有很多老商店，还有公寓什么的。"

玲子将店面环视了一周。

"问一下，12年前的地图，您还有吗？"

"嗯，当然有了。"

"这个地址原先是什么，您知道吧。"

"有记录，给你看看高冈住的地址"，铃木说着从不锈钢书架上取出一大本文件，慢慢地打开来。

"那里是吧……啊，是高冈店铺。"

"是做生意的。"

"是。卖香烟和小零食。还有一些玩具什么的。店铺收拾得不是很流行。"

玲子试着想了一下南浦和老家附近的经常路过的那家小零食店。

卖香烟的窗口在入口的旁边，店门口挂着装有彩色塑料球的袋子什么的。店内的灯是荧光灯，也有盒装的假面骑士的皮带什么的，也就是那样的小店吧。玲子喜欢沾着砂糖的大棒棒糖，还有醋渍海带。妹妹珠希不喜欢醋渍海带，经常买大豆粉糖吃。

"……您能给我们讲讲关于那个高冈店铺的事吗？什么都可以。"

铃木点点头，但又像想起来了什么一样从座位上站了起来，好像是给我们泡了茶。

"不好意思。"

"啊，谢谢。"

貌似可以期待这将是一个比较长的谈话。

果然铃木啜了一口热茶，目光投向远方，开始讲述。

"……是夫妇二人在经营这家店。我父亲从在这里做生意时就有了，从现在说的话，有 50 年了吧，应该是差不多从那个时候开始做的。因为我小的时候也经常去那里买东西，那可是有年头的啦。"

然后从这就跑题了，开始谈论起了小零食。

好像小零食是没什么进步的种类。铃木当时买的和玲子小时候买的东西相比，只是单价有些变化，产品阵容似乎没怎么变。

"现在 SunShine60 之类的还有的呢，小零食专卖店。"

井冈又插了句多余的话，怎么也进不了正题。

"梅子，特别好吃。"

"是啊，舌头全变红了。"

啊？关西的也一样啊，玲子插了一句。

"说什么呢。我，可是东京出生的。"

意外发现了一个事实。

——是吗，我还真不知道呢。

从这件事上，自然地又把话题引了回去。

"……然后，提出要建高层公寓，一点点地开始拆迁，那是我儿子上中学时候的事情……大概 15 年前吧。"

"刚才听您说闹了不少纠纷是……"

"是，正好是泡沫时代也结束了，也正是因为这个，庸俗不堪的骚扰横行霸道。"

庸俗不堪的骚扰。极为有深意的说法。

"比如说，什么样的。"

"比如，像把水管阀门弄弯啦，戳伤宠物的眼睛啊之类的。最过分的是，高冈店铺斜对面的荞麦面馆。不敢肯定是不是真的，闹出了食物中毒，被迫关店了。有的说受害人是跟这个建设公司有关系的人，还有的说是让送肉的商铺伙同他们一起做的，总之各种不好的传言都有。"

的确，最近明显少了很多，但在15年前或许有很多像那种土地投机商在暗中活动。

"是哪个建设公司您知道吗？"

"嗯。是一家叫作中林建设的公司。在品川吧，那附近。"

——中林建设……哎？

日下是不是在今早的会议上说过高冈以前工作的地方叫什么中林建设来着。

"高冈店铺是不是也受到那个公司的骚扰了？"

铃木摇摇头努起嘴。

"当时是什么情况呢。在那之前很长时间丈夫就去世了，夫人一个人干了一阵子，不久就关门了。不过在公寓闹事儿那会儿好像夫人也去世了吧，嗯，夫人的葬礼时那个荞麦面馆还开门呢，是的。高冈店铺的夫人去世时不知道这个骚乱。"

但他们有个儿子吧。

"啊呀，您很了解啊。"

"叫贤一。"

"哎呀，名字不太记得了。"

铃木把姓和名连在一起小声念了一会儿，好像怎么也想不起来了。

"他们的儿子没有继续开零食店吗？"

"嗯……是啊。一般都不会继续干的。周围又有便利店，小孩子也少了，香烟的话有自动售卖机。他大学毕业之后就去公司上班了吧。"

什么？高冈贤一是大学毕业，而且在做木工之前是公司职员？

"是什么公司呢？"

不会是，中林建设吧——

"嗯……是不是煤气公司啊。……不对，这是那个荞麦面馆家的孩子，这个不太确定。"

"是吗。现在这附近有没有对这件事非常清楚的人呢？"

铃木一下子把手放进口袋里，掏出来一个名片大小的计算器。

"……您知道这个高冈的儿子现在多大吗？"

"今年，43 岁。"

铃木粗粗的手指灵活地点着小键盘。

"比我小很多……不过那个年龄的人留在本地的应该也有几个。卖报纸家的女儿啊，花店的儿子啊。这边我再找一找。不知道会不会恰巧有一个年级上学的，但即便差个一两岁只要是附近一起玩过的应该也知道。"

"这样啊。您能帮我们那太好了。十分感谢。"

玲子自己拿出名片，写上了自己的手机号码，递给铃木告诉他有什么情况的话可以打电话。铃木双手接过名片后，仔细地审视了半天。

"姬川……我刚才一直琢磨你像哪个女演员，名字我想不起来了。"

玲子回答说请下次见面之前想起来，然后起身告辞。真期待下次他能说出个有名的美女演员的名字。

乘公交车返回竹之塚站，到了不知该吃午饭还是该吃点心的时间，于是便进了一家美仕唐纳滋。玲子要了鲜虾馅饼和法国巧克力，还有美式咖啡。井冈要了不知是法式油条还是双巧克力——

"……真是的，你一个男的，光吃那么甜的，还要了5个。"

"说什么呢。甜甜圈本来不就是甜的吗。"

二人座会徒劳地酝酿出亲密氛围所以不想坐，但也没办法。时间也不巧，正好赶上了人多的时候。玲子好不容易找到了一个说话不会被人听到的，隔壁没有座位的临窗的桌子坐了下来。

"这个好吃，给你分一半吗？"

"不需要。"

但是——

受害者高冈是零食店的儿子这件事让人意外。而且是大学毕业，还做过一段时间的公司职员。

"……高冈大学毕业，做过几年的公司职员啊。本来工匠的工作没有一年时间是学不会的吧。放弃职员去做木工，这事相当奇怪啊。"

玲子喝了一口咖啡。

"……是啊……"

井冈已经完全沉醉在甜甜圈里。

"而且，后来还去到在自己家的地方炒过地皮的公司上了班，真是奇怪。是会戳伤小动物的眼睛的公司啊。还教唆别人让对面的荞麦面馆出了食物中毒的事，逼迫人家关门啊。知道这样的事，还去那里上班？"

"……是啊……"

玲子也拿起了馅饼。

"……我觉得还是啊……背后说不定……有什么内情。"

于是，井冈突然停下来，低下头把嘴里的食物吞了下去。然后脸向前探着小声说道。

"……主任，你不知道吗？"

"嗯，什么？"

啊，鲜虾馅饼，果然很好吃。

"中林建设，是田岛组下面的公司组织。"

幸好把嘴填满了。不然会大声叫出来。

"嗯？……是吗？"

"是的。"

"你怎么在会议上不说呢？"

"哎呀，我以为大家都知道呢。"

傻瓜，真是个大傻瓜。

"哎。即使这么想也应该说一下嘛。"

"啊呀……摆出一副我知道的样子发言，要是日下主任冲我来一句：那种事早就知道了，我可不愿意。"

"这种时候你可以先说一句：我想大家应该都知道，不过以防万一之类的话啊。"

"啊，哈，对啊。果然是玲子主任。"

好累。一股强烈的徒劳感从肩膀蔓延到后背。

"……话说回来，不会错吧。那个中林是田岛的前台公司。"

"是。我和品川署的组织犯罪对策课的同事喝酒时提起来的这件事，我当时边听边想：有这回事啊。他们作为集团好像做了很多事，像中林地产啊，中林住房销售啊，还涉足了酒店。所以那个在土地收购中胡作非为的不是中林建设，而是中林地产。"

竟然连这个都知道，你这个人——

"……没有别的了吗？装傻没说的事，或者没来得及说的事。有没有？"

"没有了。还有就是玲子主任今天也好漂亮啊，好可爱啊。"

啊。真想把这个馅饼按到他脸上。

4

玲子回到搜查本部的时候，日下已经回来了。正在写报告书。

玲子班的石仓和汤田已经回来了。

"怎么样啊？南花畑。"

"啊，谢谢。"

"不好意思，谢谢。"

石仓给玲子他们泡了茶。当然，不会经常这样。是自己想要喝茶的时候恰巧玲子他们回来了，所以只是顺便而已。

作为玲子来说，如果想起来了也会为大家泡个茶什么的。并没有认为自己绝不会做因为是女的就要负责泡茶这类事，也没有因为是资深的老人就要颐指气使地使唤别人的兴趣。这种事还是觉得应该柔软一些对待比较好。

"……关于他的过去我们了解到了很多，但与这个案子是否有关还不知道。你们那边呢？"

石仓组负责高冈的工作关系的搜查。

"一点线索都没有。没有拖欠其他行业合作者钱款的情况，工作上也没有偷懒，把诚心诚意作为座右铭的感觉。三岛耕介也是一个好青年，对他俩的评价清一色都是两个人之间的感情胜过父子……为什么会被杀呢，完全摸不着头脑。"

这时，菊田组回来了。他们也是负责工作关系的搜查。

"回来了。辛苦啦。"

"……谢谢。真是累了。"

菊田打招呼眼睛也不看玲子。

玲子真的受够了。

"……菊田，你来一下。"

玲子来抓菊田的衣袖，菊田垂着头，回答说"噢"。对要起身跟过来的井冈，玲子用手指着说：

"你继续把它写完，用普通话。"

把他按在那里继续写搜查报告。

开始向门口走的时候，菊田默默地跟在了后面。

去哪里好呢？这层楼的食堂虽然已经下班了，但去那里面的话还是太惹眼了，不过今天是周六。好像柔剑道的学习班不上课。

玲子上了台阶。菊田也紧随其后。

七层。果然，被保健室和柔剑道练习场占据的这层楼空无一人。安静到走路的脚步声都觉得不好意思的程度。玲子来到昏暗的道场门口，行了个礼走了进去。

玲子在铺着网格垫的橱柜前转过身来。菊田的表情在黑暗中变成影子看不清。但相反玲子的脸却能够看得很清楚。

"……是怎么回事？"

影子依然沉默。

"你为什么是这个态度？有什么不开心的吗？"

没有应答。

"你让我怎么办呢？井冈的那个样子……你也是第三次了，不要再那个样子了。还是，你觉得我很享受他那个样子吗？"

菊田像水牛一样用鼻子粗粗地出了一口气。

周围充满了浸染着汗味的剑道用具的臭烘烘的气味。大概后面就是放道具的地方吧。

道场的对面。面向通道的窗子下面，堆放着几床被褥。那个白色在微暗的光线中模模糊糊地浮现上来。这是本部的男同事用的被褥。而玲子这两天都是在附近的胶囊宾馆里小睡一会儿。

外面的马路是不是亮红灯了。突然间没有了汽车的噪声。

不管了，能做的都试试吧。

"……亲吻的话，心情能好些吗？"

没听到吗？不，这个距离应该不会。

"我们亲吻的话，你心情会不会好些？"

还在沉默。站在那一动不动。

——简直是……

玲子两手放在那宽阔的肩膀上，挺直了背脊，吻了上去。

像蒸过的红薯皮的触感。

菊田的喉咙咕噜响了一下。

"……对不起。"

玲子放开手，顺着肩膀滑落到他的两侧。她想要是能抱抱我，那样也好。但是，那也没有。

"……走了。菊田巡查部长。"

"好的。"

来到了明亮的走廊。

两个人的脚步声欢快地传向周边。

"菊田。"

"是。"

"……笨蛋。"

"是。"

玲子脚步放快，菊田会紧跟上来。

开始下台阶，菊田也会用相同的节奏追上来。

会议马上开始了。

首先从昨晚缺席的日下开始汇报。

"今早也简单说了一下，我再来汇报一下作为对第一发现人的三岛耕介的问话情况。"

从高冈工程店的日常业务内容到最近的各种事项。一如既往的事无巨细的机关枪模式复活。

川崎的现场、厨房改造、预算，三岛一个人不能完成工作。收钱上有一些麻烦但都是小额的，均由高冈自己填上。给三岛按日结算工资。看到手腕后能够确定。关于那个伤疤，三岛目击了受伤时的场景——

话题向三岛和高冈的相识发展下去。

"……9年前，在木下兴业株式会社上班的三岛忠治在9层的搭建工程中从脚手架上踏空。"

玲子不由得和井冈对视了一下。

的确在今早的会议中，听到了高冈以前的工作单位是中林建设。看了一眼本子也是那么写的。但是没有听到三岛耕介的父亲的工作单位。

其他几个人也应该注意到了吧。周围突然间热闹了起来。

玲子趁日下稍作停顿的时候举了手。

"……姬川。"

坐在上面的今泉指向玲子。玲子坐着回答"好的"。

"日下主任昨天没回来所以可能不知道，中川美智子的父亲也是在木下兴业的工地坠楼身亡的。"

日下转向玲子。眼镜镜片上映出日光灯的白色。

几秒钟的沉默。

好像没有找到该说的话。

20岁和19岁。

木工和想成为美容师的餐厅服务员。极其普通的让人觉得是男女朋友关系的两个人的父亲，虽然时间不同，但是在同一个公司同样因为坠楼事故而身亡——

"……对不起。没有时间看昨天的资料。中川美智子的父亲是什么时候去世的？"

"两个月以前。进入木下，好像是在那不久之前。"

"她和三岛耕介是怎么认识的？"

玲子翻看眼前的记事本。

"嗯，三岛经常去店里，年龄又相近，不知不觉就聊了起来，成了朋友。"

"是吗……三岛说的也差不多是那样。"

日下身体又转向了前方。

"只是，三岛说第一次是从川崎的工地回家时顺便路过的，对于这个供词还存有疑虑。从川崎方向回去的话，ROYAL DINER 应该在相反的方向上。三岛坚持说原本就喜欢 ROYAL DINER，但声音有些沙哑，和说其他话题时的态度明显不一样。"

今泉架起胳膊反问道。

"……这件事，你怎么看？"

日下低下头长长地吐了口气。

"这个信息中包含多少假话目前来看还不能断定。但至少两个人的相识完全出于偶然这件事不是事实。同一公司的员工的孩子之间交往……这倒是有可能。但是尽管工作年份不一样，但在同一家公司坠楼身亡的两个人的孩子，在家庭餐馆这种地方相遇，然后开始交往这样的事情也有些太刻意了。"

"所以呢？"

今泉偶尔会像这样使坏。非要从想要回避的日下那里引出一些关于印象或者臆断说法。

"……这里面，可能有一定的意图。"

"意图是谁的意图？"

"现阶段还不知道。"

"能想到的会是谁？"

日下使劲儿地咬着后牙。

但是，玲子有时也会觉得不可思议。为什么这个人如此顽固地排斥预判这件事呢？

"……如果说两个人中的一个，应该是三岛更多一些吧。当然，也有可能是两个人之外的人。关于这点，还没有线索。"

"明白了，继续。"

日下咳嗽一声，向上推了推眼镜。

"高冈请三岛出来工作是在将近中学毕业之前。高冈到那个时候为止还在中林建设上……"

于是。

"报告。"

井冈突然举手。

——啊，笨蛋。

无论如何，在别人正发言时举手也太不懂礼貌了。特别是对日下就更糟糕了。

果然，他用险恶的目光看向这边。

"什么嘛。我发言还……"

要是就此打住就好了，可井冈举着手站了起来。

"不是……不过，大、大家可能都知道，中林建设是田岛组的企业小弟。"

而且完全不合上下文。还连续两次打断日下的发言。

——能不能有点眼色啊……

巨大的沉默，而且冷飕飕的。如果是被关在油黏土里应该就是这种心情吧。

井冈的右手依然虚空地举在空中。

"……所以说，这就是我接下来要汇报的。"

"啊？"

"我们已经得到了中林是田岛的前身这个信息。接下来我就要说这件事。如果有什么想说的，等最后听完汇报再说！"

"噢……"

啊，井冈萎靡了。像是欢快地在热气里跳舞的鲣鱼干里不断地浸入了汤汁的样子。

"……对不起。"

而且是一副哭丧脸。但是我可以嘲笑他。毕竟怂恿他发言的不是别人，就是玲子。

"继续。就如刚刚所说……"

日下指出中林建设以及中林集团是由大和会系统田岛组的第一代组长田岛正胜和亲戚关系的小川通夫出资组建的公司。

"现在，还不能确认木下兴业的成立及运营中有小川资本参与投入的事实。但是有充分理由可以认为就算是搭建工程这种普通的业务往来中林建设似乎也对木下兴业有一定的影响力。虽然没有查看结算报告，但据经常出入中林建设的土木材料批发商千叶工材的员工村井精一（39岁）以及其他几名员工的证词称：一年会预定3~4个公寓搭建工程。"

另外，三岛耕介的父亲、9 年前坠楼身亡的三岛忠治死亡时，已经上了 1200 万的生命保险。受益人是木下兴业，保费也是这家公司交的。这是根据当时搜查坠楼事件的高井户警察署刑事课的资料掌握的信息，下面的情况也是。三岛忠治 13 年前也就是去世的 4 年前宣告破产。据说那之后生活也很不稳定，涉足了所谓的地下钱庄，去世之前借款涨到了将近 1000 万。

最终接过这笔债务的是田岛组的金融公司 Joy credit 株式会社。目前，还没有查明这家 Joy credit 公司和木下兴业的关系。但据说被送到品川慈德学园这家孤儿院的三岛耕介的身边，除了高冈没有其他人去看过他。这是现任园长清水规子的证词。另外好像警察也对清水说过三岛忠治的借款被保险金抵销了之类的话。遗憾的是今天还没有确定这位警官是谁。"

只缺席了一次会议，是如何搜查到这么多事情的。

——真是能干啊。

不过对三岛耕介和中川美智子两个人的父亲都是在木下兴业坠楼身亡这件事觉得很不可思议。而且三岛忠治的事件中，甚至有向木下骗取死亡保险的嫌疑。

突然桥爪管理官从桌子上探出身来。

"……日下。你到底在搜查什么。"

日下摘下眼镜。

"要说搜查什么，搜查的是第一发现人三岛耕介的不在场证明，以及他与为此做证的中川美智子之间的关系，还有三岛忠治的死亡，这是被害人与三岛认识的原因。"

"那些和高冈贤一被杀有直接关系吗？"

"不知道。"

"你没有必要连不知道有没有关系的事情都要一个一个查清楚吧。"

"正是因为不知道所以才要搜查。我并不认为自己在做无用功。"

类似的议论至今为止已经不知重复了多少次了。今天又要重播一遍吗？

"但是，你看到的、摸到的，只要是触及的事情全部都要搜查一遍，有多少时间也不够用啊！"

"与其他组汇报的情况相比，我不认为我们组在搜查上落后了。"

"我是说，以你的搜查能力，要是能更加聚焦地去搜查，应该能进展更加迅速。"

"我有我自己的聚焦方式。目前搜查就没有涉及品川慈德学园园长的过去。"

"还不是一样。如果三岛忠治的死亡有保险欺诈的嫌疑，9 年前时效就已经成立了吧。"

"我的目的并不是要对此立案。只是在搜查与本案是否有因果关系。"

"你是说第一发现人的父亲 9 年前的事故死亡？你是真的这么认为吗？"

"当然。在发现能够确定无关的资料之前，这条线索我不打算放弃。"

其他 40 多位搜查员还都坐在那里。余光看到礼堂下面座位中，充满了"赶快继续！"的这种不满情绪，感觉好像有至少 10 股狼烟正在升腾。

向前看去，正好与今泉目光相对。今泉点点头，咳嗽了一声说道。

"……还有要汇报的吗？日下。"

"是的，还有与中林建设的总务部长栗原充，以及城南地区负责人井川英彦谈话的报告。"

"好的，继续。"

于是，机关枪式的报告再次开始。

两个人都不记得三岛忠治了，井川对高冈印象很深。5年半之前辞职，辞职之前工作了五六年时间。中林和高冈之间没什么矛盾——

"……今天，就是这些。"

好了，已经够了。已经足够了。

"有什么问题吗？"

没有没有。

"那么下面沟口巡查部长。"

"是。"

从站起来的沟口的侧脸上，多少看出一些绝望的神情。

"嗯……我们继续对高冈贤一家搜到的物品进行了检查，没有特别值得一提的收获。高冈平时基本上都用现金进行交易，银行账户上即便有因工作关系汇入的款项转天也会全额取出来……总之，银行账户就相当于一个邮箱的作用。余额有23000日元左右。电费什么的也全部是手动汇款，几乎看不到任何钱的动向。"

沟口很快结束汇报，该远山巡查部长的了。

"可以说，我们这边，有比较大的……动作。"

大概是因为很有自信吧。前缀真长。

"……我们搜查了 12 家经营范围在高冈居住地周边的生命保险公司,在 Act 生命保险大森南分店查到了高冈作为被保险人的保险合同。"

礼堂的空气中泛起小的波澜。大家正襟危坐,耳朵和眼睛一起朝向远山。

"而且是,两份。两份合同都是 4 年半之前签的。一份 1000 万日元的死亡保险金受益人是三岛耕介。另一份是 5000 万日元。"

会场陷入一片沉默。

5000 万日元,这可是不可小觑的金额。

"受益人是 NAITOUKIMNIE,内外的内,藤蔓的藤,君子的君,江户的江,内藤君江。49 岁,女性,在足立区北千住经营一家小酒馆,一个人生活。"

足立区的话是南花畑,是高冈的老家所在的区。在东京来说是城北地区,离现在居住的大田区非常近。

眉头紧皱的今泉竖起食指。

"和高冈是什么关系?"

"这个,还不知道。不过,至少是没有血缘关系的。"

"酒馆和她住的地方是什么样的?"

"好的。柜台前有 6 个座位,另外单独 3 张桌子,20 个人就坐满了的一家店。没有服务员,好像是君江一个人招待客人。二楼就是住的地方。酒馆的评价不错,中午提供套餐,到一点前后人还很多。"

今泉笑了笑。

"在那吃了吧。"

"是的。今天是照烧鲥鱼和像筑前煮一样的煮菜，味噌汤还有新米饭……口味厚重，很好吃。附近的上班族和工人像是常客。晚上不太清楚，不过也有客人寄存的烧酒，应该也挺热闹吧。据房产公司的人说，房子是自有的。"

"还没接触吧。"

远山点点头。

"是的，今天装成过路客来着……大体上就是这么多。"

"好。明天开始给内藤君江指派专人盯梢。那么下面，新庄巡查长。"

"好的。"

之后的两个人好像没有太大收获。

终于轮到玲子了。

"我们这边从今天开始走访高冈贤一以前的居住地附近。遗憾的是，目前……"

这个地方建起了高层公寓，没能接触到直接认识12年前高冈的人。不过找到一位一直在当地经营房地产的男性，并得到了他的帮助。高冈的父母曾经营一家糖果屋。但是高冈没有子承父业，大学毕业后在其他地方就职了。父母去世后开始了建高层住宅的风波。在拆迁问题上与居民之间好像有很深的矛盾。

"涉足那个高层住宅的是中林建设，有关拆迁问题，也可以认为是以中林房产为中心的。"

干部和其他搜查员们的反应，有些微妙。

中林集团的干预当然是大家非常关心的事，但在日下的汇报之后影响力就不那么大了。

今泉抬头看了一眼玲子。

"在那之后，高冈就到中林上班了……这也是件奇怪的事情啊。"

"是的。从日下主任的报告来看，高冈从中林辞职是在 5 年半之前，工作了五六年，这样看来，不管怎么说都可以确定在南花畑拆迁之后不久，高冈便进入了中林建设。关于这件事的脉络，打算从明天起继续弄清楚。"

"就是这些吗？"

"是的。"

"……有什么问题吗？"

没什么问题。

第三章

那个夏天的傍晚。

门帘前的巨大影子。

清扫过的，湿漉漉的地面。

为加固地面而铺设的厚厚的铁板。

我向站立在那里的耕介说，你的眼睛和你爸爸一模一样——

但是，心里真正想的不是这个。

我从他身上看到了曾经的儿子的影子。

当时耕介11岁。尽管在我的记忆中儿子永远是5岁，不过还是有很多一样的地方。

圆圆的幼稚的脸庞。只知道向上看的眼睛。小小的肩膀。晒得黑黑的皮肤。专为跑来跑去而生长的腿上的肌肉。运动鞋里的光脚丫。

我按捺住心中涌起的东西，在他面前蹲了下来。然后努力地用爽朗的声音继续说。

我是你爸爸的朋友——

实际上，我并没有那么单纯。我是一个旁观者，是共犯，是一个为了保命的背叛者。

那样的我对面前的受害者伪装成善人的样子是要做什么呢？吃饭？那样做了会怎么呢？一时间让他吃饱了就可以了吗？这样心里就舒服了吗？是不是那样做就觉得多少能离罪恶与惩罚远一些了呢？

即便如此，和耕介度过的时间对于我来说是无比幸福的。

人山人海中怕走丢了而紧握的小手。一边说吃什么，一边递给他菜单时相交的眼神。好吃、真好吃啊，同吃一个东西时的喜悦，游乐场排队时的无聊时光和巡游队伍照的纪念相片，电车里睡着的样子，后背上的分量，隔着肩膀听到的梦话。爸爸——

心里颤动着，我获得了再生的喜悦。

我还能为这个孩子做些什么呢？

每天都在思考。

其他的还有什么呢？金钱以外的，更加重要的什么事情。曾经的我没有做到的，失掉什么事情。

像墓地一样灰色的都市，渐渐有了颜色。

一天的时间开始变得值得热爱。一星期这个单位，也变得不再只是 7 天时间了。休息日不再是空白，而有了奖赏和新的开始这样明确的划分。

向夏天的炎热笑，向冬天的寒冷笑。要说我活在新的每一天中没有罪恶感是假话，但是人不能只活在惩罚里。在不可饶恕的罪恶中向前走，已经到了极限。

我知道了。不，是想起来了。

是被依赖的喜悦。是被需要的充实感。

正因如此，才不想再失败。我要保护这个孩子。我要给予这个孩子生存所需的所有东西。金钱，很不幸我没有。不过只要是能够代替金钱的所有东西我都能给。

所以，只要一点点就可以。以此来给我这个罪孽深重的男的换取一点点的活着的喜悦就可以——

那时我已经向工作了 6 年的中林建设提出辞职，正在给最后一份工作——中野公寓贴地砖时的事情。

"……高冈！"

叫我名字的语调像是把人当傻瓜一样，我回头一看，那个男的站在了门口。

木下兴业的总务组长，户部真树夫。与施工工地不协调的黑色长大衣是他的标志。同样颜色的发亮的皮鞋发出硬邦邦的脚步声朝这边走来。

我没有搭理他，继续用钉枪的枪口对准地板的接口。

扳动扳机。一根，又一根。钉子被打出来。发出很像电视剧中看到的带消音器的手枪的声音。

"……听说，你要从中林，辞职了？"

突然，向钉枪输送压缩空气的压缩机开始嗡嗡作响。

"你要是想从我这逃跑，那可不行哦……我的高冈。"

撒娇一样的声音。混杂着怒气。

我在心里发出"喊"的一声。

"你听见了吗？……高——冈——贤—— 一——"

钉、钉、钉。开枪、开枪、开枪。

"辛辛苦苦连工作都帮你安排好了。跟我连招呼也不打一声……是不是太无情啦？"

我锁上扳机，把钉枪放在地上。

压缩机在继续嗡嗡作响。

我站起身，立正站好。

"……谢谢您的关照。这次，我想离开中林建设，独立……"

"别开玩笑了！"

户部将脚下放着的当烟灰缸用的空罐子一脚踢飞。把奶油色石膏板墙壁染黑了一块，还弄出一个小坑。

"你，你可是不经过我的允许不可以随便活在世上的人，你知道吧。因为你是高冈贤一。"

"……我知道。"

窗子下面不断传来：倒车，请注意的声音。

"并不是想要逃跑，只是想在小一些的工地，脚踏实地地干点事儿，就是这么想的而已。"

"住处呢。你要搬家吧。"

"不，不搬家。还住在之前的地方。"

席卷户部周身的怒气像发疯的旋风一样消失到九霄云外。

"是的。如户部先生所说，我是高冈贤一。不管去哪里，做什么工作，我都没想逃脱。"

户部好像对于我说已经无所谓了。

"……是吗是吗……什么嘛，高冈老弟。不要吓我啊。搞得我很惊慌呢。"

一边笑，一边用手抚摸自己弄脏的墙。

"对不起啊。不过这个可以用胶布什么的贴一下吧。没事吧。"

"嗯。凹陷可以用泥子补，没关系。"

脏手又把石膏板墙壁蹭脏了。

"高冈老弟，今晚去喝一杯吧。我给你开个送别会。站前有一家叫‘沁园’的歌厅。下班后去吧。"

我说我这样子不适合去那种地方，谢绝了他，但户部不听。说什么你不喝我的酒吗？看样子又要生气了，我只能无奈地回答，那就遵命了。

在我到达那家叫作"沁园"的歌厅时，户部看样子已经喝了不少酒了。

"喂——，高冈老弟。这边这边，到这边坐。"

户部让我在他左边的两个女孩中间坐下。他对面还有一个女孩。

"这位，是高冈，我好朋友，不错吧。"

"真的哎，很帅。"

但是，正如我所料，我的感觉只有羞愧。

娱乐场的女人能够非常敏感地嗅出有钱男人和没钱男人的味道。一边做着表面的服务维持良好的气氛一边把我和户部区别对待，取得平衡。不过我和户部之间的差别无论是谁都会一目了然的吧。

"哎，户部先生的血型是什么型？"

"嗯？我嘛……是 H 型。"

有钱的男人在这种场合无论做什么都被允许。

"讨厌,看出来了……真是的,认真回答。"

"啊哈哈,啊……A、是 A 型。"

"骗人,看不出来。是吧?"

"对,B 型。肯定是 B 型。"

"户部先生最好再好好检查一次。"

一阵狂笑。我也堆出了笑容。

"那么,那么,高冈是什么型呢?"

"啊……我,也是 A 型。"

又是一阵狂笑。

"不可能,这两个人一样,绝对不可能。"

"不对。一定是户部先生的错了。"

正说笑着,坐在我和户部之间的女孩要起身离席。

"不好意思,我马上回来。"

我马上凑到户部身边,在他耳边问道。

"那个,对不起,我想问一下……那个,4 年前的,三岛忠治的事,那件事已经处理干净了吗?"

户部衔上一支烟,对面的女孩马上递上火来。淡绿色的,一次性打火机。

"……啊,你看到了是吧。那什么,在那之后,警察问你什么事了吗?"

"没。只是现场稍微解释了一下。"

"是吧。那件事已经完全没有问题了。"

"不是，不是那个意思。"

不能说出耕介的名字，该怎么问好呢？

"就是说……借款已经全都抵销了吗？"

户部轻轻点点头，吐出一大口烟。

"那是当然了。我也是为了这个才干的。"

"那，就是完全地干净了是吧。"

"啊。在你刚才提起这件事之前，我已经完全忘记了。"

确认了那件事，我就放心了。来这种地方也多少有了一点儿意义。

将近一个小时的时候，我便告辞了。户部好像也作罢了，拍拍我的肩膀说：好好干吧。

"再有什么难事就跟我说。无论什么时候都能帮你出主意。……高、冈。"

我低头转身。

已经不想再见到第二次了。

虽是这么说，户部总会突然出现在我面前。

因为和电、水、煤气这样的俗称"分包商"的人们还是像以前一样打交道，所以我在什么地方干活，他基本上很清楚。不过这种事，我也是有心理准备的。

只是，我认为不会特意来看我。除非特别担心我的动向，或是闲得发慌。

户部在我和耕介一起工作之后也经常这样。我极其担心户部是否注意到了耕介。

那天晚上户部虽然说三岛忠治的事已经处理干净了，但是那种人说不定就会又做出什么事来。算计好了耕介开始赚钱了，就过来说其实他父亲还有债务，又来要额外的利息。这种事，对于这些人来说太平常了。

我也曾想过，把耕介放到身边是不是反而让他暴露在危险当中了呢？

但是如果看不见他，万一发生什么事又不能及时处理。结果，我一面躲在户部的阴影之下，一面也没能选择离开耕介。只要我坚强一些就好了。只要有我在，户部就不会伤害到耕介。过去的每一天，我都在这样对自己说。

耕介或许的确在学校学习不太好，但绝对不是不聪明。对工作有很好的理解力，而且没想到身体很结实，非常有力气。

能吃、能干、能睡。一年时间壮实得都有些认不出了，工作能力也有了明显提升。

只是，不知是不是因为从 15 岁就让他做这种工作的原因，个子没怎么长高。我也曾觉得很对不住他，不过我为此道歉又能改变什么呢？再说，他自己好像也没有太介意，所以一直也没有说出口。

最开始是一天 5000 日元，一年后涨到 8000 日元。中间是什么情况不记得了，不过还记得为庆祝他 18 岁生日，决定给他一天 18000 日元。

我们的工作因为也是周六休息，所以一个月工作 25 天左右。一个月，大概 45 万。不算税金什么的，18 岁这个年龄能赚这么多钱，肯定不算少了。只是再往上涨幅就没有这么大了。要想赚得更多，后面就不能靠日工资，而是只能自己独立承包工程了。我是想最终把耕介培养成那样的。

我，和耕介。还有，知心的伙伴们。

偶尔也有不顺利的时候。如果跟业主没有说好，工程结束后赖账的，或是介绍工程的装修店说我们看错了图纸，苛扣工程款的，等等。但是那也是一个很好的经验。无论对于我来说还是对于耕介来说。

所以，我会给耕介支付说好的工资。即使他不要，我也一定要给他。如果说有些宠他，可能的确是。但是，耕介十分明白我的意思。比起当场用钱解决，今后在工作中表现得更出色要困难得多。然后耕介就不会第二次犯同样的错误。我觉得这比什么都值得骄傲。

这当中有一天，是今年 10 月中旬的事。

"……阿贤，木下，好像又来了。"

电器商店的松本在工地上悄悄对我说。

"又？"

我四周环视了一圈。耕介那时候去买三点钟茶歇时的饮料和茶点去了。除了我和松本没有别人。

"……工地，在哪？"

松本皱了皱鼻子。

"中林。中林建设的，武藏小杉的高层公寓。听说是一个新手高空作业人员从 10 层坠楼身亡……简直是，不知他们在想什么。"

心脏在胸腔内狂跳，跳得发痛。

不用问又是户部干的。

"是丸吉的秋元先生。当时就觉得有点不对劲啊。进来一个一点儿都不像工人的人。不过半个月之后就开始运送钢管啊，运送工具之类的。要说能不能给挪一下车啊，就会出来把货车挪走。就这样，突然间……咣当……"

我想起了三岛忠治的那毫无痕迹的死亡场面。

"后来，听设计师岛谷说，那个坠楼的人叫中川，好像也是有借款。岛谷做了他的连带保证人。好像之前在住贩公司做销售。岛谷说知道这个人的长相。然后在工地看到他觉得奇怪，跟他打招呼，他却跟逃跑似的藏了起来。岛谷觉得不对劲，再去他原来公司的时候，顺便问了一下。中川是不是辞职了。然后……总务说他拿了公司的钱所以被解雇了。"

脖子周边的肌肉一阵发麻。腋下也在往外冒汗。

"接下来的事就不知道了，不过最终还是借了地下钱庄的钱吧……这和耕介的父亲不是完全一样嘛。对于那些走投无路的人，木下慢慢接近，看准时机，从脚手架上掉下来。然后以事故处理，不就能拿到保险金了吗……拿钱的木下实在够狠，不过中林也是……"

我想跟他说，在这不要提耕介父亲的事情。

但是，已经晚了。

"……等等，你说和我爸爸一样，是怎么回事？"

回头一看，手里拎着便利店袋子的耕介站在了走廊那里。

"不是，耕介……"

我想要解释，但耕介没有到我这边来，而是直接走到松本跟前。

"那个，看准时机，从脚手架上掉下来，是什么？松本先生。"

被摇晃着肩膀，松本一副苦不堪言的表情，挤出一句"不是"。

"走投无路的时候，木下就会慢慢接近，是怎么回事啊。啊？松本先生！"

"好了耕介！"

甩开我的手的耕介凶神恶煞地转过头。

"干爹，你知道是吗？"

"……啊不。"

"这么说来，我爸爸死的时候，你是在总务的。那么，我爸爸是为了死而特意到木下的吗？为了看准时机掉下去才登上木下的脚手架的吗？你知道这些是吗？在我爸爸死之前你就知道这些事是吗？"

我无言以对。即使被他揪住衣服，被他摇晃，我始终一句话都说不出来。

"回答我啊。你是不是知道啊。你是不是明明知道爸爸是为了偿还借款所以自杀的，却没有阻止他？"

"好了啊，耕介。"

"你算什么啊，你不是说是爸爸的朋友吗？可是……根本不是。你那样不就是见死不救吗？或者是什么，你……你也是跟他们一伙儿的吗？"

"耕介！"

松本从后面抱住耕介，顺势把他朝后面推过去。

"……耕介你就算再生气，也不能那样说这个人，这个高冈！"

耕介仰面朝天地躺在胶合地板上，愣愣地发呆。

"这个人是怎么把你培养到现在的啊，其他人不知道，我们这些老交情的人大家都知道那时候的事。"

我抓住他的胳膊。

"松本！"

"让我说吧，阿贤……你既不是他的亲戚，也不是他的什么人，为了你，他背着你到处跟人家低头道谢，求人多照顾你。说'如果有什么事先跟我说，责任全部由我来负，我会竭尽全力地培养他，请您多给他一些时间'……这个人为了你，做了那么多亲身父亲都做不到的事情。你现在对他这么说话，绝对不可以！"

耕介慢慢地起身，又走了出去。

我和松本都没有想追他。

捡起掉在走廊上的袋子，里面是硬酱油煎饼，袋装的零食巧克力，还有三个易拉罐。热咖啡是我的，伊藤园的茶是松本的，可乐是耕介的。和往常的一样，都是各自喜欢的东西。

松本叹气说：

"……我说的有点过了，是吧？"

当然，我没有责怪他的资格。

"不……是我不好。是我没做好。"

把那罐茶递给松本，两个人喝了起来。

七星咖啡真的很苦。

1

12月7日，星期日。上午10点40分。

日下在三岛耕介家附近的一家小咖啡屋里。

"不好意思。休息的时候来打扰。"

三岛视线看着桌子，轻轻说。

"没关系……"

这是一家随处可见的，非常平民化的店。

早餐有吐司配鸡蛋和熏肉。午餐是意面和蛋包饭。一个人的基本上都在看报纸或漫画杂志。

包括里村在内的三个人都吃了同样的早餐。咖啡点了广告牌上的UCC。味道说不上好也说不上不好。

"……上次问过你的关于中川美智子的事情……"

看他的表情，没什么特别的变化。

"她的父亲中川信郎，也是两个来月之前，在木下兴业的工地，坠楼身亡的是吧……你知道这事吗？"

耕介把手伸向放在桌边的一包香烟。是 Lark Mild。用一次性打火机点上火。这个动作中，看不出什么慌乱。

"……是吗。"

非常重要的一句话。

两个人的父亲虽然时间不同，但同样都是从木下兴业的现场坠楼身亡。三岛现在对于这件事表明了并不知情的态度。

不可能不知道。这是全体搜查本部的意见。否认这件事，先不说是否会对他问罪，但可以确定他做好了做伪证的心理准备。

里面有内情。这点是应该要留意的。

"这样啊……那么，还有一个问题。高冈贤一上了一份以你为受益人的生命保险，这是怎么回事？"

与刚刚不同，他眼睛动了一下。大概是因为对关于中川信郎的问题有了一定的心理准备，而关于保险并没有事先想到吧。

"是的……那件事，听高冈说了。"

"证书之类的，高冈给你了吗？"

对高冈家进行了搜查，但在高冈的房间里没有找到类似的文件。

"啊，给了没给……我有点记不清了。"

保险合同是4年半之前签的。正好是他跟高冈一起工作后1年左右。合同先不说了，连是否有证书都不知道应该不大可能。

"还有一个。你知道一位叫内藤君江的女士吗？"

这次表情的变化比保险问题更大。倒推来想，中川信郎的事他还是明明知道但装作不知道的可能性非常大。

"……内藤，什么？"

"君江。内藤，君江。"

他歪着脑袋想了一会儿。

他吸了一口烟，为了不让烟飘到这边来，向过道的方向把烟吐出去。

"那个……下石神井的……啊不对……"

"你有什么印象吗？"

又吸了一口，然后把烟熄灭在烟灰缸里。

"嗯……没有，之前做过的一个工程好像有一个叫内藤的人家，不知道他家夫人是不是叫君江。"

"地点是下石神井是吗？"

"是的，下石神井的，内藤家……嗯。我记得那时候经常说这个词。啊，不过是不是斋藤啊……下石神井，斋藤家……嗯——叫什么来着？"

"是几年前的工程？"

"那是……差不多两三年……之前吧。要是有高冈的记事本就知道了。"

内藤君江应该是住在足立区北千住的。练马区的下石神井应该是别人吧。如果说君江在最近两三年搬家了那就另当别论了。

日下一边点头一边再次确认了他的表情。

关于中川信郎，面无表情地表示不知道。关于自己作为受益人的保险，能够看出一些犹豫但表示知道，不过不知道有没有证书。关于内藤君江，思考后表示做过她家的工程。

如果这是经过编排的戏剧的话应该表扬他演的真好。但如果不是的话，三岛耕介关于内藤君江是不知情的。可以认为他给了日下这种感觉，但说到底还是凭经验的假设。

"……是吧。那么，如果你再想起来什么的话，请随时跟我联系。"

三岛回答"好的"，说也有可能记在日记里了，回去查一下。他竟然还写日记，日下对此感到有些意外。

到了周一下午，日下他们拜访了位于世田谷区的木下兴业。

公司楼房是呈 L 形的四层建筑，并不是很大。红豆色的外墙已经有些发旧，从向上的窗子及阳台的情况来看，可以判断上面应该是住宅。

被公司楼房和围墙围起的空地上没有停车。右手的墙边有一个铁管做的巨大的架子，由几十根看起来 4 米长的同样的铁管支撑着。仔细看铁管上到处沾满了水泥和涂料。

办公室好像是在正面的一层部分。

"不好意思。"

一推开写着公司名字的玻璃门，就是前台了。在那对面是4张办公桌围成的一个小岛。有3个人在，两位穿工作服的女性，一位穿西装的男性。右手墙壁上是一块白板，应该是用来写日程表和工作人员分配情况的。

"你好。"

坐在离前台最近的工作人员站起身来，她是一位戴着眼镜比较年轻的女孩子。

"我是警视厅的，突然来访不好意思。请问你们总经理在吗？"

女孩稍微眯缝了一下眼睛，低下头说请稍等，然后走向左手边的门。敲门后把门打开，告知有访客。

随后出来的是一个看上去50多岁的中等胖瘦的男的。

"你好，什么事？"

"突然来访，不好意思。我是警视厅的，有些事想问一下您。不知现在是否有时间。"

日下出示了警官证，说话尽量保持平稳的语气。

对方点点头，应了一声"可以"。

"我是总经理木下……那个，具体是什么事呢？"

"好的。我想请教一下两个月前因事故死亡的中川信郎，还有9年前的三岛忠治的事情，所以来拜访您。"

于是对方终于露出一副为难的表情。

"啊，那先到这边来吧。矢代，倒茶。"

木下让最初接待日下的工作人员倒茶，然后把他们请到房间。这是一间相当气派的总经理办公室，木纹的结实的办公桌和组合沙发，大大方方地摆放着，丝毫不显拥挤。由于和隔壁家离得比较近，正对面的窗子很暗，这是唯一的美中不足。

两人座沙发的后面是没有见过的富士山的油画，办公桌的对面挂着写有"初志贯彻"几个字的相框书法。

交换名片后，日下在被指引的沙发位置上坐下来。

茶马上就端了上来。

"……麻烦你了。"

叫作矢代的女孩，一瞬间好像要说什么似的看了看日下，最终只是鞠了个躬出去了。

木下一副非常复杂的表情，喝了一小口茶，自己先开了口。

"……您刚才说的两件事，都已经请警方进行了搜查，而且已经得出死亡原因是事故的结论了。"

"是的，我知道。所以今天我想问一下事故之后的事情，才来拜访您的。"

"事故……以后？"

日下紧盯着木下点了点头。

"木下兴业给三岛忠治上了1200万日元的生命保险，然后领取了这部分钱款。"

"这个……"

木下刚要说这个是当然的，日下用手制止了他。

"我理解，因为是这样的业务内容，所以担心出事故是当然的。而且听说您还考虑到以此来补偿工作人员的家属。"

木下的视线躲闪到桌子的一边。

"另外，三岛忠治死亡前，有将近1000万日元的借款。这个事您知道吗？"

木下微微地吞了一口气，点点头。

"是……警察那边，这么说的。"

"那么，中川信郎又是怎么回事呢？您有没有听说，他也同样是身陷债务困局呢？"

有些颤抖的叹息。

"是怎么回事……我有点，记不清了。"

"啊。这是两个月之前的事情……那么，哪位知道呢？"

突然抬起脸。但是没有与日下的目光接触。

"这边有没有对这件事比较了解的人呢？"

眼珠开始忙碌起来。与中林建设的职员比起来，给人的感觉明显沉不住气。

"这边的公司，负责保险呀还有福利方面事情的是总经理吗？"

不是，条件反射般地说了一句。

"那么，是谁呢？"

愣愣地接不上话。

"……公司员工17人。听说其中12人是所谓的施工人员。刚才端茶的矢代小姐是负责这个事情的吗？"

"不，她是……"

"那么是另外一位女士吗？还是坐在里面的穿西装的男士呢？"

隔了一会儿。木下什么也没说，视线停留在桌子的正中间，在思考着什么？

办公桌的对面。房间的一角，一个厚度大概 15 厘米的象棋盘直接放在了地板上。现在木下的头脑当中，大概也像下象棋一样反复对问答做着预判。

保险的事是妻子在管。那您夫人在哪？现在出门了。几点回来？今晚不回来。是旅行吗？到哪去旅行了？啊，这个——

"木下总经理？"

您是说猜得不对但也差不多吗？木下的表情，眼看着染上了一层苦涩。

把手伸向衣服里面的口袋，轻声"啧"了一下。

"……抱、抱歉。"

站起来，从桌子上拿了盒烟过来。Piece，好像是最后一根了，衔上那根后把奶油色的包装盒捏扁了。

用桌上的打火机点着火。吐出浓浓的一口烟。气氛因此稍微平稳了一些。

"嗯……保险的事……是叫作户部的总务人员负责的。"

"是那边的那位男士吗？"

"……不是。他今天没有上班。"

"是休息吗？"

稍微摇了摇头。

"……那个，因为专门负责保险，和工地的人工作形式有点……那个，不一样。"

"什么时候回来？"

"啊……今天回不回来呢？"

"那么，明天？"

"不……"

木下反复说不知什么时候来，联系也联系不上。当然，不是没有疑问，但暂且不再追问了。

只是确认了姓名和年龄。

户部真树夫，41岁。住址是目黑区祐天寺。

日下说好改天再来，离开了木下兴业。

"……主任，为何不再逼问他呢？"

里村压低声音，盯着日下的脸。

"或许户部最近一周以上都没来公司了。"

嗯？里村哑口无言。

"出来的时候确认了一下白板。出勤一栏的名牌写着矢代、川上、仁木。仁木的颜色和矢代同样是红色，所以大概是另一个女孩的名字。川上是那个西装男士。没有木下或者总经理的名牌。其他的职员除一人以外都被分配在不同工地。剩下一个人在空栏的位置。是叫伊藤的名字。那大概是正规的下班或是休假的位置。那么，你知道……户部的名字在哪吗？"

里村摇头说不知道。

"28 日的地方。因为这是写一个月计划的白板，所以应该是上个月的 28 日的意思。其他员工都在出勤或者工地，或者是下班的位置。只有户部是在日程的栏里……我不认为这是完全没有意义的。"

这时，从背后传来"那个"的声音。

不确定那个声音是否在跟自己说话，日下回头一看，是木下兴业的叫作矢代的工作人员站在那里。穿着深绿色的大衣，气喘吁吁地吐着白气。

"什么事？"

"那，那个……关于户部的事情，我有些话想说……"

眼镜被雾气笼罩了。

日下不由得直盯着她看。

因为说一个小时的话没问题，所以就近去了一家土里土气的咖啡店，点了三杯咖啡。

"你说关于户部的事……"

她一口气把水喝干，环视了一圈四周。

"……我想先问一下，刚才我听到了一些……户部是做有关保险的事情吗？"

被这么一问，其实日下也是刚刚才第一次听说这个名字的。

"不，也不是的。"

"没有被逮捕吗？"

虽然年轻但毕竟是社会人。言行应该不会太没有顾忌。

"……为什么认为户部被逮捕了呢？"

咖啡马上被端上来了。她好像不喜欢眼镜上有雾气，把眼镜摘下来放到了一边。

女孩直直地盯着黑色的咖啡。

"……怎么说呢，他是一个很过分的男的。户部这家伙。"

"你说他过分……"

"总之，是黑社会，那个人。"

户部真树夫是黑社会？

"这有些不太稳重吧。……看上去，木下兴业让人感觉是一家普通的公司。这样的公司为什么要雇用黑社会呢？"

她像是要压制住情绪，静静地吐了口气。

"……警官先生，您知道中林建设吗？"

日下不由得和里村对视了一下。

"嗯，知道。"

"那个公司，背后是黑社会是吧。"

连这样的姑娘都知道这事吗？

"……是啊。好像倒是有这样的传言。这和户部有什么关系呢？"

"户部，我不知道正式的是怎么样，但事实上，是从中林出来的人。户部自己也是这么说的。"

原来如此。

有几个事情在头脑里联系了起来。

矢代继续说。

"……所以，我也不太清楚，从以前开始一周就只上一两次班。来了之后……也不做什么正事。"

"今天，也没来是吧。"

"是……已经好几天都没来了。"

"从什么时候开始没来上班的？"

她在膝盖上弯起手指算起来。

"上周三稍微露了个脸，就是从那之后……吧。"

上个月的 28 日这个推算有点太早了。但是，上周三的话是 12 月 3 日，是高冈被杀的日子。从那之后就没来上班的话——

或许是碰巧时间一样，但还是一个让人感兴趣的话题。

"不干正事，指的是什么。"

她咬着后牙，用沉痛的表情点点头。

"……偷偷摸摸地溜进我们的更衣室，真的是，不打招呼地……时常地骚扰我们……我是被总经理挡了一下救了我，还算没事，那个，今天一起的女孩，她……她说没事，但是我感觉好像不是没事，我……"

她好像是想冷静下来，喝了一小口咖啡。

"……一年到头喝得烂醉，有其他施工部门的人在的时间段，他绝对不来……连 60 多岁的工人都打不过，却在女人身上很花力气。是这样的一个家伙。"

"木下总经理为什么要在公司放一个这么麻烦的人呢？"

她再次痛苦地向下看。

"……也不是，知道的特别清楚……一次总经理不在的时候，三层传来了争吵的声音……之后应该也没什么事，户部摇摇晃晃地从上面下来……总经理的夫人是一个相当年轻漂亮的女性……要是有什么事，我想他要是以此作为威胁，总经理……或许不能辞掉他。"

一边想着不能囫囵吞枣，户部真树夫这个男人的画像一边一点点地在头脑中连接起来。

"在这种情况下，你为什么不辞掉木下兴业呢？"

"那怎么行……因为除了户部，大家都是好人。工地的人们，会计川上，还有总经理，夫人，大家都是好人。只有我逃跑……"

她的身体越过桌子。

"能不能逮捕户部？"

对此，不得不摇头。

"我们这边是不行的。当然如果你那边能够明确受害人的状况，发起刑事诉讼的话，我一定会不遗余力。但是……你应该不想这么做吧。"

她坐下来，无力地点点头。

"还是……没办法吗？"

但是，今天弄明白了几件事。

户部是从中林建设以外派的形式在木下兴业工作，负责保险合同的事。三岛忠治、中川信郎两个人涉嫌欺诈保险金的可能性非常大。这和高冈贤一的被杀有什么关系，还不好说，但已经是不能看作没有关系的状态了。

而且户部在高冈被杀害后的三天，都没来木下兴业上班。

"……矢代小姐。你就你所遭受的伤害诉讼户部，会在各个方面遇到困难，搞不好即便到法院，也有打不赢的可能性。但是，户部现在与我们正在调查的事件有关的话，当然就有因此而逮捕他的可能性。"

满是黑眼球的眼睛，睁得大大的。

"所以，矢代小姐。"

"是……"

"我想拜托你几件事。"

她一脸认真地点点头。

"先告诉我户部真树夫的手机号码。然后可能的话你联系他一下，让他来上班。如果打通电话户部出来了的话，请尽快联系我。如果他突然出现也请通知我，我会马上到你们公司来。尽可能地找个理由把他拖住。……可以吗？能做到吗？"

矢代说"知道了"，马上用自己的手机给人打电话。

"啊，沙英，我……嗯，没事的。现在正在跟警察说话。那个，户部的电话号码，现在能马上用信息发给我吗……嗯，是警察要的……嗯，没关系……谢谢。再见。"

一会儿从她的电话里传来了日下也知道的曲子的前奏。这大概是披头士乐队的。曲名忘记了。

"啊，来了来了……警察先生，能用红外线接收信息吗？"

回答不知道后，女孩露出失望的表情。

问了里村，他说知道。

感觉，好像丢了没必要丢的脸。

2

玲子这几天通过铃木房地产的铃木太一总经理的介绍，会见了几个认识南花畑时代的高冈贤一的人。

小学的同学，中学的同学，或者是相差一两个年级的学长或是学弟学妹。但是这些人都与拆迁前的高冈没有接触。

"小的时候，感觉并不太显眼。"

"是那种有没有他都不知道的人。"

"胆子很小，经常被欺负。"

"……有没有啊，那家伙。"

给他们看了照片，记忆的线也丝毫连接不起来。

——小时候，是那样的啊……

当然，自己的走访也在继续。但是，不管怎么说都是10多年前的事情了，就算是记得有一家叫作高冈屋的小零食店兼玩具店，就算是记得夫妇在经营这家店，也想不起这里的儿子是怎么样的。都是这样的人。

就在这个时候，铃木那边又有消息了。

"……之前说过的，叫作更科的高冈屋的隔壁两家的荞麦店，和那边的儿子取得了联系。"

赶紧取得联系，决定在新宿见面。地点在和纪伊国屋书店总店并排的大厅。

进了入口，用于会面的号码播放出来后，坐在面向新宿大道窗边座位的男士朝这边走来。一边打招呼一边走过来。

"不好意思，是泽井雄司先生吗？"

30来岁，一位非常潇洒的男士。

"是的，是泽井……那个，姬川小姐。"

和井冈一起交换了名片，坐在了对面。名片的公司名称是比较有名的玻璃器具公司，部门是人事部。关于这点铃木经理的记忆还是非常正确的。

泽井已经点了咖啡，玲子也点了同样的。

"……什么来着？高冈屋的阿贤？"

"是的。泽井先生和高冈贤一关系亲近吗？"

他刚要开始说，正好这时候服务员端来了咖啡。谈话中止了一小会儿。

"……对不起。在这之前，我可以先问一下您的年龄吗？"

泽井笑了笑，回答说 38 岁。但是看着不像这个年龄，还以为最多比玲子大两三岁。给人的印象，好像是模特出身的演员的感觉。

"那么，跟高冈差 5 岁。"

"是，是啊。所以小时候经常照顾我。小学的校队什么的只有一年级的时候是在一起的。"

"是一个什么样的人呢？"

他脸上浮现出的，是一种复杂的笑容。

"怎么说呢，是一个比较懦弱的，没有什么魄力的人，但是对于我来说，是一个温柔的很会照顾人的大哥哥。语文非常好……暑假，你看，不是有读后感之类的吗？那些我基本都是让阿贤写的。……他是读书家，那些书他基本都读过。而且感想，一年级的话就用一年级的，二年级就用二年级的词汇来给我写。真是帮了很多忙……我只需要抄到作文纸上就可以了。真的是很会照顾人。"

这和雇用三岛耕介，代替父亲照顾他有相通的部分。但是语文很拿手，这点比较意外，而且是读书家。这和作为木匠的高冈，给人的印象完全不一样。

"手工作业之类的，有没有帮过你呢？"

泽井摇了摇头。

"哎呀这种事，阿贤反倒不太擅长，我对这方面倒比较擅长，所以都是自己做的。因为毕竟比他小 5 岁，也不可能让我帮他做，当作回报。"

高冈不擅长手工？

不知道是不是露出了惊愕的神情，泽井一脸担心地看看井冈又看看玲子。

"那个，阿贤他……出什么事了吗？"

是啊。铃木经理应该是没有告诉他高冈贤一死亡的消息。因此，泽井应该还不知道现状。

端起杯子，停顿了一会儿。三人不知不觉都开始喝咖啡喘口气。

"……那么，泽井先生最后一次见到高冈是在什么时候？"

那张脸一下子阴沉下来。

"那是……我想大概他因拆迁要离开那里一周或者两周之前。"

我请他进一步详细说明，他一脸沉痛地点点头。

"当时……因为已经是 12 年之前的事了。我还在营业部，开车在市里转来转去。"

"那时候，荞麦店那边呢？"

"早就倒闭了。……被陷害食物中毒。"

玲子点头说是啊，"你知道？"泽井非常吃惊。告诉他是听铃木经理说的，他脸上浮现出一种想念的微笑说：真是什么都说啊。

"……总之，当时的情况是还是一个东奔西跑的上班族的我，要养活因为那件事失去店铺茫然无措的父母。当时两个妹妹已经上班了，这是不幸中的万幸。毕竟不用交两个人的学费了。"

他眼睛向下看，发出一声短暂的叹息。

"……嗯，就是这种感觉，我经常会惦记那周边的情况。偶尔因为业务路过附近时，会去那边待一会儿，那一带没有一处亮灯的，真像墓地一样死气沉沉。在那中间，只有一家，在最里面点着灯。那就是高冈屋。虽然他父母都不在了，但是我想阿贤会不会还在啊，有些想念他，于是就在附近停下车，去找他。"

脑子里浮现出那块高层公寓的土地有几家房子聚集，但是没有一丝灯光的场景。说是墓场可能有点夸张，但的确给人一种凄凉的，悲惨的昭和时代的印象，而这算起来的话也就是平成年代的事。

"大声喊的话，阿贤绝对会以为是房地产的人，开始用小声说，我是泽井，是荞麦店的雄司，按响了门铃，还敲了敲外面的大门。但是他根本不出来。然后隔壁家也还在，我就从小时候经常走的不知该叫胡同还是什么……就是一条夹缝的地方横着走过去，走到了里面。这样就能看到里面的茶室的窗子。但是，我往里一看……"

泽井的脸扭向一边。

"……阿贤，他蹲在茶室对面的洗澡间前面的走廊里，两手握着菜刀，直直地盯着看。"

玲子瞬间以为是高冈想要杀谁。如果是那样的场景，是曾经目击过的，但好像不是这么回事。

"他想要自杀，我一下子急了。敲着窗户喊：阿贤，阿贤。他要是还听不到，我就打算把窗户敲破了。不过……阿贤，他朝这边看了过来。开始他可能不知道是谁，我说：是我，是我，我是雄司，他飘飘忽忽的，好像有点，说得不好听一些，像是傻了一样，奇怪地无力地笑着，朝这边走过来。"

中间夹杂了一个比刚才更深更长的叹息。

"……然后，他给我开门，我绕了进去。那时候阿贤还拿着菜刀……一把满是红色锈斑的，像垃圾一样的菜刀。我冲他大吼：你拿着这个东西干什么。然后……"

他停顿了一会儿，像是要镇定一下情绪。

难得井冈也一副认真的样子在听着。

"……他说菜刀，我想要磨菜刀，但没有磨刀石……说怎么找都找不到磨刀石，这个年龄他竟然哭了……仔细一看，他眼睛上面有一块瘀青。在这一带炒地皮的中林地产，您知道吧。"

玲在点头说"知道"。

"阿贤说不是，当时他说他喝醉了打架弄的，我直觉认为不可能。因为他不是那种……喝醉了会跟人打架的人。他是一个胆小的、温文尔雅的人，所以我觉得一定是有人做了让他极其厌恶的事。不管怎么说中林连食物中毒这种事都能安排，什么都做得出来。"

听到这，玲子还是感到有些蹊跷。

大多评价高冈不是一个爱打架的人，也不擅长手工。同学们对他印象不深，但认为他是一个相对来说容易受欺负的孩子。这和作为木工，胳膊强壮，代替亲生父亲照顾三岛耕介的高冈，给人的印象终归是有些出入。

泽井突然露出不安的表情。

"那个……10 多年以前的事情了，大部分的事情都已经到时效了吧。"

"啊？"

他苦笑一下，低下了头。

"……那之后，我和阿贤去喝酒了。也就是回来的时候……酒驾了。"

玲子一面轻轻瞥了他一眼，一面露出微笑。

"如果是以后注意的话。"

"当然……现在已经不那样了。"

玲子加了一句"最近很严的"。泽井说"真的是"，然后好像很困扰地挠着头。

但是马上，他的表情上笼罩了阴影。

"……要说，去喝酒……能听到很多事。电话响个不停啦，换了手机号也马上就能暴露啦之类的。还有过分的，什么腐烂的猫的尸体被放进了邮箱里之类。"

听到这种话，玲子经常感到某种愤怒。不是对加害人，而是对受害者，或者说是着急也可以。

"这种事情，找警察就可以了。"

于是，泽井第一次用凶险的眼神看着玲子。然后视线滑落到了刚才收到的名片上。

"姬川小姐，就是……霞关的警视厅的人是吧。"

最近不知是否是受电视影响，普通人也对本部和地方的区别十分清楚。也能分得清警察厅和警视厅的区别 [1]。

"……嗯，是的。"

"在如此高大上的地方的人可能不知道，在那附近的警察啊，真的很过分。像猫的死尸之类的事情，也就是巡警过来草草写点东西就结

---

[1] 警视厅管辖东京都内，而警察厅是管理除东京都以外的日本全国的县警、府警和道警的组织。

束了。不会仔细搜查，晚上也没有巡逻。大家都在说是不是收了中林的贿赂了。"

不过，他还是有些误会了。

玲子并不是从一开始就在霞关本部工作的。大学毕业后进入警察厅，从警察学校毕业后被分配到了品川署。从那调到了碑文谷署，又到了四谷署，然后才来到本部的，并不是不知道地方的情况。她也是烦透了那种懈怠，那种贪欲。同时也知道为此苦恼的市民们的表情——

所以，在这件事上只能老老实实地低头认错。

"我……不知道会有那么不像话的事。非常对不起。我知道我这样的人在这道歉并不能让您心里痛快，但是同样作为警察的我觉得非常羞耻……对不起。"

旁边的井冈也跟着低下头。

泽井说着"不不"站了起来。

"……我不是那个意思。我知道，这种部门之类的不一样……不好意思。我好像说了不该说的话。"

不过，有种"即便那样"的心情。一边认为首先道歉这种做法有些狡猾，一边还想尝试提出反对意见。

"但是，既然都知道是这样了，高冈不是更应该早点退出来吗？说他幸运有点那个，他父母也都已经去世了，为何还要明知身处危险当中……"

泽井点头说"是啊"。

"我也曾这么想。但是……我也是那时候刚听说的，他父亲还有生前的借款，原本土地和房屋都已经抵押出去了。阿贤自己想就当是交房租了，好像在一点一点地还。只是做抵押的地方也是很不讲理。大概是这个公司和中林没谈好。怎么也不给清账。总之，阿贤好像变成了这个公司阻碍中林建高层公寓的道具了。"

"这样啊……"

负债的魔咒，贫穷的轮回，脑子里浮现出这样的词语。

"在那之前，阿贤换了很多工作，还做过英文教材的销售……如果为了清算债务，宣告个人破产，一旦被公司发现了，就没有栖身之所了……是这样吧，债务缠身的人不知道什么时候会动用公司的钱……总之，感觉出来也是地狱，留下也是地狱。"

西斜的太阳从斜上方照射进来。泽井杯子旁边的茶勺像坠落的星星般发着光。

"……我给不了任何有用的建议。所以只能跟他说：再联系，我会帮你的之类的。"

"这是高冈搬迁之前的一两周前吗？"

"是的，大概半个月之后我过去看，高冈家和邻居家都已经变成了空地。还有周围的几家也一样。差不多整个地方的一半吧。我心里想，啊，应该都解决好了吧……在那之后，打听到的手机也联系不上他了。但是我想他应该会重新开始，好好生活了吧。"

因为玲子感觉他要问高冈的近况了，于是抢先开了口。

"在那之后，高冈搬到大田区，做了木工。"

"啊？"

应该说是预料之中吧，泽井像换了个人一样脸变形到有些滑稽。

"怎么会。那个阿贤，做木工不行吧。"

165

"是的。听你讲到现在，我也是这种感觉，但是实际上手下还用了一个年轻人，干得还不错呢。"

"但是，他胳膊又细，整个人又高又瘦的。怎么会呢？"

又高又瘦？前几天看了三岛耕介带来的照片，高冈贤一的样貌可绝对不是"又高又瘦"这种感觉的。说"体魄强健"感觉还比较接近。当然，泽井认识的是很早以前的高冈了，有可能多多少少有些变化。但是12年时间，人的样貌到底会不会变到这种程度呢。

"那个，稍等一下……高冈的照片。"

"好好，稍等。"

井冈把记事本翻到后面，从有袋子的那页抽出了高冈的照片。玲子接过来，拿给泽井看。

"……应该，就是这位吧。"

泽井皱起眉头说"啊？"

"这个人是谁啊？"

三个人不由得面面相觑。

"是高冈贤一啊……"

泽井直直地看着玲子的眼睛，直摇头。

"不不，这不是阿贤。"

"什么？"

"他不是这种强悍的感觉的。是这种，不能说是像狼一样的感觉，更像这种……瘦瘦的山羊的感觉。下垂的眼睛，一张软绵绵的像是没长皱纹的老爷爷的脸。"

他似笑非笑地说。

"警察大人。这大概是同名同姓，但不是同一个人吧。"

不会的。在仲六乡之前的住所是那个南花畑的公寓的地址。查了居民证，不会错。

泽井询问了这个人怎么了？玲子虽然还没回过神，但还是告诉他遭遇不幸死了。

当然，泽井并没有吃惊。只是稍微低下头说了句"真可怜啊"。

和泽井分开后，玲子漫无目的地走在傍晚的新宿大街上。

高冈贤一不是高冈贤一——

这句话飞速地在头脑里盘旋。

"什么啊这是，完全不明白啦……到底是怎么回事啊？"

突然从旁边伸出来一个带着鱼腥味的塑料袋。

"……什么？"

"什么呢？应该是叫 SURUME（鱿鱼）吧。……啊，这边应该是叫 ATARIME 吧？"

"没有，SURUME 就是 SURUME。ATARIME 是商人为了图吉利起的名字吧①。……等等，你怎么走路还带着鱿鱼干？"

"不是啊，肚子饿的时候啊，或是脑子累了的时候嚼一嚼很好的。要吗？"

"……来一个。"

两个人嘴里叼着鱿鱼干走在新宿大街上。偶尔会感觉到从旁边走

_____

① 日语中 SURUME 中的 SURU 和损失的损谐音，因此商人们为了图吉利把鱿鱼干叫 ATARIME。

过的人的目光，不过这种事情他们并不在意。

比这件事，不，比什么事都让他们在意的是，高冈不是高冈——

是在哪里搞错了呢？是在哪里系错了扣子？

不过，偶尔吃一次，鱿鱼还是很好吃的。

"井冈，再来点。"

"好好，马上。"

稍微整理一下吧。

既然是从小在一起的泽井雄司说的，那张照片的男的不是南花畑的高冈贤一，那么应该不会错。也就是说，懦弱的不引人注意的，经常被欺负，语文很好却不擅长手工的高冈，不是住在仲六乡的木工的高冈——

"……嗯。"

或许是天马行空的想象，也可以认为小零食店家的儿子高冈贤一被中林集团杀害了。杀害后，中林用其他人做替身。这就是后来在仲六乡的被叫作高冈贤一的人。对，如果是换了个人，进入中林建设成为木工也不是什么不可思议的事了。

不对，不是这样的。泽井说高冈家不是抵押给中林而是抵押给其他公司了。如果杀了他，土地交易更加不好推进。对于中林来说，杀害零食店的儿子绝对不是良策。

于是。

"……主任。你好像觉察到什么了。"

自杀吗？

从泽井目击的情况来看，当时的高冈的精神状态随时都可能自己结束生命。发生突发性自杀的可能性非常大。

比如，经过是这样的。

像往常一样去进行恐吓工作的中林的员工，在家中发现死去的高冈贤一。这对于中林来说是最不愿意见到的事态。中林无论如何都想让高冈活下去。否则的话，土地就会落到其他公司手里，事情就会非常麻烦。

是的。然后就这样了。

找一个完全不相干的人做高冈的替身，快速地处理掉土地。已经到这个程度的话，就不在乎多花些钱了吧。让那个担保土地的公司说个价钱，快速地解除抵押权，变更名称，变成空地。只要没有了房子，也就没有了自杀和换人的证据。

"等等，主任……你一口气吃得太多了。已经没有了。"

"那再去买点。"

"别了……会吃坏肚子。"

等等。有没有必要做那么多事情，成为替身呢？即使有必要，让中林一个看起来老实点的员工代替一段时间不就可以了吗？

奇怪。一定是还缺少一个什么片段。

而最重要的是，现在还缺少鱿鱼干。

3

叶山则之巡查长这三天负责跟踪高冈贤一的死亡保险金中设定的受益人内藤君江的行动。

49 岁，单身。基本上都在小酒馆，白天在提供套餐的饭店"内藤"。在不引起跟踪对象注意的秦光霞进行了走访，得知在那开店是在 10 多年前了。

一组的野村巡查长一次，叶山一次。分别在不同时间去店里吃了套餐。野村点的亚洲炒饭，叶山是蔬菜炒饭。另外，除了每日更换的套餐以外，没有别的菜单。这也基本都是提前准备好的。大概是为了不用服务员，君江自己能全盘照看而做的准备吧。

如果总去那里吃饭，就会被记住了。但是在不明确内藤君江和高冈贤一的关系的现在，还是要尽量避免的。现在叶山和野村蹲守的地点也是饭店斜对面的投币停车场。

上午 10 点 2 分。一辆厢式货车停在店门前。

"是每天送的东西吧。"

"……是。"

等级高一级，年龄大 9 岁。这样的野村对叶山使用敬语①，就是因为叶山是握有搜查主导权的刑事部搜查一课的刑警。如果不是因为这个，这个叫作野村的男人，是那种没事都会冲人大声呵斥的人。

是每天配送生鲜食品的货车。但是今天的驾驶员换了。不知道野村是否注意到了。只是也不是什么非要问清楚的问题。只要自己脑子里记住了就行了。

"不过，那个什么。你们那的主任……真是个不错的女人啊。"

野村好像特别中意那个姬川玲子。一说到什么就提起这个话题。

---

① 日语里工作中级别低的人对级别高的人说话时要用敬语。

170

这种时候也经常省去了敬语。

"……真的，没有男朋友什么的吗？"

"啊，不太清楚。我进一课也才3个月的时间。"

"感觉上，还是有吧。"

"啊……不知道啊。对那种事比较迟钝。抱歉。"

这3天，除了昨天晚上替班人员过来替班，回了一趟蒲田，洗了个澡，小睡了一会儿，参加了早上的会议以外，基本上一直都是在这辆车里度过的。虽然会交替着走访周边顺便出去散散步，但那也是一天最多两个小时。蹲点是刑警的本职，叶山深知这一点，但野村似乎并不认同。

"跟踪这种中年妇女，真是抽到了下下签……为什么那个龅牙关西腔能跟姬川主任一组啊。"

不是特别清楚，听菊田巡查部长说那个井冈巡查部长和姬川班好像有着不浅的因缘。大概是这种关系吧，但跟野村这么说的时候，他却不以为然。总是用拙劣的意见把话题拖得很长。结果，叶山只能选择沉默这种方式来回答。

但是，姬川玲子——

叶山也对她有种特别的感觉。但是那是和其他男性搜查员们不一样的感觉。

14岁时发生的那个事件，是由来已久的一个原因。

当时的叶山在上位于中野的一个私立中学。是在小学考上的，原本是中学、高中、大学这样一个精英式的升学路径。但是发生这件事之后，就全部打乱了。

难以忘记的，初中二年级的一个秋天。结束篮球部活动后回家的途中。黑暗的住宅区里的，一条没有护栏只有白线的人行道。前面有一个熟悉的背影。是考初中时作为家庭教师来辅导自己学习的附近女子大学的学生。那时候已经 4 年级了。后来才知道工作都已经找好了。

突然间，一个大大的东西挡住了她。

是从十字路口出来的一个影子。

戴着连帽衫的帽子，让人感觉是跑步途中，满身大汗的一个侧影。

所有都是短短一瞬间的事情。

没有惨叫什么都没有。只有她的身体瘫倒在黑暗的沥青路面上发出的声音。

戴着连帽衫帽子的影子从左手边跑走了。从正面过来的一个穿西装的男人，马上跑到她跟前。

"你怎么了？没事吧？"

谁能叫一下救护车。因为他的喊声，周围的居民有几个人走到马路上来。但是叶山在那个地方一直一动不动。救护车和警车都来了，警察大声问：刚才有人看到吗？叶山双腿发颤，也不敢说看到了。

被刺女大学生，有田丽子死亡。由于她身上没有留下男性的痕迹，所以事件的结论是过路歹徒的犯罪行为。

叶山自那以后一直后悔。

为什么那时候不能站出来说自己看到了。背影的样子，衣着，自己看到的应该多少会成为对搜查有用的信息的。

同时，他也害怕那个巨大的影子。那个影子会不会什么时候来找自己，会不会为了不让我说出去而杀了我，每到夜里都会一个人在床上发抖。

一直，一直——

4 年后。叶山没有上大学，而是在高中毕业后选择了警官的道路。第一个意义首先是要救赎自己。自己不是一个胆小懦弱的人。想证明给自己看。

另外，成为刑警后，就可以自己亲手再去搜查应该还未解决的有田丽子的案件。实际当了刑警之后直到今天，这不得不说也还是一个不太现实的目标，但即便如此也没有放弃。这种意愿现在也没有减弱，仍然时刻记在心里。距离时效还有 4 年的时间。

同时，也想把自己打造成不惧怕那个影子的自己。警官这个头衔、通过练习柔剑道及其他训练而练就的体力、法律知识、搜查知识、犯罪知识。叶山希望自己始终是一个警官，24 小时没有一秒钟的间隙。他不需要除此之外的自己。叶山则之这个人就等于警官，就是一种叫作"刑警"的生物——

这实现了没有呢？好像也还没有。关于案件的事，到现在还没跟任何人讲过。但努力还是有了回报。今年如此小的年纪就被破例被提拔到搜查一课。在那里遇到的主任，姬川玲子警部补——

名字和姓氏的写法都不一样。容貌和身材没有一个共同点。只是"REIKO"这个名字①。只有这一点，但即便如此叶山还是感觉到有些特别的什么东西。

——阿则，作业做完了吗？

---

① 日语中"玲子"和"丽子"的发音相同。

173

这个声音。

——小则，报告书交了吗？

怎么听都是一样的。自己不能忘记那个人。每次姬川问话，都不由得陷入这种思绪中。于是，"……怎么了。有什么意见吗？"

总是那样被玲子瞪着看，自己也觉得态度有些奇怪。但是又不是能轻易说出来的事。最后只能枯燥无味地回答"没有"来搪塞过去。在心里的某个地方还想着什么时候有机会要把这件事讲出来。

下午两点半有了动静。

内藤君江关店出去了。穿的不是平时的围裙加烹饪服。而是浅黑色的粗呢大衣和茶色的裙子。

虽然有点寒酸，但很明显这是她的"出门装"。腋下夹着一个大大的优衣库的纸袋子。

"走吧。"

"是啊。开工啦。"

叶山带着野村开始了对君江的尾随跟踪。她要是坐公共汽车的话多少有些麻烦，他们本打算打车跟着的。但是她走了 15 分钟，走到北千住站，常磐线坐两站地，在龟有站下车。从那再走 5 分钟左右，进了一个大楼。

是龟有中央医院。牌子上从内科、外科到皮肤科、小儿科、心脏内科等写着各种各样的科室。

"是哪里不舒服了吧。"

"不知道啊。"

君江没有去门诊挂号处，而是直接朝电梯的方向走去。

"啊，是看望病人啊。"

叶山想让野村不要说话，但好像很难说出口。姬川主任说过如果是"搜查一课的人"，不管对方是年长还是级别高，该说的话一定要说。但是实际情况是怎么也做不到。特别是在这种场合，一般都是不作声等事情过去。老实讲，这样比较轻松。

君江在四层下了电梯，在护士中心的柜台做了登记。叶山从后面装作若无其事地看了一眼。

"姓名：内藤君江　患者姓名：内藤雄太　与患者的关系：伯母"

进的是509号病房。从走廊看好像是一个6人间。看了一下门口的名牌，确实写着"内藤雄太"的名字。向野村做了个眼神暗示，暂且先直接走过去。

正好正对面的尽头是休息厅，于是决定在那里观察509号病房的情况。

"……未婚的君江的外甥，也就是说君江应该有弟弟或者妹妹。"

"是这么回事。我去稍微打听一下。"

这里交给了野村，叶山去了护士中心。

他向一个在柜台对面的，帽子上的线条比较多，看起来像护士长的人打了声招呼。是一个三十多岁，看起来有些神经质的瘦脸庞的女的。

"不好意思……"

叶山为不引起注意在胸前出示了警官证。她一边留意周边一边点头示意，抬头看着叶山问："什么事？"

"刚才有人探望的509号房间的内藤雄太大概是多大年龄？"

应该向没有出示搜查令的警察透露多少呢？她似乎在思考这个问题，目光投向 509 的方向考虑了一会儿。

"……应该是有 18 岁了吧。"

"是因为什么住院的？"

又有些欲言又止。

"因为交通事故……"

"从什么时候住进来的？"

一声细细的叹息。由此可以看出情况有些不一般。

终于，她像下定决心一样点点头。

"……转到这边来已经有四年左右了，现在的状态，恐怕已经持续十二三年了。有意识，但不能说话。总之就是全身麻痹。"

如果事故是在 13 年前的话，雄太当时应该是 5 岁。内藤君江那时候是 36 岁，高冈贤一是 30 岁，三岛耕介 7 岁，中川美智子 6 岁，中川信郎 32 岁。

"您知道是什么事故吗？"

"这个嘛……因为发生事故后住的是其他医院。"

"那是哪家医院呢？"

"那个，如果是详细的事情，要是不通过秘书处，我不太好说。"

对，是这样。对和案件没有直接关系的人问太多的话是有危险的。说不定会演变出人权问题。收回问题的时机是关键。

"……对不起。谢谢您了。"

回到休息厅，把刚刚听到的事情讲给野村。

"我现在去趟图书馆，查一下关于这个事故的事，君江就拜托给您了。"

野村做出同意的口型，小声说："知道了。"

用手机查到离医院最近的是龟有图书馆，叶山奔向那里。接下来就是把资料搬到阅读桌上，从1月1日开始查找起来。只看社会方面的交通事故的话，倒并不是一个困难的任务。

内藤雄太，5岁。内藤雄太，5岁——

中间，野村打来电话。说是君江出去了。告诉野村不管是她到家了还是顺便去了什么地方都再打电话通告一下，然后挂断了电话。

再次开始翻报纸。

内藤雄太，5岁。内藤雄太，5岁——

将近一个小时的时间，终于找到了一篇13年前的5月28日，星期一晨报的报道。

【27日下午5点45分左右，埼玉县川口市的县道上，东京都足立区梅田的建筑工人内藤和敏（31岁）驾驶的轿车骑上中央隔离带，发生侧翻，同行的妻子麻子（26岁）头部重伤死亡，长子雄太（5岁）受伤严重，和敏胸部等也遭受重伤。据搜查认为这是因一辆多摩地区牌照的翻斗车在内藤所驾驶车辆的旁边强行并线，内藤为躲避而引发的事故。（川口署搜查）】

内藤和敏，当时31岁。麻子，26岁。君江当时36岁，麻子如果是妹妹的话，她们之间相差10岁。更容易想到的是，和敏是小5岁的弟弟。

今年44岁的内藤和敏。这个在一场虽说翻斗车是诱因，但仍是亲自引发的事故中，让妻子过世，使儿子全身麻痹的男人，现在在哪里，在做什么，在想什么——

叶山出了图书馆的大门，打开了电话。给通讯录的第三个号码打了过去。

"……你好，我是姬川。"

"喂，我是叶山。"

"嗯，怎么了？"

不可思议的是，和电话里的姬川能够顺畅地对话。

"那个，内藤君江今天有了新动向。……君江下午去了龟有的一家综合医院去看望一位叫雄太的外甥。是一个18岁的全身麻痹患者。原因是13年前的事故……啊，我现在在图书馆，查了报纸的报道，那个雄太的父母是叫作内藤和敏和麻子的一对夫妇，妻子麻子在事故中死亡。和敏也受了重伤。年龄上看，我觉得和敏应该是君江的弟弟。"

"当时是多大？"

这么快的速度却能够很好地把握住内容，真是让人佩服。

"31岁。推算今年是44岁。"

"有没有写职业？"

"嗯……写的是建筑工人。"

"嗯……是吗？"

姬川好像在思考些什么，稍微沉默了一会儿。大概是正在用那个静与动复杂交替的眼神望着远方吧。

如果用比喻来说，就像是猫科的猛兽正在盯着那边的猎物，或者说像是猛禽类在急速下降之前判断风向的这样一种眼神。

沉默，突然被打破。

"小则。这件事和系长联系，让他赶快查一下。市政府那边应该还来得及吧。"

看了一眼手表，下午 4 点 28 分。

"具体要让他查什么呢？"

扑地耳边吹过来一声气息。

"查内藤和敏的生死啊。"

"为什么要……"

"我的感觉，那个内藤和敏……大概已经不在了。"

感觉有一种冰冷得发痛的东西在刺激后背的毛孔。

"……知道了。"

马上挂断电话，正要给搜查本部打过去，电话这时响了起来。是野村。

"喂，你好。"

"啊，我是野村。现在她回店里了，然后，在电线杆的阴影里，出现了一个奇怪的人物。你猜是谁？"

叶山回答不知道。

"是三岛耕介。那个家伙怎么会知道君江的地址呢。"

三岛耕介来找内藤君江……

"君江和三岛有接触吗？"

"没有，君江没有注意到直接进店了。"

"三岛看到你了吗？"

"没有，他不认识我，所以我觉得是没看到。我只是若无其事地走了过去，应该没问题。"

"三岛现在怎么样了？"

"观察了一会儿饭店的情况就离开了。他把一辆轻型货车停在了路边，现在开走了。"

"确定是三岛吗？"

"是的。穿着一件右肩膀有点脏的橘色羽绒服。车的号牌也记下了，过后也可以查到的。"

虽然现在还看不到事件全貌，但好像已经开始有了新动态，叶山似乎感觉到了一股强烈的气息。

"野村，我到你那边去一下，这样的话今晚我们回去汇报吧。我现在联系搜查本部，让他们安排替班人员。"

知道了，野村的回答听起来格外起劲。

4

晚上的搜查会议被一种奇妙的兴奋状态所包围。

先是玲子放了烟花。

"……也就是说，作为本案被害的高冈贤一有可能并不是高冈贤一。在大田区仲六乡之前，住在足立区南花畑的高冈贤一的评价，是瘦弱的书呆子，说不好是经常被欺负的少年。大学毕业后换了几份工作，在腾退老家之前，听说是做英语教材销售的。很多证词都是来自刚才提到的泽井雄司，而这个泽井看到高冈贤一的照片后，断言这是另外一个人。"

汇报的效果非常好。干部们也好像各自在脑子里梳理听到的话的意思。

"死去的高冈贤一不是高冈贤一。那么究竟会是谁呢？今天关于这点，会有一个很意义重大的汇报……有请叶山。"

就这样直接让他接在后面说了。

"嗯——今天了解到内藤君江有一个弟弟……"

内藤和敏，终年 32 岁。在事故中使妻子麻子死亡，使独子雄太全身麻痹。一年后内藤死亡。

"刚刚在向西新井署取得确认时，得知内藤和敏 12 年前的 4 月 9 日，于在建大楼的一楼处上吊自杀。工地……是中林建设的。"

整个会场一片喧哗。案件搜查渐入佳境。

"西新井署没有认定是刑事案件，而是直接按自杀处理的，我打算明天清查一遍现场搜查文件等资料。……另外，野村巡查部长在内藤君江家附近，目击到很像三岛耕介的人在观察这个地方的情况。如果不是从案件搜查人员那得到的信息中推断出来的话，三岛耕介有可能原本就知道内藤君江的住址。"

日下举手，今泉示意让他讲话。

"……我自和三岛耕介面谈时，出现了内藤君江的名字，但只字未提她住在北千住的事。另外，请确认是否有接触过三岛耕介的搜查员。"

"除了日下主任还有接触过三岛耕介的搜查员吗？"

没有人表示有过接触。

日下继续。

"那时三岛说根本不认识内藤君江。他回答时也没有给人不自然的印象。当然我这里没有否定那是在演戏的材料，如果他确实知道住址的话，应该可以认为是在那之后又得到了什么信息。"

今泉把头歪向一边。

"……你想到什么了吗？"

"是的。正如我前几天汇报的，我曾说过三岛有可能接受了高冈的保险证书。没有听说后来找到了证书之类的消息，但如果三岛发现了证书，并打开看了，看到还有一个内藤君江为受益人的证书的话，三岛就有可能知道这个地址。"

玲子正坐立不安地怕自己想说的内容被日下说了，但是，很幸运并没有那样。

"叶山汇报完了吗？"

"是的。"

立刻举手。

"姬川。"

"是。"

再次起立。

"刚才叶山的报告中的内藤和敏这个人，13年前因交通事故失去了家庭，在那之后一年自杀。那时是否支付了死亡保险金首先需要搜查一下。其次，这个内藤和敏的自杀，和高冈贤一搬入大田区仲六乡的现住址的时间非常接近这一点，还有高冈贤一不是高冈贤一的这个疑惑。把这些综合起来考虑的话，本案的被害高冈贤一有可能……"

啊，自己说着说着都觉得兴奋。

"其实是内藤和敏。"

"有异议。"

日下坐着举手。

"根据在哪？"

你在听什么啊？刚才不是说了吗？

"……因为，高冈贤一不是高冈贤一。因为这个假冒的高冈给没有交集的内藤君江上了 5000 万的保险。从常识考虑，把内藤君江作为受益人，只能是受了她很大恩情的人，或者是有血缘关系的人。原本生命保险的合同就不能随便把第三者设为受益人。假冒的高冈是怎样说服保险公司把君江设定为受益人的不得而知，但是，如果其真面目是内藤和敏的话就容易理解了。并且曾经住在南花畑的高冈贤一，根据泽井的证词，已经到了何时自杀都不足为奇的精神状态。当时逼迫高冈的是中林集团。"

从哪里都插不上话。继续说。

"有可能，真正的高冈贤一在南花畑的家里上吊身亡。中林地产的人发现后，把他挪到了中林建设的工地，进行了处理。这时如果对外公布这是高冈贤一的话会对土地拆迁造成阻碍，所以需要把他换作别人。那就是内藤和敏。"

"这还需要进一步查证，但全身麻痹的儿子内藤雄太的入院治疗费用可想而知一年也是需要相当数额的。在那个时候内藤和敏是怎样的经济状态也需要确认，如果是穷困状态的话，自杀后把死亡保险金给君江，这也是在情理之中。"

放眼看了一下干部的表情。没问题。继续说。

"中林集团巧妙地利用了这一状况。内藤和敏本身没有死亡，而是假冒高冈贤一的死尸，造成他在工地自杀的事实。这样和敏就可以让君江领取一次死亡保险金。大概君江也去确认了死尸，也知道那不是自己的弟弟，而是别人……但是，没有说出来。事先应该听和敏讲了事情的原委。

接下来，南花畑出来的高冈贤一的户籍，直接转给了内藤和敏。作为交换条件，内藤帮助中林获得南花畑的建设用地。之后和敏变成高冈贤一，开始了在仲六乡的新生活。这当中，假冒的高冈碰上三岛忠治伪装成事故的自杀事件，再然后遇到了三岛耕介……三岛耕介和内藤雄太相差两岁。假冒的高冈向死了父亲走投无路的三岛耕介伸出援手，可以说是顺理成章的事。"

不好。桥爪管理官站了起来。

"……然后成为高冈贤一的内藤和敏，再次上了生命保险，把内藤君江……"

"等会儿姬川。"

"妈的。就到这儿吗？"

"……是，什么事？"

"总是这样，你，每次总能噼里啪啦罗列一堆虚构的东西。"

"啊？虚构的东西是什么意思？"

桥爪挠了挠太阳穴。如果假发的传言是真的，这个地方正好是假发边缘部分。发痒也是可以理解的。

"……目前收集到的证据和你的说辞接不上。"

"高冈不是高冈，内藤君江有一个和高冈年龄相近的弟弟，双方都被经济所迫，中林伸出了一张网，像蜘蛛网一样把所有事情都网罗到他手下。"

"不需要不相关的比喻。"

"对不起……不过，目前收集到的所有证据联系到一起的话。"

突然开始挠头顶。看上去很痒的样子。

"所以啊，把那些空白填上之后再说！"

"拿着这张高冈的照片去问认识内藤和敏的人答案马上就出来了。高冈贤一就是内藤和敏。"

桥爪将拳头落在桌子上。

"是又怎么样？这跟本案有什么关系？不管被害是高冈也好，内藤也好，那杀害这个人的到底是谁？"

这样问的话，有些说不上来。

"赶快把这个找出来。说什么这个是谁，那个是谁。根本不明白。"

所以，我才要解释啊。

"不是的，因为被害的背景……"

"够了。停止，停……姬川。证据再归总一下再发言吧。这种拙劣的大炮给我到外面打去。下一个，谁？"

今泉接了过去。

"菊田。你来。"

"……是。"

隔着肩膀感觉到了菊田担心的眼神。玲子轻轻点点头，示意没关系。

接下来的报告中没有看出大的进展。

河堤搜查组陷入停滞不前的状态，没有找到剩下的尸体部位，走访中也没有发现对高冈贤一怀有杀意的人。唯有跟踪组发表了有趣的报告。说是住在棒球场对面的流浪汉团伙中的一部分最近一段时间生活格外好。

"好像连续几天都在吃烤肉……"

但即使是这个话题。

"流浪汉也会玩赌马。肉的话只要好好找就能发现别人扔掉的。"

也被桥爪一脚踢飞草草结束。

剩下的就是日下了。往常第一个汇报才是他的风格，今天因为回来的有些晚了，就轮到后面了。能接在玲子的后面也挺好，但那时候正好进来个电话又离席了。

又看到了那个表情。莫名的自信却让人很不舒服。

"……昨天，汇报了负责木下兴业的保险业务的是叫作户部真树夫的人，在对关于户部的走访中得到了几个有意思的信息，在这里汇报一下。"

日下翻了一页手中的资料。

"户部真树夫,41 岁,昭和四十 × 年 7 月 22 日生。母亲户部由子，6 年前病逝。享年 62……田岛组第一代组长田岛正胜的前妻。"

会场一下子热闹起来。不知是蒲田署的谁说了句今天可真是带劲啊。

"不过，也有人说户部由子不是真正的母亲。真正的母亲是小川美雪……田岛正胜的弟弟田岛利胜，他不是暴力团体的人，而是房地产管理公司的会长，小川美雪是他的独生女，是创建中林建设的小川通夫的现任妻子。有传言说这个美雪 14 岁时生下的就是真树夫。父亲是正胜。也就是说美雪生了有血缘关系的伯父的孩子。……以上是多个隐去姓名的原田岛组组员的证词，也不能完全说是谣言。"

桥爪嘀咕了一句，很有意思嘛。今泉催促日下继续。

"是……从都立高中毕业之前的户部简直就是贴了标签的坏蛋。打架的本事一点儿没有，不过哄骗女生倒是很擅长。他手里的钱比较富裕，因此而围着他转的小弟也不在少数。……长大成人后，不知是不是在亲生母亲的劝导下和中林集团挂上关系，但好像也没做什么正经的工作，10年前开始在木下兴业稳定下来……这就是目前为止的情况。"

又翻资料。

"嗯……啊，户部能够不断地做成以木下兴业为签约者兼受益人，以工人为被保险者的保险合同，就是因为有这项本事。户部不断哄骗做保险的女性业务员，和她们发展成情人关系。向审查部门大力地做工作或是篡改文件也是家常便饭。这也是从不便透露姓名的保险公司辞职的女性那得到的证词，这些人都与户部发生过实际的肉体关系。"

日下抬起头，向前看去。

"……高冈贤一被害的3号之后，户部就没有去木下兴业上过班。我想有必要尽快弄清他3号之后的行踪。我这边就是这些。"

对于日下来说真是凝缩得非常短小精悍的一次汇报，但是却出乎意料地有内容。

——户部、真树夫。哄骗女性的保险金欺诈师。

桥爪又站起来。

"那个啊，你和姬川乐此不疲地反复挖掘外围情况。能不能挖出点事件中心的东西，中心的！"

"我认为姬川主任的主张和我有很多点是不同的。"

玲子想，这是什么意思。但是没有说话。

"让我说都一样。那，有什么让你觉察到那个户部杀了高冈的东西吗？"

"没有。也不知道有没有。所以我说为了弄清楚才要去追踪他的行踪。"

"那我问你，户部杀害高冈的动机是什么？"

日下轻轻地从鼻子发出一声叹息。虽然并非情愿，但这种心情玲子很理解。

"……姬川的汇报不知道哪些是可靠的。"

"请等一下日下。"

说这句话的同时右手在敲桌子。

三白眼尖锐地朝向这边。

"……如果冒犯了我事后再道歉。现在请先听我说。"

——让人生气。你这个人，真是让人生气。

日下又转向前方。

"如果考虑被害高冈贤一就是刚才提到的内藤和敏的话，户部就十分有可能与此事有关。如果这样的话，被害高冈也就是内藤，就是户部所做的很多事情的活生生的见证人。包括自己的案子在内，三岛忠治、中川信郎，其他可能还有。以这些阴谋为证据，是可以反过来要挟户部的。"

砰的一声，感觉眉宇间好像散开了一个烟花。

但是玲子自己也还不知道原因是什么。

"要挟户部，但是遭到反击，被杀害了。或者是与三岛和中川的事手法不同，也有可能是委托杀人。"

今泉的眼神变得严厉起来。

"你是说为了让君江领取保险金，伪装成高冈的内藤请户部杀了自己。"

"有这个可能性。只能说那个可能性不是没有。"

"……所以啊。"

桥爪边挖鼻孔边插话。

"说点现实性的话。行吗？"

是有些悲哀吧。没有一个人表示同意桥爪。

结束搜查会议之后的干部会议，看了一下表已经快 11 点了。

现在去与在小酒馆喝酒的伙伴们会合的话好像也赶不上喝酒了，所以作罢。那样的话到两三天前看到的站前的体育中心去蒸个桑拿吧。

想到这开始做准备，可打开化妆包发现卸妆油用完了。不过，没关系。应该会路过便利店。那个是屈臣氏吧。那样的话应该会有FANCL 的或什么的。

把换洗衣服和化妆包、手机、钱包塞进包里，出了警察署后，看到一个熟悉的大衣的背影站在那里。

"系长。"

玲子小跑着追上停下脚步的今泉。

"……现在去吃饭吗？"

"不，去买剃须刀。"

今泉的胡子非常密，而且看上去很硬。曾经听说过用电动剃须刀剃不好，要用一次性的什么三片刀刃、四片刀刃，还是 T 字形的之类的。

"去便利店吗？"

"啊。你呢？"

"我想去蒸个桑拿。不过也要先去一下便利店。一起吧。"

不知是不是累了，今泉的步子非常缓慢。不过这样反倒容易说话。

玲子试探地说了声"那个……"，看看今泉的表情。

"什么事？"

看起来也不像是很累的样子。

"没事，那个，也不是现在才开始的了。"

"什么啊。说明白嘛。又是日下的事吧。"

玲子不由得笑了。

"真被你打败了……是的。嗯……我是在想，日下这个人，为什么那么排斥推测案情呢？"

正好在同一高度的脸，浮上一丝苦笑。

"你，知道日下以前和胜俣一起在四系的事情吗？"

胜俣主任？那个日下和那个钢铁先生？

"不，不知道。"

不知道吧，今泉点了下头。

"日下还是巡查部长的那会儿。胜俣刚刚当上警部补，还是去公安之前的事了。……两个人都很顽固，会议上经常争吵。"

"那时候系长在哪？"

"我也是警部补，但那个时候好像是在九系……吧。所以并不是全

190

部都看到了。只是知道大概。"

"好的。"

虽然已经走到了便利店，但还是这个话题比较有趣。

"……在这稍等一下。"

在里面买了热咖啡递给了今泉。玲子买了玉米汤。

"要这个吗？"

"不用，这个就行。"

拉开拉环，两个人轻轻碰了下杯。

喝了一口之后，口里吐出的白雾立刻变得更浓了。

"……啊，大致来说，就是日下被算计了，被胜俣。"

玲子皱着眉点头，今泉又喝了一口继续说道。

"……在世田谷的经堂发生的抢劫杀人的搜查本部。日下把一个男的立为犯罪嫌疑人。记者们也支持他干。但是……只有直接上司胜俣保持沉默。他明知道是抓错了人，却默认了。"

"这又是为什么？"

"为了把他踩下去。胜俣对日下的能力评价很高。所以啊。……了解当时情况的一个警察甚至说这个证据本身不是胜俣提供的吗。不过，不知道真相怎样……总之，胜俣干了好几次这种事。日下抓了嫌犯后过几天，自己又拉出另一个嫌犯，说真正的凶手在这里。当然他是正确的。日下失去了地位，过错都由他一人承担，当时警部补考试已经通过了第一关，第二关考都没考就落榜了。"

这件事上玲子就算生气也无济于事，不过尽管如此，这个事真让人很不甘心。有种莫名的想爆发的感觉。不去蒸什么桑拿了，干脆去练拳击吧。

"从那以后，日下不允许自己有任何预判……不，是不允许任何人，练就了毫无遗漏的搜查的本事。过了几年，那个胜俣经常会发牢骚。说自己造就出一个非同寻常的怪物。"

今泉把咖啡喝干，说了句，谢谢你的咖啡，把它扔进垃圾箱里。

"……所以啊，你也不用顾虑什么。如果是能推翻的东西就给它推翻好了。日下本身其实也在一定程度上希望那样。"

玲子不由得问了句：什么？

"日下其实也是很买你的账的。这个我知道。只是那家伙嘴上、态度上都不表示出来而已。……现在那家伙的胸怀可不比你想象的浅啊。"

砰地拍了下玲子的肩膀，推开了店门。

"明天见，今天辛苦。"

玻璃门慢慢地关上了。

不好，怎么办。

这样的氛围下，跟在后面追过去好像不太好。

第四章

我想卖电器的松本肯定不行。于是就委婉地问了其他相关的人。

卖建材的、泥瓦匠、卖木材的，还有做水管的。不知大家是因为没怎么交往过还是什么，即使知道那个事故，也不知道他家人的联系方式。不过，好不容易从帮忙举行葬礼的设计师的记事本里找到了他独生女的联系方式。

名字叫中川美智子。还有川崎区渡田向町公寓的住址和电话号码。

我直接去找了她，不过那天晚上不在家。第二天稍微提前一些，8点左右去的，不过也没在。最终见到她是在第三次去找她的时候。

晚上7点半。走到楼前面，装作不是特意来访的样子，这时102号的门打开了。

一个身体、胳膊和腿都只有我的二分之一的身材苗条的女孩子。出来后转过身，锁上了门。绿色的短大衣配牛仔裤。这个时间是要去哪呢。看上去不像是因为要出去玩而很兴奋的感觉。

她开始朝与最近的车站相反的方向走。或许是到附近买东西吧。我没想很多决定先跟着她。

步行10分钟左右，她走进了国道15号线沿线的一家ROYAL DINER的门口。这家店我经常路过但从未进来过，所以稍微感觉有点意外。

我装作客人走了进去。8点多的时候，她来到了大厅。我没有用呼叫铃铛，而是直接招呼她过来，说：我可以点餐吗？点了牛排咖喱套餐，饮料点了可乐。她回答：好的。我重复一下您的菜单——

她表情稍显疲倦，但我觉得她是一个漂亮的姑娘。之后，端来沙拉和牛排咖喱的是别的服务生，饮料是她端来的。

那天是先打探一下情况，没有和她打招呼，直接回家了。

之后的一两次是和干爹一起来的。不和干爹一起的时候就自己过来。她不在店里的晚上就随便吃点东西，也不开车直接去她的公寓。绕到背面去看，有时候灯是亮着的，有时候是熄着的。

我到了这个阶段有些犹豫了。

去店里吃饭，我们是客人和店员的这种疏远的关系，但也算是认识了。是不是在不知情的情况下直接找她反倒好呢？去了几次店里之后，再跟她说"其实是"这样的话，反而怪怪的。

就在这时，在一个晚上，出现了转机。

因为屋子里是黑的，我以为她不在家，没想到从屋里突然走出一个人。但不是她。是一个高个子、短发，穿着黑色长大衣的男人。男人头也不回的，直接慢悠悠地迈开步子，朝我的方向走来。在街灯的照射下，我看清了他的脸。

是那个人。

是那个给我丧葬费的人。是干爹怒目而视的那个人。大概是木下兴业的——

男人朝这边瞟了一眼，不过看样子没注意到什么，直接走了过去。我不知道发生了什么，呆呆地在路上站了很久。

过了一会儿，102号的门再次打开了，她出现在门口。很眼熟的绿色大衣下面是否矛盾。她用右手抓着衣领，左手握着一个像杯子一样的东西。

像是调料瓶。

松开右手，从调料瓶里抓出白色粉末，撒在门前。再抓，再撒。从敞开的领口，看到了白的让人心疼的肌肤。

大概是盐吧，撒盐的手的动作慢慢变快。不一会儿她把瓶子翻过来，把里面的东西全部撒了出来，最后还在地上敲那个瓶子。

空空的，塑料的声音。

她抱着头蹲在了那里。

我慢慢地走了过去。

"那个……"

她抬起头，脸上一片茫然。不过马上认出了我。眉间挤出了几道皱纹。

"你……"

她站起来，慌张地裹紧衣服，侧身朝向我。

"你，怎么，为什么……这么做？"

我捡起调料瓶，她一副要哭出来的样子把它抢了回去。

"对不起，我其实是，知道你，然后才去你店里的……刚才走出来的是木下兴业的人吧。"

她用更加严厉的眼神盯着我。

"你说……什么？"

"我，想跟你谈一下关于你父亲的事情。"

仿佛看到她的长发一下子竖了起来。

她再次把调味料盒扣在地面上，脚跟向后退打开了门。一边用肩膀顶着一边只让自己进了屋，然后马上关上了门。我想用脚夹住，但没能成功。只伸进了一个脚尖，又被弹了回来。

"喂，中川小姐。"

敲门声里混合着装饰钢板和纸芯的声音。铝制的框架没有间隙，包边似乎也是新的，没有丝毫金属的声音。

"喂，中川小姐，开门吧，我有话想说。"

感觉她就在门后。

"拜托了，中川小姐，喂，别这样……"

门突然开了，我猛地把额头撞了上去。眼前一片绿色的烟花。

"啊……好疼……"

"安静点。别吵到邻居。"

用一只眼睛看到脚下露出了日光灯的亮光。正要往前走，她从门口露出脸正盯着我看。

我不禁打了个激灵。

"知道了……我现在穿衣服。然后你再进来。稍等一下。"

马上咣地关上门，同时传来了上锁和锁链的声音。

我又捡起了调味盒。

调味盒上有一个大大的裂纹，还缺了一角。

过了 10 分钟左右我被请进房间，坐了下来。

为了不引起其他误会，我没有坐在桌子对面，而是选择了更远一点的墙边，盘腿正坐下来。不过虽说如此由于房间太小，可能也没有太大作用。

换了针织衫和牛仔裤的她，竟然看起来比在店里时身材高大了些。不知道为什么。大概是因为存在感更加真实了，我想大概是那样的。

我自报了姓名，撒谎说是和她父亲在同一工地干活的木工。如果我说和她有相同经历的话，好像失去了某种客观性的感觉。

我直截了当地跟她说，木下兴业有个不好的传言。以前也有过类似的坠楼事件。然后问她，你父亲不会是有欠债吧。她沉默了好一会儿。又跟她说了几种假设情况。有一半是和我的情况重合的推论。但好像基本上都是核心要点。

绝对算不上顺利。但是慢慢地花时间跟她说，她终于下了决心一般地点点头。

"……最开始的时候，他们说因为是工作中的事故身亡，所以公司会照顾你的一切生活……"

据说安排这间公寓的，办理搬家手续的都是那个男的，户部真树夫。她说，开始是觉得这个人怪怪的，不过对她各方面都挺照顾，而且确实有现在的生活也是多亏了他。

"我以为公司交的保险有 1500 万，所以目前的生活费还有学校那边应该也不成什么问题……"

她说学校是美容师专科学校。

"但是，我刚搬到这里，态度突然就变了……说什么保险金已经全部抵了你爸爸的欠款，所以一分钱也不能给你……反倒是这里的押金，搬家费，还有第二学期的学费，全部都要结算……有一百多万了。"

"为什么！"

她露出了悲伤的笑容。

"要想成为美容师，是要花很多钱的。毛刷啦、化妆棉啦什么的，工具全都要自己买。学校也不是公立的，学费也很高……一年光学费就要上百万。这里的房租也要9万日元。但是搬出去的话又没有搬家的钱……爸爸去世后我才知道。他的账户里只剩3万日元左右了。"

她抬头看着白白的天花板。即便如此也没能止住，透明的泪珠滚落到喉咙的地方。白白的，长长的脖颈。披在肩膀上的直直的黑发。

"……户部说：公司不能再照顾你了，你以你的名义借钱吧。还把文件摆到这里，大叫着让我马上签名盖章。我很害怕，不过我感觉我要是签了不知道会有什么事情发生，我说我不签，我做不到……

然后……"

她已经不再忍着眼泪了。

"……他说，脱吧！把你的借款抵销了，在我面前……全部脱光。这样的话，我能照顾到你毕业……"

我开始不能正视她的脸了。

"……我想成为美容师，这是从小的梦想。我爸爸也很支持我。我不想，放弃……所以……我想那样的话也可以。又不会少什么东西……我也没有男朋友……谁也都不知道我这种人……我这种人……"

她双拳放到桌子上，额头贴着拳头，开始哭了起来。

我不知道该如何是好，只能坐在那，双脚已经麻了，但只能一直忍着。

是不是应该走到旁边去，抱住她的肩膀说没关系的。但是感觉她会甩开我说，不要碰我。本来，什么事是没关系的呢？什么？

我只是想，不能就这样不管她。木下兴业为了让她父亲填补欠款的窟窿而让他事故身亡这件事是肯定的了。还有户部利用这种情况来陷害她。但是，具体应该做什么。怎么做才能把她从现在的情形中拯救出来？

"……你别再哭了。"

哭声瞬间停下来。但是马上又更猛烈地哭起来。

"不要再让那家伙到这来了。"

她虽然抽泣得很严重，但好像听到了我的声音。

"钱的话……我来，想办法……那个，一直照顾我的高冈……是比我爸爸还亲的人，我跟他商量一下……我也不是一点儿积蓄都没有……一百万的话，我想应该……有办法。"

她的脸一点点地抬起来朝向我。连续的抽泣不知什么时候变成了冷笑。

"你……这算什么……装好人？"

我没有马上领会是什么意思。

她继续笑。

"我还不知道……我这个人是这种人。让人觉得我本来就是一个给些钱就能抱一抱的女人。"

啊哈哈,她竟然喊出声来。

"……不是,我……"

"什么?不对吗?是我没有那个价值?自以为是了对吗?"

"不,不是的。"

"但是,结果就是这样。你说的不就是这么回事吗。你给我出钱,让我从户部那离开到你那去,不就是这个意思吗?……好啊。你的话,还有些男朋友的样子。要是那样能给我钱的话,那就万万岁了。"

她突然两手交叉抓住针织衫的衣角。

"喂……"

一下子把衣服举到头上,然后扔在了一边。

荧光灯的光亮。白得像纸一样的肌肤。粉色胸罩下面是薄得可怜的胸。

马上,她又把手伸向牛仔裤的腰带。

"你先抱抱看。要是满意的话就成交。要是不满意拒绝就好了。"

"……好了!"

"这种事已经伤害不了我了,你不用客气直说吧……并不是有多好……我自己也知道。"

"快给我停下来!"

我站起来,从她背后的床上抽起被子围在她瘦弱的身体上。用余光看到床单上还有几块污渍。

我赶快移开了视线,隔着被子抱紧了她。

"……或许,你说得没错……但是,现在不要再那样做了。"

很像是被抱起来的小猫的感觉。柔柔的触感里面细细的骨头，体温。

"我还有高冈……身边谁都没有的时候，干爹帮助了我。但是，你谁都没有……户部那种不正经的人，也太过分了……那是不对的……"

从被子的缝隙里伸出了指甲修剪得很短的手指。像是在被子外面摸索什么，最后摸到了我的胳膊。

"……好温暖啊……"

那时候响起的钟表的声音，至今仍在我的耳边回响。

据说根本不知道户部什么时候会来。突然在傍晚或是晚上打来电话说，现在要过去，你给我待在房间里。无论是正在打工还是学校有功课，那些事情他一概不管。有一次她比户部晚一步到房间，结果被来回扇了好几个耳光。

从那天晚上以后，我工作一结束就直接去她的房间。

"蛮投入的嘛。"

和干爹大概汇报了一下交了女朋友什么的，但是没有说跟木下兴业有关。不想让他为我多担心。

"是那个餐厅的女孩吧。"

"是……"

"是个好女孩吗？"

"嗯……是啊。是的。"

"那儿有这么好的女孩吗……"

本来是想给他们介绍的。但是，那个时候我觉得还不是时候。

"我可能有点心急了，那个……有考虑过结婚……的事吗？嗯？"

其实，我们还不是那种男朋友女朋友的关系，但是我已经是这种感觉了。

"反正，是想要结婚的。还什么都没说，而且她现在还是学生……可能还早着呢吧，不知道呢。"

"她没有父母，是吧。"

"是的。两个人都去世了。"

要是说出中川美智子的名字的话，不知会不会引起干爹的注意。所以在问我她叫什么名字时，我装作不好意思的样子给搪塞过去了。

"好……有机会的话，介绍给我认识。啊。"

"好的。当然了……那我告辞了。"

收工后，我照常回家冲个淋浴，马上又开车出去。她基本上都会比我回去得早一些，偶尔也有我早到的时候。

"啊，不好意思。我马上开门……真冷真冷，冻坏了吧。"

"没事，没关系的。"

进她的房间已经是很自然的事了。晚饭有时她会做些什么给我吃，有时是到附近去吃。

吃过饭后，和她一起去餐厅。我用车送她过去，然后有时就回去了，大多数时候到下班时间会去接她。

有时也会走路过去。那种时候她有时会过来挽我的胳膊，我绝没做过再进一步的事了。在和户部了断之前，我们还不能开始。我是这样想的。

然后，那一天来了。

12 月 3 日。小雨一直下个不停，是个十分阴沉的晚上。

"……是我，美智子。"

正好是我下了班刚回家，她打来了电话。从那急促的语调中，我已经明白了。

"给你打电话了是吗？"

"嗯，说是7点来……三岛君，我好害怕！"

看了手表，6点半。

"我现在马上过去，那家伙来了也绝对不要开门啊。"

"嗯，我知道。不过，你要快点。"

"马上，我马上过去。"

然后放下电话，真的马上飞出了房间。

不要着急，不要着急，能赶得上——

我一边自言自语，一边跑向停车场，手握方向盘，尽量按捺住焦急的心情。路上也一直像念咒语一样说给自己听。

我平时是把车停到投币停车场的，那天直接开到了公寓前面。不过事实证明这样做是对的。那时户部已经到了，正在敲门。

我从箱子里取出工具，马上跑了过去。

"喂！我说开门啊！"

敲门不顶用就要开始踢门了。但是我在那时冲了过去。

户部大叫一声：啊！便向后退去，倒在了对面。

"干吗……你小子，要干什么？妈的！"

我堵在门前。

"……别再到这来了，马上给我消失！"

户部眨了好几次眼，想要透过小雨看清我。

"你说什么？小子！"

他晃晃悠悠地起身。中间倒下一次，好不容易站了起来。

我又上前一步。

"我说的是你不要再到这来了。……骗取保险金还不够，现在还要把女孩据为己有……太狡猾了你！"

户部皱起眉头。

"你好像知道得挺多的啊。啊？这个小毛贼！"

"啊。我也从你那拿了10万呢。那时候确实帮大忙啦。我也感谢过你。但是我不知道这背后还藏着这样的阴谋。……可真是一个狡猾的人啊。你拿了多少回扣？100万？还是200万？"

他皱紧的眉头一下子松开了。

"啊……你小子，不就是在高冈那的那个吗。"

"你终于想起来啦，醉鬼！"

"10万……那，你就是那时候的？"

"啊……很好，看来还没有痴呆啊。"

户部开始颤抖着肩膀笑起来。

"喊……是啊。喂……你那样，什么，你不会是爱上这姑娘了吧。"

我没有回答。觉得如果回答了就玷污了我们的感情。

"像这种……为了区区100万日元，随时能劈开大腿的不检点的女人。这种女人到底……哪里好？"

"闭嘴！"

"我啊，我知道你是怎么想的。是那样的吧，越是这样越要让她看看你的棒子。虽然很细，只有毛长的还挺漂亮。"

我好像感觉到喉咙里被塞进了年糕，突然间喘不上气起来，也发不出声音来——

"即便如此，每次还哭哭啼啼的，还啊啊地叫。没有什么乳房，乳头却立得直直的。"

这浑蛋，这浑蛋——

"她说，快点射出来吧。我都是让她背过去射出来。你试过没。她很喜欢这姿势的哟。"

突然间喉咙堵住的东西不见了。

于是，一声从未听到过的咆哮从我的腹中迸发出来。

我从腰间拔出棍子，像爬一样地弯着腰，使出浑身的力气，向户部的颈部抡过去。

"啊——"

户部又一次倒地。我踢他、踩他、骂他。

不要啦，饶了我吧。户部在地上打着滚，浑身湿透，他几次想坐起来，我都把他踢倒。

等我回过神来的时候，美智子已经在旁边制止我了。

"不可以，再打下去的话他就死了……那样的话三岛君就有麻烦了。"

户部像地震时躲在桌子下面的小学生一样蜷缩着身子，后背一直在颤抖，即便那样，却还在发笑。

1

自从 9 号的会议以来，玲子一直在思考。

冒充高冈贤一的内藤和敏。

玩弄女性的保险诈骗师，户部真树夫。

作为背景的，大和会系田岛组的存在。

被木下兴业夺去父亲的两个孩子。三岛耕介、中川美智子。

还有内藤君江。她的外甥和敏的儿子内藤雄太。

能把所有人串起来的，目前来看只能是户部真树夫了。他所处的复杂的立场与本案的真相有多大关系还不能确定，但是高冈被害的3号以后，他就销声匿迹了，这是不能不重视的一点。

搜查本部11日让姬川班的石仓警长他们去足立区梅田，搜查生前的内藤和敏。结果，从多个相关人员的证词得知，内藤和住在仲六乡的高冈贤一的样子完全不同。另外，还找出了自杀之前工作的装修店，了解到那儿曾经做过一段时间中林建设的外包。

石仓他们还去了13年前处理事故的埼玉的串口警察署，说服该署交通课长，成功借出了该事故的搜查书。将这个上面的指纹和上面提到的左手腕的指纹进行了对照，结果明确得出大田区仲六乡的高冈贤一和居住在足立区梅田的内藤和敏是同一人。

不过——

在户籍上内藤和敏已经死亡。另外本案的被害男性现在在社会意义上来说除了"高冈贤一"以外不是其他任何人。出于以上原因，搜查本部为方便起见，决定仍然称被害男性为高冈贤一。也就是，说到"高冈贤一"时，指的是"居住在仲六乡的建筑工人高岗贤一"。最初提出高冈贤一是假冒的玲子还是想把被害改成"内藤和敏"，不过这样也好。被害是高冈贤一。

然后——

这里玲子抓到的一条线索就是内藤和敏，不，高冈贤一所具有的"父性"。

他过去曾经不惜放弃自己的户籍，让自己的亲姐姐内藤君江领取保险金。其金额光现在确认到的就有 2600 万日元。当然这是为了让自己卧床不起的儿子内藤雄太接续接受治疗。从君江照顾雄太这点来看，也能够很明确地判断出他的意图。

并且，高冈还成了三岛耕介的义父。不难想象他是想把没法对没了户籍、与自己处于生别状态的儿子无法完成的事转而在三岛身上实现。

也就是说，驱动高冈贤一的，经常是那股强烈的"父性"。这一点是不会错的。

但是这又与户部真树夫有什么联系？户部是如何到了不得不杀害高冈的地步呢？

从目前为止的证据来看，对于户部来说，杀害高冈贤一绝不是对他有利的事。实际上，是因为高冈死了，警察才注意到这个顶替的嫌疑的。对于警察厅来说这是迂回地切入田岛组的上好的线索。手里有可能握着这种端绪的人，户部为何要杀他呢？

只是，如果考虑户部真树夫这个人的品行的话，是否能够顾忌田岛组及周边情况而行事还是一个疑问。

无论如何，留下一只手腕，遗弃犯罪使用的车辆，隐匿了行踪。将杀害高冈视为偶然性行为应该比较合理。

他在出事之前的地位也是这样。尽管有近亲生子这种复杂的情况，但田岛组一代组长的亲生儿子的事实是不会错的。尽管如此，却没有留在前身企业中林集团，而是被派到木下兴业这种小企业来。

最终稳定下来的地位是靠欺骗女性的才能，成了一个靠诈骗保险金为生的吝啬的保险诈骗师。说不定沦落到木下兴业也是因为作为暴力团成员毫无用处的原因吧。从他手无缚鸡之力这个信息上也多少证明了这一点。

常年在这个位置上的户部和伪造身份而生存的高冈。这里面还卷入了耕介。说不定还有美智子。

高冈做事的出发点是"父性"。这样的话，是不是能够认为他要保护耕介的行为与户部发生了什么冲突呢？

户部和耕介的交点在9年前。户部伪造成事故杀害了三岛忠治，或是逼迫三岛自杀。对于耕介来说户部可以说是有杀父之仇的人。

是啊，大概就是这条线。耕介想要揭发户部暗地里的勾当。

不对，那时间过得太长了。不对不对。9年前的话耕介还是11岁的小学生。这个时候应该是看不懂什么保险金之类的事情的。过了9年才刚开始对这件事产生质疑。

但是，为什么是现在。

是的。最初卷入这件事就是因为美智子吧。

但是怎么卷进来的呢？

19岁的美智子对父亲的死抱有疑问绝对不是不可能的。但是她去找到有同样处境的三岛耕介应该有些难度。较为合理的应该是耕介主动去接触美智子。

不知道起因是什么，不过一定有什么事情发生。

总之两个人相遇了。然后对彼此的境遇持有疑问。

然后从这之后怎么样呢？导致户部杀害高冈的通道还能有什么呢？

假设两个人找高冈商量户部的事情。这时高冈应该如何应对呢？对于知道户部的这些暗中勾当的高冈来说，对两个人的问题应该持有什么样的立场呢？

看重父性的高冈会把户部的丑事公之于众吗？但是这样做的话他本身的替身嫌疑也会大白天下，至少作为高冈贤一上的生命保险会作废，即使之后身故也不能让内藤君江领取保险金了。当然还会因顶替高冈贤一的户籍而被问罪。不过关于这事时效已成立的可能性很高。

总之，对于高冈来说，作为一个父亲，虽然只有一个保险合同，但他还一直通过君江来照顾雄太，但到现在还没有放弃雄太，因此应该不会选择暴露户部的丑事这条路。

那么，他会袒护户部，让两个人默不作声吗？

对了。只要不承认户部的暗中勾当，这件事就应该完事了。装作一问三不知搪塞过去就可以了。但是如果出现了什么不能那样做的状况又会怎样呢？

不能让两个年轻人默不作声，让事情就此结束的什么状况。

不知道。虽然不知道，但至少玲子认为不存在所举的户部主导的嘱托杀人这条线。没有什么证据。只是感觉上，不存在。

搜查本部又新推出今后作为轴心的三个方针，进行了大规模的人员配置上的调整。

首先是跟踪班。内藤君江、三岛耕介、中川美智子分别最少每人配一个组24小时盯班。加上替班人员共6组12人。玲子也和井冈一起被编入中川美智子的跟踪班。

另外已决定现在先不向内藤君江确认高冈贤一是否是内藤和敏一事。因为即便得到确认，案件也不会因此有什么进展，所以不如先在远处观察情况，看谁会来接触君江，这样更有意义，大家都得出了这样的结论。叶山在西新井署查阅了关于内藤和敏自杀的搜查报告，但并未发现新情况。

接下来是对户部的追踪。在这上面配了 13 组 26 人。有的去弄清他和女人的关系，有的去跑保险相关事宜，有的搜查常去的店及朋友关系。对尸体损坏现场仲六乡周边的走访搜查也在继续进行。另外，户部的生母小川美雪的住处、田岛组周边以及中林集团，也进入了监视范围内。日下和菊田他们被编入了这个班组。

剩下的是河流及河流周边的搜索。到现在被认为是最倒霉的下下签，不过搜查工作不能只抓住一根绳子。15 号竟然发现了疑似高冈贤一的身体部位。

场所是距车辆遗弃现场 4 公里之外的下游南六乡二丁目，下水道泵站里面。那里的话还在蒲田署管辖内。幸好发现地点没有跨管区。

"现在马上到东京大学去一趟。"

接到今泉的电话，玲子马上去了位于大田区大森西的该大学法医学教室。

到达解剖室时，司法解剖在刑事搜查官及尸检人员，检察长及机动取证人员等十来个人的见证下正在进行中。走廊的长凳上坐着日下和他的搭档里村巡查部长，还有桥爪管理官。

"来晚了，怎么样了？"

日下将他惯用的数码相机从包中取出来，噼里啪啦的鼓捣一通按钮，递给了玲子。好像在说，你自己随便看吧。

玲子无比感激地接过来，一张张看起来。照片一共有 8 张。虽然说不上是用于取证的那种完美的照片，但对于快速了解尸体状态来说已经足够了。

惨白的没有血色的躯体，没有头部也没有四肢。头部是在下颌的下方、双臂是在肩膀处、两腿是在胯关节被切断的。除了留下的颈部外，可以说是一个五角形的形状。还有就是男性器官。阴茎被膨胀的阴囊掩盖已经看不到了。腹部不知是否因为反复膨胀和收缩的原因，被怪异的蜘蛛网状的裂纹覆盖。

"……好像没怎么受伤吧。"

的确是出乎意外地干净。

——咦？不过这个遗体……好像有些奇怪。

如果被遗弃在水中时是 3 日深夜的话，到今天已经是 12 天了。有足够的时间被鱼吞噬。但是几乎看不到那样的损伤。

——不对，应该不会有这种事吧。

感到哪里有些不对劲儿。但是玲子自己也不能马上想到到底是什么。

先把相机还给了日下。

"……确实伤痕很少啊。"

"大概是，在发现之前，还用什么保护着吧。塑料袋之类的，那个手腕用的。"

日下正要关闭电源，玲在说了句"等等"，制止了他。

"……但是，这个头的地方，有几处凹陷得挺厉害呢。"

在照片上看就是面对照片的右边，从尸体上看是喉结左边的皮肤看起来少了个半圆形。

"啊，这是什么呢。这个，才是鱼吃的吧。"

"啊……"

解剖在玲子他们到达后的 90 分钟左右就结束了。这期间科学搜查研究所传来了在实体损坏现场采集到的血液 DNA 数据，两者的 DNA 对比也在同时进行。

执刀医生为了写鉴定书，术后马上去了其他房间。由见证了解剖的刑事搜查官藤代向玲子他们做说明。

"这次发现的部位中，没有能够确定为死因的外伤。刚刚也对胃里的物质进行了分析，从内脏的状态来看，也不像是有毒药类的物质存在。"

桥爪一边挠着头发一边插嘴说"但是"。

"不管怎么说，血型一致吧。"

藤代和桥爪都是警视。刑事搜查官是尸检案的专家，同时是最高责任人。

"啊。不过在 DNA 鉴定结束之前，还不能那么肯定。"

"像这样四处分散地打捞尸体哪受得了。"

"知道吗你。我只是在做我的工作而已。老老实实地等待鉴定结果吧。如果不一致的话我会跟一课长建议在蒲田再设一个搜查本部。"

"你这家伙，成立两个搜查组的话那个署就破产了。就是现在那儿给的便当品质都已经下降了。往后要是一直用便利店的饭团解决问题我可不同意。"

玲子虽然在立场上不能这么做,但从心情上还是想站在藤代这
边的。

——谁会管你的便当还是什么啊。

桥爪还是烦不可耐地盯着手表。

"……几点能出来?"

"什么啊?"

"DNA 鉴定结果啊,还用说嘛。"

现在是下午 4 点 10 分。

"现场传来数据是一个小时之前吧……这样的话夜里 12 点应该能
出来吧。"

桥爪挠着头顶。

"不行不行。9 点之前给我出来,9 点之前。"

"你说什么呢。那样的话不是只有 6 个小时了?"

"之前是 7 个小时出来的。"

"那是总部的科学搜查研究所吧。"

"哪都一样的。总之,让他们再缩短一个小时。加把劲儿肯定
可以。"

"你白痴吧。什么加把劲儿,谁来加把劲儿啊。你是说对着 PCR
设备和自动分析器唱加油歌吗?外行就不要乱插嘴了。"

玲子身后,井冈噗地笑出声来。

"你们那边也要考虑一下现场的情况。死因不能确认,鉴定结果也
不能早点出来。大半夜拿到报告,会议也早就结束啦。"

“把会议延长不就好了。”

“我们在那之后也要开圆桌会议，每晚都要通宵开会。”

说谎。明明是一直在打盹。

“总之，做不到就是做不到。”

“不，能做到，肯定能做到。”

不过我们这个管理官，还真是能如此地在莫名其妙地事情上坚持己见啊，正想着，被日下拍了下肩膀。

“……我回岗位上了。有什么事通知我。”

只扔下这句话，日下就大踏步地向走廊走去。

——我也不能总在这看热闹啊。

但是，虽然这么想，玲子却怎么也没能离开这里。

——不过，到底是什么呢……那个。

看到躯体照片时的，说不清楚的不协调感。变成了薄薄的铅灰色的雾昏暗地笼罩着玲子的意识。

结果好像还是藤代取胜了，从东京大学传来正式的鉴定结果是在凌晨2点左右。

“浑蛋……那个耳朵长毛的家伙……”

全体干部一边听着桥爪混杂着哈欠声的抱怨，一边看鉴定结果。

应该说是意料之中吧，DNA坚定的结果表明，在南六乡发现的躯体部位和在仲六乡采集到的血液，以及西六乡发现的车辆内的血液，还有手腕，均是同一个人。

尸体鉴定书的内容也基本和藤代的说明差不多。

没有能成为死因的伤痕，内脏的状态也没发现特别值得一提的问

214

题。还非常仔细地写明了死因是窒息或失血死亡以外的原因。其理由是脏器没有发现瘀血或贫血，总之，判断并非是毒杀、绞杀、扼杀，或是引起头部大量出血的殴打致死。

——那么，除此之外还能是怎么杀的啊？

在参考栏里，身体特征方面，还写了发现有类似因胆结石性胆囊炎而进行的胆囊摘除手术的痕迹。

只是对玲子注意到的喉结部左边的皮肤缺损没有特别的说明。当然缺损部位的尺寸还是量过了。是直径7厘米左右的半圆形。正好是颈部的横断面的一半的样子。伤痕的深度，创伤底部是1.2厘米。但是关于形成的原因丝毫没有记录，也没有推断。

不过，没有缺损部位的说明和最初看到这个躯体部位时的不协调感，好像还不是一回事。可自己也不太清楚。

"那个……这个皮肤的缺损，是什么呢？"

桥爪、今泉、日下，再加上蒲田署刑事课长川田警部、该署强行犯搜查课课长谷本警部补。5个人不知是不是因为困了，都没有反应。

"系长，这个喉咙的皮肤凹陷下去了，是什么呢？"

"……嗯……"

看的地方都不对。听玲子这么说，却一直在看胃里的东西那页。

"日下，你觉得是什么？"

"应该就是……鱼吧。"

"要是鱼的话，应该会写明有没有那种牙齿形状之类的吧。"

"膨胀……熔化掉了吧……"

"是的话，就该那样写了吧。"

215

"如果熔化了的话，是什么样的鱼就不知道了。"

不行了。大家都进入疲劳模式，大脑完全不转了。

不过，如果不能自己推导出结论的话，玲子应该说也和他们差不多。

但是，睡一晚就好了，就能有想法了。

等待晨会结束，先去复印昨天的鉴定书。照片认真地用扫描机扫描，用专用打印机打印出来。把它附在鉴定书上，整齐地封好。

"井冈君，邮局是在那边吧。"

"嗯嗯。我带你去。"

他们去了蒲田邮局，在窗口寄了挂号快件。

然后马上给国奥打电话。

"啊，喂，老师，是我。"

"嗯……什么事？"

不好，声音不像平时那么有力气，或者说那么黏糊糊的。

"怎么了，这么没精神。"

"能怎么啊……你还不知道啊，我啊！"

"什么嘛。无精打采的。"

是因为之前无情地拒绝了他吗？

"是啊……从那以后，我每天都过得很伤心……"

"好了，别那么说了，我有事要拜托你，听我说啊。"

"你说什么呢……也不跟我道个歉，还若无其事的样子。"

像这种话只能无视了。

"好了，听我说。这边搜查本部有一个有点意思的尸体。东朋的老师也不能确定死因，这样的话还是要让这方面的权威来看一下。我刚才已经把资料寄过去了，您要看一下啊。"

一阵沉默。妈呀，怎么了。

"听到没有啊？"

"小姬你不来送吗？"

"啊，对不起，已经寄出去了。"

"我看了后，结果怎么办呢？"

"告诉我，电话也行，邮件也行。"

"那样不好。小姬要是能直接来听结果，我就可以看一下。"

就知道他会这么说。

"如果你有值得我去听的见解，我很高兴去听。"

"我不听你那个。我们约定好不管什么结果你都来听。不那样的话，那种文件我会画上叉扔掉的。"

"那样会肛裂的哟。"

"我有一个像钢铁一样的肛门。"

"……下流。老师，真的很下流。"

好了，让他回到状态比什么都好。

"总之明天就送到了，你要赶紧认真看一下。"

"用什么送。是猫吗？还是飞毛腿？"

"不是，挂号快件。"

"我到现在还反对邮局的民营化。"

"好了，这种事见面后好好听你说。拜托了啊。好了，谢谢啦。"

"上野的茶壶……"

挂断。

好了。这样尸体的问题就解决了。

2

大部分搜查员都离开了警署，而日下留在礼堂，参加 10 点开始的记者见面会。

聚在礼堂的记者有"七社会""记者俱乐部""新闻记者会"的俱乐部记者和其他两三家，加上电视台的一共有三十多名。

蒲田署署长中村警视正、副署长足立警视、刑事部搜查一课课长和田警视正还有桥爪坐在上面。进行演讲的是中村署长。

"……昨天，上午 11 点。接到南六乡一丁目的多摩川河岸打捞上来一具颇像男性躯体的尸体部位的通报后，署员进行了确认。和警视厅一起成立了特别搜查本部，现在正在进行身份等情况的搜查。"

在搜查本部将被害人统一称为"高冈贤一"，但由于在社会上还存在着疑问，所以这次推迟了姓名的公布。

"尸体是位 40 多岁的男性。头部、双臂、双腿还没有找到。目前这边的情况就是这么多。"

举手的记者由足立副署长点名后发言。是每朝报的叫作尾关的警视厅栏目记者。

"有信息说从本月初蒲田署就展开了关于不明遗弃车辆的大规模搜查，可以认为这是与之相关的案件吗？"

这种程度的问题我们也已经预备好说辞了。

"关于这个案件现在还正在搜查中。"

接下来是朝阳报的古田，这也是栏目记者。

"仲六乡周边也在同一时期开始频繁地走访搜查，与这件事有关吗？"

"那也正在搜查之中。"

"这么说来预计是有关系的了？"

"现状来看还说不好。"

接下来还是栏目记者，读日报的桥本。

"我这边得到消息说 4 号在多摩川大堤发现的车辆上有一个手腕，是否将其与这次的躯体做了 DNA 鉴定呢？"

礼堂瞬间一片安静。周边记者的脸色变了。日下也没预想到这个问题。信息已经泄露到这种程度了——

从哪里泄露的？本部吗？还是从办案小组的搜查员？

署长要如何应对呢？坐在旁边的和田课长在他耳朵旁边说着什么。真希望他能想办法闯过这个难关。

"……嗯，鉴定已经做了。还在等结果。"

比胡乱地否定要好一些，不过不能说是最佳的答案。本来希望他能避开手腕的事的。

"什么时间结果能出来？"

和田又在和他耳语。前排的记者好像连那用左手遮住的口型的动作都要读出来似的，严阵以待地盯着他看。

"……明天之内能出来，但公布要到后天。"读日还没有善罢甘休。看得出来对这件事非常感兴趣在下边做了很多准备。

"尸体四处分散，所以我想肯定是作为他杀进行的搜查，那么死因是什么呢？"

"……这次发现的躯体上没有发现能够成为死因的伤痕及症状。"

"这么说是否可以理解为因头部被袭击而被杀害的呢？"

"这个，现在还，不知道。"

大概是觉得进展太慢，和田拿起麦克站起来。

"……现在还在搜查当中。知道的只有找到了手腕。昨天又找到了躯体。就是这么多。"

"手腕是右手还是左手？"

"结束。"

和田打断发言，桥爪催促着署长，全体起立，敷衍了事地结束了会见。

从多摩川打捞到了躯体，从车上找到了手腕，是右手还是左手没明确说。今后的搜查要在这些是公知事实的基础上进行了。

这几天，日下去追踪户部真树夫的行踪。出发点还是木下兴业。

据该公司事务员矢代知美说，在公司看到户部，是在 3 号下午 3 点左右。

矢代、山上、仁木加上总经理木下 4 个人在办公室喝茶。然后户部就摇摇晃晃地出现了。身上有些酒气，但没到喝醉的程度。

户部揉揉仁木的肩膀，"哟，真硬啊"。两手顺势下滑碰到了胸部。木下和川上指责他，户部在川上的肩膀使劲拍了拍说："开个玩笑嘛，玩笑。"

又摸了摸仁木的脸说"开玩笑是吧"，木下又呵斥了一声，户部脸上微微一笑，就去了厕所。方便完后就直接话也不说地出去了。也就是说来上班，主要是来顺便上个厕所。

之后，据说有人在等力车站附近的弹珠房"Parlor Spank"见到了他。大概是三点半到五点半。路过时被他摸了屁股的女店员心里想"怎么还在这啊"的时候是5点20分。不过据说一会儿工夫就不见了。给店员看了从木下兴业调出的照片和驾驶证上的照片，得到证词说就是他。谨慎起见，请店员出示了店内的录像，看到类似户部的人3点27分进店，5点22分出了店。

如果认为犯罪时间是9点半的话，还有4个小时。玩够了弹珠的户部，接下来会去哪呢？

还去了附近的饮品店，风俗店，但没有得到目击证词。结果到此，户部的作案前的行踪就中断了。

当然也去了目黑区祐天寺他家周边进行走访。负责的是沟口警长等几个组，据当地居民说不用说3号作案以后了，就是之前也很少看到户部。

一座5层的，建了10年左右的公寓。5层是房东的自家住宅，下面4层都是出租房。一层是停车场和房屋租赁公司。2层开始是一层4户的住宅。户部的房间在302号。其他住户都是普通的上班族家庭，和户部的生活时间点不一致，这大概也是目击证词较少的原因。

另外户部和一名32岁的陪酒女同居，不过她自己好像还继续着以前的生活。傍晚4点左右出去，夜里乘出租车，或是早上第一班电车回来。

当然搜查员也直接登门，确认了户部不在家。半个月不在家说不常见也不常见，不过以前也不是完全没有，所以也并没有太在意。

"再说可能他在我不在的时候回来过。"

据说她这么说着，在门口放声笑起来。

负责走访的远山警长说，同居有两年了，大概关系也冷淡了吧。

日下组在东京都内各地进行走访，如果盯梢需要换班，无论是哪里都会去接那个岗位的班。

成为跟踪对象的有包括保险关系在内的过去有过关系的女性，特别是经常去的酒馆、风俗店，以前的朋友、还有小川宅邸。虽然户籍上没有关系，但被称为生母的小川美雪的住宅。

正要去小川家盯梢的时候，手机响了。号码没有显示。

"喂。"

"是我。槙原。"

槙原武夫。警视厅组织犯罪对策部第四课的主任警部补。大概能猜到什么事。

"什么事？"

"有话跟你说。现在在小川家吧。"

你看到我了吗？

自由时间只有从车站出来后走路的 5 分钟。无意中看了看午后安静的住宅街。但是没看到什么人影。

"现在在这吗？"

"不。在那前面的单行路向左走，有个叫'Risheru'的咖啡店。在那见。"

"知道了。"

日下让里村去和正在盯梢的同伴会合，自己去了那家咖啡店。

打开挂着铃铛的门，不知为何在最里面的座位看到了刑事部搜查二课的主任久保田警部补。二课是处理违反选举法、收受贿赂、企业连带犯罪的部门。和处理暴力团伙关系的组对四课的负责范围多少有些重叠。可以认为是一件事吧。

周围没有其他客人。

"……好久不见。"

日下坐在对面的座位上，可是久保田眉毛都不动一下。马上槙原也进来了，直接走到这边来。

日下等槙原在对面的座位落座后，开始发话。

"这到底是什么会面？"

槙原抬起手，跟服务员要了"三杯咖啡"。几乎同时，久保田开口了。

"……把田岛和中林的搜查员给我全体撤掉！"

两个人都比日下年龄大一些，不过一上来就是这种命令的语调有些接受不了。

"这是对其他部门的人说话的语气吗？想听你解释一下原因。"

槙原探过身来视线侧向一边。

"……现在不想让你们搅乱田岛组。快点把人撤下来。"

"这种事希望你们通过上边去说。在这种地方和我说我也很难办。"

久保田放低声音。

"……就是因为不能通过上边，才这样来拜托你的。"

虽然部门不同，但两个人都是警部补。上面有系长警部、管理官等警视，再上面还有课长、参事官这种警视正。日下估计他所说的"不能通过的上边"大概就是这些吧。

"为什么不能通过上边？"

"如果能说的话开始就说了。"

槙原在旁边点头。

"……不能通过就是不能通过。这点你要谅解。"

总之，就是上边的人跟田岛组或者中林集团有什么不正当的勾当。他们在联合进行关于此事的内部侦查。大概就是这回事吧。不得不想，这种问题交给警务部的检察官不好吗？

"……但是，我也不是闲的没事才去找田岛和中林的啊。"

"你不是那个嘛，多摩川的碎尸吧。"

记者见面会是在今天早上。还没有见报。那么是电视吗？或是广播？或者是内部信息被泄露了？

槙原脸颊向上吊起咧嘴一笑。

"……被认定为凶手的好像是户部真树夫吧。"

连这些都知道，那就只能是内部消息了。是谁泄露的？

"还没有说是凶手，只是有嫌疑。"

"户部的话，不管怎么敲打田岛和中林都不会出来的。"

"为什么。"

咖啡端上来了。

服务员走过去后，久保田继续后面的话。

"……户部早就被禁止出入田岛了。从中林出来沦落到木下也是那个时候。现在的户部整个是一匹孤狼。"

"但是，还在和田岛组系做金融的有往来吧。"

"那个与上边没有关系，是户部自己搞的。这种小贷款机构的底层工作，不管谁做干部都不会留意的。"

槙原竖起食指接过话题。

"顺便告诉你，户部如果靠近小川家的话……说不好会被杀的。"

日下脖子歪向一边。

"……小川美雪是他的亲生母亲吧。"

"她女儿，小川爱子，你见过吗？"

日下摇头说：没有。

"通夫和美雪的女儿，长得特别丑。美雪有一段时间大概是动了母亲的恻隐之心，曾一度允许户部出入小川家。这个时候好像是啊，户部强奸了有血缘关系的妹妹爱子……虽然这种话是属于谣言，户部被称为是连戴上假发的狗都会强奸的色魔。所以也不是不可能。"

原来如此。这么说来木下兴业的两个女职员也不是特别漂亮的。

"当然，不允许出入小川家，还被田岛组和中林集团赶了出来，然后能够苟且栖身的地方只有木下兴业了。不用说小川通夫和中林那伙人都知道这家伙在木下。只不过太欺负他的话，不知道他下次会做出什么来。即便有一些事是借田岛和中林的势力做的，也都放任不管了。"

即便这么说，也不能听任其他部门的人，而扭曲了自己的工作。

"不过啊……我是不能以我自己的判断就把搜查员从各处撤下来的。"

槙原皱起眉毛。

"是谁。十系的话，是今春吗。"

今泉的后面的名字是"春男"。在本部工作时间长的刑警，都用那个昵称叫他。

"是。"

"管理官呢？"

"桥爪警视。"

久保田摇摇头。

"那人不行。嘴不严。截止到今春那吧。"

刚才的内部信息，说不定是那样传出去的。

"……事情，我大概理解了。只是即便我跟系长去说'因为我听到了这样的事情，所以请把搜查员撤下来'的话，他也不会接受的。所以，请把刚才的事情以二位的名义起草一个文件。我作为部门外机密报告书处理。"

"你小子。"

久保田制止了嗓门升高的槙原。

"……如果能给我点时间的话，我来写吧。只是，撤退请求可不能写在上面。"

"我明白。另外还有一个，也请给我一个奖赏。"

槙原的脸上又增加了一分严厉。久保田追问道："什么？"

"好。请给我一个可以拿到户部住所的搜查令的由头。"

"搜查？扣押的范围是什么？"

"什么都可以。要是能以私藏枪支的名义拿到搜查令的话，就可以是手枪，要是兴奋剂的话也行。只是要确实能找出东西来的由头。"

226

"你为什么要那种东西。户部的话，保险金相关的证据你那应该有吧。用它来取得搜查令不就好了。"

日下摇摇头。

关于诈骗保险金的文件户部不会用心保管的。以此取得搜查令去搜他家，如果什么都没搜出来的话就太糟糕了。原本目的就是户部的照片、指纹还有其他杂七杂八的信息。是从侧面对其他事情进行的搜查。只是表面的说辞要是没有实实在在的东西的话不太好办。

"就要看这个由头能出还是不能出了，我这边。"

久保田说了句"知道了"，槙原也不情愿地点点头。

日下起身。

"那么，就拜托了……这里我来买单。"

然后就走出了咖啡店。

开始下起雨来了。

正走着电话又打了过来。这次是自己家。也就是妻子纪子打来的。当然跟她说过尽量不要在工作时间打电话。她不是不懂道理的女人。也就是说，一定是有事了。

"喂。"

"啊，老公……现在，方便吗？"

"时间不长的话可以。"

让人不能安心的，叹息声从耳边划过。

"那个，芳秀今天又从学校早退了……现在正在房间睡觉。"

"身体没事吧。"

"说是肚子疼，可是不至于到早退的程度……"

"那就让他睡吧，对不起。"

在头脑中打开日历。

"……最多，可能还有一周不能回家。我很想听你说说，但是再等一等。"

"啊……这样啊。"

芳秀，简单来说是有些懦弱。特别是听说最近经常从学校早退。是到了必须要认真地考虑一下是不是受到欺负了的时候了。

"芳秀什么都不说吗？"

"是，问他，也只是说没关系，只是有点肚子疼……"

"有没有问他，是不是挨欺负了？"

"嗯……问是问了。"

"不问清楚怎么行呢。家长态度含糊，视而不见是最不好的了。"

"但是，你没有看到芳秀……"

这样说的话，就无言以对了。

"知道了。可能会晚点，我明天……最晚周末回去一次。"

"好的……一定要回来一次。"

"我们，都别逼着他去学校了。大不了随便上一个高中，出来后当警察。"

现在这时候孩子有没有能成为警察的那股斗劲儿先放一边。

"……即便这样不成，学习这种事只要愿意，什么时候在哪都能学。"

"是，我也是这么说的。"

"那样就好。不过，只要不是身体不舒服就要让他吃饭。不要一直闷在房间里。从房间出来，跟他一块儿看看电视什么的，要让他在餐厅吃饭。好吧。"

"知道了……"

"拜托你了。"

"你也要快点回来啊……"

"我知道。挂了。"

"好，挂吧……"

确认屏幕回到正常显示后，就把手机放到了口袋里。

每次挂断这种电话，都非常讨厌自己，就会觉得自己是没有人情味的人。

关于这份工作，是因为喜欢所以才做的成分比较多。但是也多少有一部分因素是为了让家人看到自己是没有办法去做一份很辛苦的工作。

的确，不坐新干线，往返于自己家所在的埼玉吹上和警视厅本部之间是很辛苦的，要是再到这种蒲田的搜查本部的话，现实来讲，从自己家过来是不可能的。

但是就一个晚上的话，稍微克服一下是哪天都可以回去的。在儿子遇到烦恼的紧要关头，难道不是应该回去跟他聊一聊，给他些勇气或者做些什么吗？

但是，没有这么做。以工作为借口，冷漠地跟妻子随便说句回不去。不是回不去，其实明明是"不回去"。

在这个没回去的一天里，如果儿子陷入了无法挽回的事态中的话，说实话想到这就会浑身发冷。但心底还想着怎么会有那么严重呢。然后一回到同事们都在的工作岗位，5 分钟就把家里的事忘掉了。

多么没有人情味的男人啊。

一边自言自语，日下的脚步已经朝着里村他们所在的盯梢现场前进了。

3

12 月 18 日　星期四　上午 10 点半

菊田参加了户部真树夫居住的目黑区祐天寺的公寓 "Gloria 祐天寺" 302 号的搜查工作。

公布进行搜查是在昨天晚上。简直就像换班一样，对田岛组及中林集团进行跟踪的搜查员都被分到了别的工作上。菊田就是这样。从中林不动产的跟踪上撤下来，被派到祐天寺。

玲子推测到应该是从哪里下来的压力。

"我想到了这么打扰田岛组早晚会有人出来说话的。问题这话是谁说的，谁听了，又是拿什么作为回报的呢……如果是现金的话有点太那个了，啊，从这个事情上来看，就是搜查令的由头了。这种……户部的女人吃了兴奋剂之类的，我们搜查本部谁会去查啊。谁也没说过这种事啊。"

的确如此。和搜查许可令附在一起下发的扣押许可令上面，除了枪械、刀剑类、保险合同相关文件、指纹以及可以被认为与本案相关的一切文件外，还写着违法药物。很明显的，领到的这个搜查令不光是为了搜查现在户部涉及的嫌疑，还包含了过去和现在的周边情况，以及女人的情况，等等。

也就是说，其真正意图正好与此相反，这就是玲子的看法。

"揪出户部的女人来也是毫无益处的。主要是因为担心会不会有保险金相关的文件，所以只是用别的由头来取得搜查令而已。事后再闹起来比较麻烦，所以首先开始就要拿出一个确实能查出东西的搜查令。枪支和兴奋剂就是因为比较确信才进入搜查令。先踏进门，其他要是有什么有意思的东西，之后再修改一下扣押令就好了。不如说那个"有意思的什么东西"反倒是这次搜查的目标所在……好了，加油吧，好好干。"

玲子顺便提起今天和中川美智子约了第二次问话。

成为搜查对象的户部的房间是两室一厅的房子。两间 6 块榻榻米大小的房间和客厅厨房。另外有卫生间和浴室。情妇小林实夏子在客厅的桌子旁，由蒲田署的女警官陪同，看着屋内的情况。

现在菊田要查的是放在寝室的化妆台的抽屉。

"喂，这是我的东西啊。跟这个没关系的吧。"

搜查员一把按住了要从椅子上站起来的实夏子的肩膀。她这样做就和说"那里有东西哦"是一样的。

果然，从三排抽屉的中间一排里面，找到了一个尼龙布的铅笔盒。打开拉链，看到里面有 5 包装有白色粉末的塑料袋。

"有小包白粉。"

日下马上从浴室门口出来。朝这边走过来时瞥了一眼实夏子。

"……石津，请到这边来一下。"

"好的。"

取证课的石津主任从旁边的客厅端着相机走过来。看到菊田拿着的小包，先拍了一张照片。然后按照他的指示，菊田先把盒子放回原处，手指着那个地方，再次取出，做出打开拉链的动作，又取出了小包。将底部放着的注射器也取出展示出来。这些都分别照了一张照片。

"……好，OK 了。"

"谢谢。"

日下点点头，把手伸过来。菊田把整个铅笔盒都递了过去。日下拿到客厅。

"……小林女士。这是谁的东西？"

实夏子默不作声。

"好了。那么，现在要当场对这个进行检查。将粉末溶在水中，放在实验纸上，颜色如果变蓝就是兴奋剂。那样的话请配合进行尿检。"

还是默不作声。

"石津，拜托了。"

"好的。"

这样的话，这次的搜查首先是成功的了。

菊田再次开始要动手的时候，这次是背后传来了声音。是搜查壁橱的新庄巡查长。

"……主任，有枪。"

新庄从壁橱里取出塑料的衣物箱，自己登上了上面一层。其他取证课人员代替石津拍照。听到有人说是 32 口径的。

菊田只管继续搜查。

下面一排的抽屉里找到一个尚未开封的迪奥的口红盒子。

突然想起来了那天晚上玲子的嘴唇。

让自己的孩子气的嫉妒心只消 2 秒钟就烟消云散的那个柔软的嘴唇。搭在两个肩膀上的手的重量。隐约感觉到的胸部的弹力。头发的气味。肌肤的气味。闭上眼睛的睫毛的长度。第一次近距离地看到的小小的耳朵。白白的脖颈。

那终究是什么意思呢？是觉得我讨厌井冈，看不下去我不高兴的样子，没办法才那样做的呢。还是要表示今后我们可以这样交往的意思呢？

从那以后 12 天。玲子再没有说过什么，菊田关于那件事也什么都没有问。

早上在礼堂碰面开会。结束后大家各自四散去自己的岗位。玲子去跟踪相关人员，菊田是去追踪户部的行踪。一天中是完全不同的行动路线。

结束一天的搜查回到署里后，晚上 8 点开始开会。如果双方都提前 30 分钟左右回去的话，也是可以说一句"现在有时间吗？"，找时间说说话的，但不凑巧一直没有那个机会，一直到了今天。

不过，即使那样跟她说，她身边总是有那个井冈。要是被他问道：菊田君，你找主任是什么事呢？估计现在的自己一定会做出一副根本没打过招呼的表情，说，不没什么。

悲哀至极，但是一定会是那样的。这之前也一直是这样的。

高中时代，向喜欢的女生告白只有那么一次。三年级的文化节时，参加一个五对五地指出心仪的对方的游戏，抱着必死的决心举了心目中的女生的名牌，可悲的是最后散了。

毕业后，直接进了警视厅。毕业分配到的千住署时代天天出入风俗街。应该说是被上级半强迫地带去的。

以为丢掉童贞后，对女性多少应该积极一点儿了，遗憾的是丝毫没有变化。好不容易交通课的师妹说喜欢我，但对人家也只是表示了暧昧的态度；高中同学约我去参加相亲会，对意气相投的女生说着日后联系，却连电话都没打。不，是没能打。

终于可以正常地恋爱是在调动到大森署之后。已经24岁了。

是常去的酒馆的老板娘的女儿。容貌一般，身材也一般。性格也还算好。

"阿菊，带我家女儿去玩玩吧。她好像根本没有男朋友呢。"

开始以为是开玩笑，结果真交往起来了。

大概持续了一年左右吧。不过这个店倒了，两个人决定回故乡北海道，结果和她就再也没有见过。第一年还能收到信，因为只写过一封回信，不知何时就不再来信了。

以上，就是菊田和男的所有恋爱经过。

"……那个口红，有那么奇怪吗？"

身后突然有人说话，回头一看，以日下为首的全体搜查员正围着菊田。

"不……啊。"

慌乱中想要放下手，却误把口红扔了出去，撞到墙上后又反弹回来。

"好疼！"

不偏不倚，正好打中了远山警长的屁股。

"……啊，对不起。"

"菊田，你小子！"

好像搜查工作已经彻底结束了。

尿液检查呈阳性的小林实夏子以触犯兴奋剂取缔法的罪名被逮捕。

日下主任送走她所乘坐的搜查用 PC（蒙面车）和取证的面包车后，便让剩下的搜查员回搜查本部了。

只有一个人，菊田除外。

"来陪我喝杯咖啡。"

说着砰地拍了下菊田的肩膀，朝大街走去。

"啊……"

日下私底下跟他说话，基本上可以算是第一次。到底是刮的哪股风啊！

走在他旁边，也没什么话要说，表情上也看不出什么感情。的确，在搜查现场想事情不太好，不过也不像是要对那件事发表意见的样子。

"主任……有什么事吗？"

"嗯？"

"难道，没什么正式的话题就不能叫部下喝个茶吗？"

部下——

的确自己是杀人犯搜查十系的巡查部长。因此，是主任警部补日下守的部下这种说法也绝对没错。像这次一样以同一组进入搜查本部的话，其下面一个单位——班的框定就不存在了。这是理所当然的事，可以说甚至应该是自然而然的事。不过，还是感觉别扭。

我的直接上司是姬川玲子主任。至少菊田是这么想的。石仓这种

235

老前辈好像不这么想，不过汤田和叶山应该和自己有着同样的想法。

本来玲子和日下就合不来。幸好这几个月一直是各自分开进行搜查。而且两个人都取得了各自的成绩，上面也没有硬要让他俩在一起。反倒是一直以班为单位来调遣，感觉更加方便了。而且玲子也很愿意这样。

但是日下本身好像并不是那样。十系就是十系。既然是系员就不需要再分割开了。应该是这样的吧。不过，菊田也有事情要问。

菊田含糊地回答一声"不是"，然后主动提出问题。

"顺便问一下，今天的搜查……主任是冲着什么去的？"

日下噘起嘴，嗯——地哼着。

"……老实讲，也没冲着什么去。当然是要取户部的指纹，不过那也不是最重要的事。"

"不冲什么，这……"

没想到不喜欢含糊的日下会说出这么不清不楚的回答。

"干什么。没有明确的目标，你不甘心吗？"

"没有，总觉得……这不像日下主任。"

日下露出苦笑。这也是一个让人意外的反应。

"不过，说真心话，我是想要什么的。虽然不知道是什么，但想要……非要说的话，或许是有关户部杀害高冈的动机的东西吧。在这种意义上说，搜出了没使用的手枪，要说收获也算是收获了。户部有手枪却没有用，也没有带去的打算。也就是说杀害高冈是突发性的事件……但是，那不等于抓到了动机。"

菊田紧绷的脸颊不由得松弛下来。

日下露出惊讶的神情。

"可笑吗？"

"嗯……有点。"

"有什么好笑的？"

"没有，因为……没想到日下主任会做出那种不确定的，没计划周全就行动的事。"

日下又是苦笑。

"警察是必须要有灵感的。就算是我也会这么想的。我只是说如果光凭这个就容易陷入危险了。老实讲，我很怕姬川的这种做法。怕她哪天做出无法挽回的错事来。"

今天说的全都是让人意外的话。

"……第一次听说。日下主任是这样看姬川主任的。"

"我也是第一次说。或者说，没怎么考虑过这种事吧……我倒不是害怕在搜查上被姬川超过。我是害怕如果出现严重的错误是会伤害别人的。受到伤害的可能是犯人，可能是被害人的家属。或许是警视厅，也有可能是姬川本人。甚至有可能是今泉系长或者桥爪管理官。这种错事有可能会毁了一个人的一辈子……这不是很让人害怕的事吗？"

菊田默默地点点头。

"大概问题就在于姬川自己也解释不了为什么那样判断吧。恐怕如果花时间想一想的话，她的思路应该是有理由的。姬川没有承担起解释的责任。结果就是强行地坚持己见……要说不满意也就是这个地方不满意吧，是我很不习惯的一种做事方式，可能的话真希望她改一改。"

已经走过好几家咖啡店了。不过日下都没有要进去的样子。

"日下主任，姬川主任的思路根源是什么，您知道吗？"

日下稍微停顿了一下，摇了摇头。

"……不，不知道。只是，要说出什么话来之前，一定会看向远方，愣愣地不知道在看什么，然后突然间站起来，说出让人意想不到的话来。最受不了那样。我是怎么也跟不上她那节奏。"

的确，玲子经常说这种话。

"叫作，灵感是吧……因为是玲子嘛[①]。"

"抱歉，我不喜欢这种双关语。"

菊田要是能说的话真想说：她也不喜欢你这种大煞风景的答话方式呀。

"……不好意思。"

又走过了一家咖啡店。

"不过为什么今天跟我说这些呢？"

于是，像是有些为难地皱了皱眉。

"啊，怎么说呢……看到你们好像在闹别扭。"

"什么……"

感觉到一种被突如其来的一拳击中太阳穴的冲击感。

——闹别扭……

前面来了辆自行车。菊田趁机闪到日下的后面躲避。现在不想让他看到这张涨红的脸。

[①] 译者注：日语中灵感和玲子的发音比较接近。

"……啊……没有啊。"

"你们在交往吗？"

什么啊——

"要是那样的话不结婚就不好办了。影响晋升。两个人都是。"

"啊，主任，那个……"

"或者是什么。因为你是部长，不好向做警部补的女人求婚吗？"

说起别人不愿意提及的话题，可真是毫不留情。

"到底是什么嘛。说清楚啊。至少如果是在交往的话就堂堂正正地说在交往不就行了。"

"所以说，那个……"

"什么，还没有吗？还没有？喂！"

"啊，是……是啊……"

接下来是愤怒般的叹息。

"什么嘛。看着人高马大的，没想到这么不争气啊。真失望。"

不过，因为这种事让人失望……

结果是在便利店买了两罐咖啡，站在店门口喝了起来。

因为咖啡的温度和甜味，心情稍微放松了一些。

突然间，菊田想问问日下。

"主任……结婚，是什么感觉呢？"

日下看向天空，轻轻地吐了口气。

"怎么说哪……比如，不同颜色的两个黏土球，像这样，捏在一起，反复揉捏，又把它变成圆形的感觉。"

好像明白了，又好像不明白。

"那个……球里面包含的两种颜色，就分别是夫妇吧。是从中间一分为二，还是复杂地混合在一起。或是一个颜色完全包裹在另一个颜色的外面……不过不管怎么说，外表上看都必须是圆的。两个球，互相改变着各自的形状，想要变成一个大一些的球。即便不能马上成为那样，也在为之而努力。这就是结婚，就是家庭吧。"

"那孩子呢？"

"孩子是……那里面独立出来的另一种颜色的小小的球。更接近哪个颜色，还要看情况。"

原来如此。

"主任家的孩子，几岁了？"

"已经 14 岁了。中学二年级。"

一口气喝光了咖啡。

"……孩子也终归会成为一个独立的球，离开家庭。到那时，尽量让他成为一个圆的，自己也能转起来的球……这或许就是父母的职责吧。"

日下此时用一种和玲子不同的眼神望向远方。菊田感慨，这是在工作场合绝对看不到的，属于日下守个人的表情吧。

4

玲子他们在跟踪中川美智子的行踪。

美智子的学校是同在渡田向町的"川崎美容专门学校"。步行也只需要 3 分钟。另外，离打工的 ROYAL DINER 徒步 5 分钟。需要买什么东西的话只要步行 1 公里多点就能到川崎站附近。好像她每天都不需要乘坐电车和公交车。

本部在启动 24 小时跟踪后，她和三岛耕介还一次都没碰过面。但是三岛有车。恐怕不用美智子去找他。对于盯梢的刑警来说没有比这再轻松的监视任务了。

12 月 18 日，星期四。美智子像往常一样早上去学校上课。因为她也不是罪犯，如果警察总在旁边晃会影响到她，所以盯梢保持在能看到她的去向而不会跟丢的距离。今天的上衣是带毛领的黑色大衣。穿类似衣服的学生有很多，不过美智子的毛领有些发白，所以不会看错。

"主任。户部的事，什么时候问。"

"是啊……什么时候问呢？"

午休是 12 点 40 分到下午 1 点半。但是中午不在外面吃饭的美智子那时候也不出来。于是，接下来就是放学后到去打工这个时间了。下课是下午 4 点 40 分。去店里的时间不一样，不过晚上 8 点去的时候最多。

结果，玲子他们就等到下课后，在回去的路上跟她打了招呼。

"中川小姐。"

回过头的美智子脸上有些惊讶。

"是……"

"现在有时间吗？"

"啊……有。"

本来想找个咖啡厅，结果美智子说"那到我家吧"，所以就决定听她的了。

"……请稍等一下。"

在公寓前等了一两分钟，然后被请了进去。

"打扰了。"

说好听的是收拾得很干净的房间，说不好听的，是什么都没有的房间。美智子又想帮他们挂衣服，这次玲子也拒绝了。

"那我坐这里了。"

玲子坐在和上次一样的地方，接过了红茶。美智子的样子比上次看起来沉稳了许多。到了第二次，警察的造访也不是什么特别的事了。

玲子喘了口气，等周围的空气沉静下来后，开始发问了。

"今天来，是想问问你去世的父亲。"

美智子目光从杯子抬起，看着井冈和玲子。

"……好的。"

"上次听你说你父亲在叫作木下兴业的公司工作，在工地因事故去世。那时候，或者说那之后，有没有一个叫作户部真树夫的木下兴业的人跟你说过关于保险的事。"

很冷静。美智子平静得让人感到异常。

"……是的。他跟我讲了保险的事。搬到这里来也是他帮忙的。这有什么吗？"

简直就是准备好的答案——

"也就是说，木下兴业把你父亲中川信郎为被保险人，以该公司为受益人的死亡保险金的一部分间接地返还给你了是吗？"

不知是不是因为说法有些绕口，美智子露出奇怪的表情。

"……也就是说，木下兴业用给信郎先生上的保险金的一部分来帮助你搬家对吗？"

"是的……我想是这样的。"

"也就是说，户部真树夫和你是认识的对吗？"

"是的，见过几次。"

"在哪？"

眼睛不动了。

看起来像是在思考什么。

"……川崎的，咖啡店。"

是真的吗？这是准备好的谎言吗？

"还记得是哪里的店吗？"

"我记得是 Doutor。"

"川崎站周边有五六家 Doutor 吧，是哪家呢？"

显然，不知所措。

"好像丸井……的……附近吧。"

"什么时候呢？"

"父亲去世后，很快……"

"户部是什么样的男的？"

她的眼睛瞬间失去了焦点。

是这个吗——

ROYAL DINER 的齐藤经理说 3 号晚上美智子的样子有些怪怪的。对声音反应过激，而且看上去怯生生的。

玲子于是曾怀疑她是刚刚遭受了某种暴力的侵害。玲子自己遭受过暴行，所以非常清楚。人的怒吼、东西碰撞的声音、破碎的声音，对每个这种声音都有很大反应。即便不是和自己的经历完全相同，总之会害怕大的声音、暴力的、破坏性的刺激。3号的晚上，美智子是否就处在这种精神状态下呢。

那就是，户部。

根据日下的报告，户部是那种只要是女的，没有分别无论是谁都会飞扑过去的类型。那么对19岁，长得还算漂亮，而且身材苗条的女孩子，什么都不做肯定是不正常的。

不用猜就像她说过的户部知道这个公寓的地址。如果发生过什么的话，应该就是在这个房间里。

"那么，我换个问题。3号的晚上，户部到这里来过吗？"

美智子不说话，只是猛烈地摇头。

作为回答，这已经足够了。

傍晚6点半。玲子他们去接汤田组的班，离开了美智子的公寓。

"那个女孩，真可怜啊。"

回去的路上，井冈每次都会这么嘟囔。这句话的回音有一部分已经浸染到玲子记忆的深处，一直传到在漆黑的夏夜，那个被按倒在公园坚硬的地面上的少女的耳朵里。

不过，是啊——

已经是过去的事了。那已经……过去了。

"……日下主任说，户部那天下午，在木下兴业露个面，之后好像去打弹珠直到傍晚是吧。也就是说，接下来就去了她那里是吧。"

"是啊……真是清闲啊，户部。"

"也就是再然后，去了仲六乡。"

"是的吧……不过，刚才的事情不要在会议上说。"

井冈两个眉毛向上吊起说"唉？"

"是说中川美智子和户部的事？"

"是的。她和户部之间有什么。不要涉及这个部分，我要整理一下这个案子。"

于是，开始更加小声地嘀咕。语气不容别人反驳。

"如果是抓到户部后他说了什么，那是没有办法。但是，我不愿意以那个女孩为线索进行搜查。杀人的是户部，被杀的是高冈啊。如果是能在这两个人之间把事情解决掉，我是想就此告终。不想再过多地把她带到人们的视线中来。所以井冈你也要帮我。"

"啊，好……"

他们来到大马路，搭上一辆出租车。

回到署里之前的几分钟，井冈少有地没怎么说话。

搜查报告书上，只写了美智子一天的行动，以及和户部认识。

因为跟踪工作调配走了一些人员，出席会议的人稍微少了些。自然报告的主题，就是关于搜查户部公寓的事。

户部的情妇小林实夏子以持有兴奋剂，并且正在使用兴奋剂为由被逮捕。另外已确认从壁橱里发现的32口径的手枪，通称"Colt pocket"没有使用过。还没收了9发子弹，不过枪膛里一发也没装。小林实夏子供述说完全不知道枪的事情。

另外，还报告说这次采集到的指纹，和在仲六乡车库里没收的关卷帘门用的铁棍上的指纹一致。

"……从指纹的重合情况来看，可以推测出户部在进行肢解之前应该握过这个铁棍。虽然不能以此直接证明他杀害了高冈，但至少能够判断出在犯罪当天，户部出入仲六乡车库的可能性很高。另外，户部虽然有枪但却没有用，也没有带出去，这也是应该关注的点。如果户部是凶手的话，本案可以认为最多是个突发性的犯罪，而不是有计划性的。……今天，就是这些。"

日下的报告也是好像接近核心了，又好像没有，很微妙地保留了什么线索。

"有问题吗？"

没人举手。

会议也较早结束了。

设置搜查本部已经两周了。从搜查员的脸上也渐渐看出了倦容。连那个日下，都说了声今天要回趟家，会议一结束就冲出了礼堂。确实他家在埼玉的吹上。现在开始回去应该还赶得上吧。

玲子看一眼表，10 点 37 分。从蒲田到自己家所在的南浦和只坐一趟京滨东北线不到一个小时就能回家。

"我今天也回去了。"

然后，还留在礼堂的菊田弯腰站起来。

"啊，那我……"

"……嗯？"

在等接下来的话。但是应该不会是"把你送回家"吧。要是那样的话，菊田就回不来了。但是又不能让他住在父母都在的家里。

"嗯，送你到……车站。"

也就是到那了吧。

"嗯，拜托。"

玲子微笑点头。

幸好，周围没看到井冈的影子。去便利店了吧。或者是厕所。总之，要趁他不在的时候从署里出去。

穿过 11 点还很热闹的繁华街道。

菊田也没什么话要说，只是紧挨在玲子的右边走着。

但玲子觉察出他好像是想对上次的 KISS 说些什么吧。那是个开始，还是只限于彼时彼刻。

玲子自己也不知道了。

她喜欢菊田。觉得他比周围的任何人都好，也最依赖他。但是交往，或是结婚之类的，还没有考虑过。并不是因为对他有不满，大概是玲子自己的问题。

作为警官的自己，作为刑警的自己。如果这个问题不让他考虑清楚的话，再接下来的事情也就无法考虑了。

到了车站，来到 JR 的检票口，两个人站住了。为了不影响别人行走，稍微靠边站了站。

"……谢谢。"

菊田的脸，像浅草寺的仁王一样。路过的人肯定以为是被玲子骂了。

"主任，我……"

"……嗯。"

我知道你嘴笨。所以，我绝对不会着急的。一定要慢慢地等。

"我，对主任……"

但是，如果时间太长，我也会脚麻的。趁着我还愿意等你的时候，你一定要跟我说些什么啊。

"……那个……"

不好不好。皱眉头了。我要温柔地，安静地等他——

密密麻麻开始长出来的硬硬的胡子。那中间的连颜色都跟红薯一样的嘴唇。

微微颤动。

喜、喜——

喜欢，对吗。我知道。我知道，可是我要听你说。我要你说出来。想亲耳听到。是的，所以，要等。可以等，但是，我等的话今天会跟我说吗？你会跟我说喜欢我吗？我要再等几秒钟呢？

但是。

"啊啊——玲子主任，看到你了。"

完了。今天又完了。

"……辛苦了。再见。"

玲子没有朝声音的方向回头，直接和菊田擦肩走向了进站口。

菊田宽宽的肩膀在颤抖。经常说鬼神的眼睛里也会有眼泪，不过快哭出来的仁王还是很少见的吧。

一个如恶魔般的嘲讽的声音在背后响起。

"哎呀，玲子主任……哎？菊田君。你在这里干什么呢？"

扑通一声闷响。一声尖锐的哀鸣。

玲子仍然没有回头，直接走向回家的方向。

午夜零时刚过，回到了家中。门口的灯已经熄了，但从外面看客厅还有灯光。

"我回来了。"

把被换洗衣物塞得满满的包放在门口，先往客厅看了一眼。坐在沙发上的爸爸，忠幸回头说。

"啊，你回来了啊。给我打个电话开车去接你多好。"

"不用了，没事的。……不是，会议结束得早，突然决定回来的。我妈呢？已经睡了？"

"啊，刚刚睡。"

夏天患上心脏病的妈妈瑞江，最近不怎么熬夜了。

"你，晚饭呢。吃过了吗？"

"嗯，傍晚时，吃了点。"

看上去，忠幸正在看着电视的深夜节目享受着睡前的洋酒。

——话说回来，喝了酒不是不能开车吗？

或者是，如果早点打电话就不喝了的意思吧。

"什么。又没好好吃吧。"

"嗯，饭团和炸鸡。"

"那怎么行……那样的话，我给你做点什么吧。"

"不用，真的不用。这个时间吃完了会胖的。"

说是这么说，不也是经常在小酒馆喝酒喝到半夜吗？

"这样啊……那，明天休息吗？"

"不，还不能休息啊。说不好，还得一周左右。"

忠幸一脸惊讶地说，"请不要太拼了……警部补殿下。"

忠幸是非常普通的上班族。大概警部补这个词，也是玲子实际晋升之后才知道的吧。

"……那个，现在用洗衣机应该不好吧。"

"是，别用了。放在那吧，明天妈妈给你洗。"

"她，身体最近怎么样？"

"不是很糟糕。应该没事吧。"

"……是吗？"

看了一眼走廊，再回过头来，忠幸已经又开始看电视了。

穿着深蓝色睡衣的后背。这个弧度，玲子从以前就很喜欢。

不。说是以前，也不是小时候的意思。那是，对，正好 12 年前。

玲子遭到强暴。不过终于开始能够和正常人一样生活。就是这个冬天的一个夜晚的事情。

很晚都没睡着，就下到一楼来，发现厨房的灯还亮着。以为是瑞江或是妹妹珠希忘记关了，结果一看里面有个人影。吓了一跳刚要喊出声来，不过马上认出来是忠幸，便又吞了回去。

忠幸穿着和现在差不多的睡衣，蹲在水池前。

他在做什么啊？

觉得奇怪仔细一看忠幸两只手握着菜刀，直愣愣地盯着它看。

不对，好像是通过菜刀刀刃反射的光在一个劲儿地盯着什么。

终于，两只手举到头上。手握菜刀，圆圆的后背开始颤抖。

是在哭吗——

"……玲子……对不起……我……做不到……"

一瞬间，还以为是在跟玲子说话，原来不是，是在自言自语。

玲子这才注意到。

忠幸在想象中，想要杀掉犯人。虽然实行不了，但在心里面，想要把强暴自己女儿的罪犯用刀杀死的。

但是，即便是想象中，忠幸也做不到。

——爸爸……

有一种想去拥抱那个颤抖的后背的冲动。

为了自己，想要去杀人的父亲。但是即使在想象中，也无法完成的父亲。

"爸爸……"

轻轻地叫了一声，忠幸慌忙站起来，背对着玲子。

"啊……怎么了……起来了吗？"

声音也在颤抖。

知道他把菜刀藏在了水池的水槽里。

"……怎么了？睡不着吗？"

因为不想让他担心，所以说不是。

"那就快点去睡吧。"

"……嗯。"

但是，有种很难离开的感觉。不知道那是什么，只是想告诉爸爸自己现在的想法。

听到忠幸长长地叹了口气。是一种不好意思让人知道他哭了，想要掩饰的气息。也觉得不要再在这看了，不过，正因为如此才要说的这种心情多少占了上风。

"爸爸……"

"嗯。"

"……谢谢。"

那个晚上，始终没有听到对这句话的回应。

"啊！"

被突然发出声音，带回到现实中来。

"嗯，什么？"

"冰箱里好像还有奶油泡芙。睡觉的时候，妈妈说的。"

不由得在心里"啧"了一声。正是感觉好的时候，说什么奶油泡芙嘛。

"……我说了不吃了。洗个澡就睡了。"

忠幸嘟囔了一声"是吗"，也不看玲子，又把酒杯送到了嘴边。

玲子想试一下。

"爸爸。"

"……嗯？"

"谢谢。"

"嗯？什么啊？"

想着不知道他能不能明白，果然没明白。

"没有，没事。"

于是便上了二楼。

想要洗澡再下楼来的时候，客厅里已经没有了忠幸的身影。

252

第五章

我知道耕介交往的女孩是在木下兴业工地坠楼身亡的那个人的女儿。

好几个工友都跟我说过。耕介来问坠楼身亡的中川信郎的事。他在搜查死者家属的信息——

告诉他这个女孩联系方式的好像是设计师岛谷。因为是他本人直接问的所以肯定不会错。

但是我还是装作不知道。

这里面，是想把耕介当成能独当一面的男子汉。另外还有虽然说是干爹但毕竟和亲生的不一样这样的顾虑。

一方面也是为耕介有了女朋友而感到高兴。那个耕介说不定马上就能结婚了。想到这些，就比什么都开心。

中川美智子是个怎样的女孩？我只看到过她在餐厅做服务员的样子。耕介喜欢的，我想应该不是坏女孩。

不管怎么说，是和耕介有着同样境遇和经历的孩子。是一个知道钱的来之不易，知道珍惜感情的女孩吧。如果不是的话，耕介应该不会喜欢的。

当然，我知道对于耕介来说，我把他当作小小年纪便失去了人生的我的儿子的延续的话，无疑只会给他带去烦扰。也正因此，我决定默默地看着他。我选择这样做来私自收藏起自己的这份快乐。

耕介的脸一天比一天更有光彩。他好像正在全身心地去体验自己的人生现在终于要开始了的感觉。我羡慕、喜悦、想要支持他。在这上面可以说丝毫没有负面的情感。

那个晚上耕介也是工作结束之后，低头说了声：先走了，就赶快回公寓去了。就好像外面下着的小雨唯独不会落到他身上似的。

我不知不觉脸上露出苦笑。

对于这种冷落，说心里不寂寞是假的。但是我能想得通。孩子大了就要独立。这句话在脑子里一闪而过。

关了车库的卷帘门，我也回自己家了。

回到没有人的房间已经是多少年前的事了。现在反而怀念起那个觉得寂寞的时候了。

把钥匙插进看起来只要一拉就能拉开的门把手，打开门，打开右手边的电灯开关。来到客厅，拿起桌子上放着的遥控器，启动了这个房间里最现代化的设备空调。到此为止是冬天的一连串的动作。

然后在等待烧洗澡水的时间，或者做卫生，或者收拾洗过的衣物。也会简单做一些晚饭的准备。其实也就是把做好的东西解冻一下。

接下来舒服地泡个澡，把寒冷和疲劳一股脑地从身体驱赶出去。

幸好，现在身体还没有什么毛病。不知道我能干到什么时候，身体不行的时候也就到寿命了吧。对此我一直是很看得开。

泡过澡后，喝一罐啤酒。菜基本上是仿照死去的妻子的味道做的煮蔬菜。聊天的对象是画面是圆形的老式电视。骂一骂警察的丑闻，笑话一下艺人的胡说八道。但是唯有交通事故的新闻看不了。特别看不下去。看了想去死。

想要换频道，不知为何突然想起件事。

傍晚，收工前一小会儿的事。我稍微偷了点懒，没有改变身体的方向，而是改变圆锯的方向，想要去锯一段木材。平时不会这么做的，不知是一天快结束有些累了，还是已经上了岁数，电源线被缠进圆锯里锯断了。

"叽"的一声之后，圆锯就不动了。

断掉的电线吧嗒一声无力地掉在地上。

"啊，完蛋了。"

还被耕介嘲笑了。

"真是外行啊，外行。"

"闭嘴。"

因为木材还有三根，剩下的就让耕介来锯了。但是我却没有去修那个圆锯。

本来是明天再弄也可以的，但我一想起来就觉得心里总放不下。

我穿着便服，套上夹克，晚上 9 点又去了车库。还有些下雨，不过因为很近，就没有撑伞。

对于一辆轻型面包车来说本来是一个很大的车库。但由于三面墙都被满满的架子环绕，所以已经是车进来后连后备厢门都打不开了。

没办法，我只好暂时把车开到外面。这样腾出地方，也好操作。如果其他车回来了，就出去道个歉再挪走就好了。我这么想着。

在外面马路上打开后备厢门，从工具箱里取出坏掉的圆锯。顺便把电缆盘和钉子袋也拿了出来。说是钉子袋，其实没放钉子。主要是装切割刀、卷尺、铁锤之类的腰袋。

打开电灯，在变得空荡荡的车库中间蹲下来。首先把断掉的电源线的芯露出来。

从断面开始5厘米左右的地方就可以了吧。在包裹着电线的黑胶皮上小心地划出切口。划过一圈后一拉，便把黑胶皮的部分取下来了。

于是中间留下了两根细电线。红色和不知为何的绿色。在这两根线上面也同样地划出切口，还是只取掉胶皮部分。这次从里面露出来的是像金发一样的电线了。

圆锯的主体和插头。要把两者的断面加工成相同的样子，将同样颜色的电线捻搓连接起来。因为要防止短路，所以这个步骤先要把绝缘塑胶袋夹在电线部分。正好钉子袋里装着绿色胶带，把它切出一小段，简单地贴在上面。

然后，接下来就要用电缆盘了。

架子和架子之间最里面的地方有插座。从电缆盘上抽出线，插到上面。然后把圆锯的插头插在电缆盘上。

这样圆锯就能转了吧。或者，说不定还有别的地方也坏了。

就是在这个时候。

"哟……"

在车库门口，出现了一个黑色人影。熟悉的长大衣，不知发生了什么，浑身湿透。

"……怎么了，这是……都这么晚了。"

户部的出现总是毫无预告，但是出现在这附近还是很少见。也许，就是我搬到仲六乡时来过两次，之后就没来过。

"什么怎么样……高、冈、先、生。"

仔细一看，他的脸上也沾了很多泥。简直就像是从地上爬着过来的一样。

我出于友善地苦笑着说。

"花花公子怎么成这样了？"

于是。

"快给我闭嘴！"

户部突然踢了一脚左侧的架子。

上面放着的黏合剂的罐子掉在了水泥地板上。插在架子后面空隙的三合板发出不合时宜的嗨嗨的响声。开关卷帘门的铁棍也滚落到地上。

"高冈，我一点儿都还不知道……"

户部捡起那个铁棍，抬头看门口的卷帘盒。

"……你用的，那个年轻的。那个，就是我处理过的三岛家的臭小子啊。"

经常说起鸡皮疙瘩。那个时候的我，连全身各个角落的细胞都无处不在地竖起密密麻麻的鸡皮疙瘩，体会到了那种不断崩裂开来的恐惧。

户部把铁棍挂在卷帘门上。就那样粗暴地向下拉。卷帘门伴随着破坏的声音猛烈地撞击水泥地后，将车库和外界完全隔离开来。

户部手里仍然握着铁棍，应该是中途顺利地抽出来了。

"上了你的当啦，我。竟然……一点儿都不知道！"

耳边感觉到一阵风，同时从肩膀，到后背，受到难以抵抗的冲击。"啊！"我当场趴在了地上。特别是铁棍打过的肩胛骨附近，像被火烧一样地疼痛。

"……高冈啊。你打算干什么？赎罪吗？还是讽刺？是对我的讽刺吗？……不知道吗，你！自己做过的事，都忘了吗？！"

这次是腰。我受不了了，侧倒下来。发出呻吟声。

"顶替死去的人的户籍，当作以前的自己已经死了，然后，你让你姐姐领取保险金。协调各种关系，给你姐姐送信的人是谁啊？啊！是谁啊？！"

又一次，打在腰上。

"这算什么，把被逼无奈跳楼的人的儿子培养成木工？这算什么啊？你不可以有这种像正常人的善意的东西！"

这次是腿，膝盖的骨头好像要碎掉了。

"你，在老天爷底下，没有我的允许是不可以随便行走的人。你就是一个幽灵。你是已经死了一次，多亏我给你挽回了一条命的快死的人。你不能像正常人一样去做什么照顾别人之类的事情！"

一下、两下，感觉右半边身体已经整个被切下来，已经不存在了——

"还有啊，你知道对吧。中川信郎也是从工地跳下来的傻子。他的女儿……"

突然间，感受到意识聚焦到一个点上了。

中川的，女儿——

"养着她的，是我啊。总之……啊？在这之前都是女高中生，对于我来说，这又是一个杰作！"

户部做了一个在腹股沟那夹着什么东西的动作。满是污泥的脸上露着笑。

"我正享受着呢。今天……那个毛小子。你这儿的那个三岛的臭儿子。突然蹿出来摆出一副"这个女人是我的"的架势。我可是让那小子收拾的够呛！"

肩膀又一次遭到殴打。但是已经淹没在麻木当中，没有明显的疼痛。

"……叫作同病相怜吗？别让人笑话了。是我把她变成女人的，我养着的，地地道道的，我的女人！不是那个乳臭未干的毛小子装作正义之士想抱就抱的女人。你给我告诉他，别再让他找那个女人了！啊？高、冈！"

户部又去踢两个手腕，不过骨头没有折，手还能动。

"你要是不答应的话，我也能想出很多办法。三岛他爸的借款书和中川的借款书全都在我这。是借款哦，我说没有就没有，我说有的话那就是有。那个女孩，美智子也是，老是没完没了去找她的话，我就把她泡在肥皂水里喽。你姐姐的店，我找几个大块头一直待在那，一般的客人可就去不了了哦。然后还有啊，你儿子身上接的管子。我要不要拔下来几根呢？啊？哪个好呢？我让你来选，哪个好啊？你这个浑蛋！"

在此之前，也曾经想过这个男的如果消失的话该多好。

作为高冈贤一的生活刚刚开始的时候。认识耕介，庆幸他的存在的时候。作为佐证，就是对户部越发地疏远。

我经常带着诅咒地瞪着晃悠悠出现在工地的户部。

赶快让他得个癌症什么突然死了吧。或是被车撞当场死亡。被女人杀了也行。被黑社会打一通，塞进桶里灌上水泥扔进东京湾也行。总之，怎样都行，只要让他能从我的眼前消失。

不过，用自己的手杀掉这个男人的想法，此时此刻还是第一次出现。

"哦，喂，放开我！"

只要没有这个男人……

"好重啊……难……难受，喂，喂！"

只要这个男人死掉……

"停，停下，高、高冈，什么，那是什么啊？"

耕介就解放了。

"快停下，你开玩笑吧，喂！"

那个姑娘也得救了。

"啊啊，啊啊！"

就从不幸的轮回中，从叫作贫困的地狱中脱身了。

"啊呃……"

然后我也能没有牵挂地结束这个已经被毁掉的人生了。

1

转天一大早。还在家中自己的房间里的时候，玲子的手机就接到了电话。是国奥打来的。

"哦，小姬。上次你托我办的事情。有些进展了……今天请我吃顿午饭什么的吧？怎么样？"

"知道了，吃什么？"

"嗯。想吃大和田屋的鳗鱼饭。"

都到这把年纪了，而且还吃那么奢侈的。不过为了案子只能这样了。

"好啊。那早上会议结束后，马上去那边。"

"好的，等你哦！"

于是，抱着塞满换洗衣服的包，手表也换了个新的，先奔向蒲田。

差5分8点进了搜查本部，从8点半开始参加会议，9点半已经从蒲田署出来了。跟踪中川美智子的汤田组有了别的任务，玲子让他们等到下午她去换班。

"是那个地方吗？之前送资料的那儿。"

一说去大塚，井冈就知道了。

"是。要是能发现什么东西就好了。"

不过在这个时候，玲子已经预感到事态要有变化。

换乘京滨东北线，丸之内线，一个小时左右来到了监察医务院。在前台问了国奥在哪，说是在二楼会议室。每次和玲子密谈时用的房间。

"……早上好。"

往里面一看，国奥正在窗边的座位上打盹。

"老——师，早、上、好！"

玲子啪啪拍了两下手，国奥像是喝下了什么苦东西一样的表情睁开眼睛。

"……嗯，哦……来啦。"

"上班时间睡觉！"

"……说什么呢。刚下夜班，就是为了想见我的恋人，才不回家在这等着的……"

一边用嗓子里带痰的声音说着，一边用满是皱纹的手向上推着眼镜。

"嗯……什么啊，那个低劣骨骼的类人猿。"

没忍住差点笑出声来，不过丝毫没有影响到被点名的本人。

"你好你好。我叫井冈博满。蒲田署刑事课强行犯搜查系的刑警。玲子主任的……"

"什么都不是。不要介意。"

井冈这时才露出了大猩猩要哭的神情。

"什么呀……小姬的身边好像有很多'进化不完全'的雄性呢。"

国奥叫菊田"大头鱼男人"。当然玲子自己绝对不会这么想。

——那么，这样的老师是什么类型呢？

满头毛茸茸的白发。像红薯干一样无精打采的脸。因为还没退休应该还没到 65 岁，但看上去明明已经是超过 70 岁了。

——枯草系？倦容系？干蘑菇系？

这个模样还到处跟别人说玲子是"恋人"更是不负责任。听的人倒没有当真的意思，不过玲子自己是苦于应对。在不知道对方和国奥的关系的情况下，又不愿意冷漠无情地否定破坏气氛。不过虽说是玩笑但采取接受的态度自尊心上又不允许。结果，只能勉强堆出笑脸。

"……那个，既然要吃大和田屋的鳗鱼饭，那么我可以认为是有了与之相匹配的结果了对吗？"

国奥坐在被组合成四方形的会议桌的一角，所以玲子坐在和他直角相交的座位上。井冈也学着坐在了旁边的折叠椅上。

"这位。猩猩先生请隔开两个座位。"

但是，井冈不会在这种恶劣态度下还不开口。

"院长，请求你一件事。"

"不是院长，我只是普通的常务监察医生。"

"不要这么说……老总。"

国奥只是哼了一声，便没有再说话。好像蛮喜欢井冈。玲子能看出来。

"……那么老师，快点给我讲讲吧。"

"被美人催促，感觉真是不错啊。"

一边吼吼地笑着，一边用堆满皱纹的手翻开资料。

"嗯……先是这个东朋的法医学教室的叫作梅原的执刀医生真是一个优秀的男人啊。"

"这个前缀就不用了。"

"好吧……从解剖照片及鉴定书的结论上看并没有什么特别可疑的地方。这个躯体部分没有看到明显的外伤性损伤，内脏里也没有致死的症状是吧。……这是写着的部分，啊。"

像这种显而易见的事情就不用说了吧。

"但是呢，没有关于这个……喉结部左边的半圆形的表皮脱落的看法，要说可惜的话是有些可惜。"

这个，就是这个。这个地方玲子也曾怀疑过。

"是吧。这个，我也想过这是什么呢。"

"是啊。真不愧是小姬。不枉我用心培养。还要向着警视厅的刑事搜查官的道路继续进发啊。"

"好了啊，刚说到死尸就绕来绕去地不知道说什么了。我更喜欢现场搜查。……不要说这个了。这个表皮脱落是什么？"

国奥用手指着附件照片的刚才说到的地方。

"嗯……这个半圆形，实际上是画了一个漂亮的弧线，你觉得吗？"

"是，我觉得是。好像是用圆规画的。"

"是的。这个地方，我觉得这个半圆原来是不是一个完整的圆形。我认为完整的圆形由于把头部砍断了，所以有一半留在这边了。"

"嗯嗯，也就是说，如果发现头部的话，那边会有另一半表皮脱落的部分是吧。"

"是的。总之可以认为这个部分受到了一个完整的圆形的刺激……那是什么，小姬知道吗？"

圆形的，刺激。能让表皮脱落的刺激——

"当然在这之后因为在水里漂了十多天，实际的损伤部位已经熔化消失了……不过怎么说呢。引起圆形的表皮脱落的来自外部的刺激……我认为这甚至有可能就是直接的死亡原因。"

表皮脱落本身全部是由于外部刺激而引起的，非常普通的生理反应。举个简单的例子，不管是用钝器打还是用利器刺，皮肤都会很容易剥离。但是那是一个完整的圆形，是不是很少见呢。

"……服输吗，小姬。"

"服输的话，会怎样？"

"鳗鱼饭从竹变成松。①"

"我再加把劲儿吧。"

表皮脱落。引起圆形的表皮脱落的，刺激——

例如，特别小的锅，小型的牛奶锅之类的加热后压上去，引起烫伤的话，是会有圆形的表面脱落的吧。但是，人不会因此而死掉的。

"那个，我那份儿，怎么办呢？"

"……你自掏腰包，还用说嘛。"

圆形，表皮脱落——

"给你个提示你再继续吗？"

"要改成松吗？"

"嗯。只提示一次的话，竹就竹吧。"

"话说回来，为什么不从梅开始呢？"

"啰啰唆唆真烦人啊。梅的话碗里是大酱汤吧。我喜欢喝清汤。"

"……好了。给我第一个提示。"

国奥点点头，又纠正了一下眼镜的位置。

"圆形的表皮脱落，因为某种作用而产生。不是直接的外部刺激。

---

① 译者注：鳗鱼饭按照松、竹、梅划分等级，松级别最高，梅级别最低。

265

也可以解释成不是凶器本身的形状。说到底，就是由于某种作用，分两次，形成了圆形。"

产生圆形表皮脱落的，作用力。成为这个作用力的来源的，刺激。

觉得烫伤是一条不错的线索。但是圆形，不是凶器本身的形状。嗯，不是本身的形状。

刺激、凶器和其本身不同形状、作用——

啊，终于知道了。

"对啊……触电身亡啊。确实那样的话，即使解剖内部也不会留下损伤。"

"就是这回事。"

"也就是说圆形表皮脱落是电流斑熔解掉的痕迹是吧。"

"是的。"

井冈插了句"是这样吗"。

"这次的现场有能够导致触电身亡的高压电流吗？"

国奥用眼睛催促玲子进行说明。

"嗯……井冈君。触电身亡的话，家用电源的一百伏电压根据情况也是十分有可能的吧。特别是这种情况，接触部位是接近头动脉的喉结部分。首先一点，可以认为皮肤的电阻非常低。在这里出现的圆形的烫伤主要是电流斑。很多情况下发生触电事故时，这个电流斑是唯一的痕迹。……然后，接下来。家用电气的确不算强，但是那个反而最危险。"

到这为止好像是对的。国奥默默地听着。

"心脏是一种叫心肌纤维的肌肉纤维复杂地交织在一起而形成的。

266

也就是说不像普通的肌肉纤维是按照一定方向排列的。如果是家庭用电作用在那里的话……就会产生电流从某些方向的纤维通过，而其他方向的纤维就不一定有电流通过的现象。这会引起什么，你知道吗？"

井冈一脸认真地摇摇头。

"心室纤颤。心肌不能按照一定节奏运动，而是微微的，并且各个部分开始分别活动。如果是高压电流的话多数时候心脏整体一起受到冲击，作用时间短的话也是整体一起从那个冲击状态中恢复过来。所以很多时候如果时间短即使触电也死不了。但是如果陷入了心室纤颤，心脏就起不到其本来的输血泵的功能，也就是说无法向全身输送血液，最终导致死亡……是这么回事。"

"合格。"

"感谢聆听。"

但是，玲子自己说着说着，却一直有件事在心里。

看着这个躯体，自己心里的一股莫名的不协调感。那绝对不是有关死因的。

即便死因已经推测出是触电身亡，但覆盖在心头的那层铅灰色的雾却毫无散去的迹象。

是什么呢？是为什么呢？

"不过，老师……嗯，怎么说呢……比如说，将电极按压在上面以至于出现像这样的电流斑，从姿势上来讲应该挺难的吧。或者说是从技术上。"

国奥皱着眉点点头。

"啊，从常识上判断，只能推断是连上电线，而且用右手拿着露出来的电极，骑在对方身上，压在其喉结处几十秒钟的时间。另外，根据皮肤的潮湿的程度作用也会发生很大变化。如果是湿的，当然作用时间就会变短。"

不对，不是这个。还有别的什么。

井冈不知是不是明白玲子的心思，在旁边小声嘟囔。

"这样的话杀人现场是那个车库是吧。"

对。这也是一个疑点。

"是啊……从经过上看，如果说是在那里杀的，就好办了。"

"有电源吧，那个地方。"

"但是，露出来的电极呢……"

不对，等等。

"那个……这样说来……"

从包里拿出搜查资料的文件开始翻起来。

"什么啊？"

"稍等。"

确实有在车库没收的——

"在这。你看，这个电锯。在电线的中间，有修理过的痕迹。这个如果在犯罪当时是断掉的，如果没有缠上这个塑胶带的话。"

国奥仔细地盯着看。

"……电极就是露出来的了是吧？"

"嗯，但是……"

这也不对。不是这件事。是更加直接的，关于尸体的这个躯体部分的事。

再一次盯着尸体照片看。只是一直盯着。

被触电致死，被切割，被丢弃到河里的高冈贤一的尸骸。把手腕留在车里，被四处分散地沉入水中的，高冈贤一的尸体。他的躯体部分。

高冈贤一的、躯体。

在心里像咒语一样说着这两句话。

"主任……怎么了？"

高冈贤一的躯体。高冈贤一的躯体。

"喂，小姬。"

"我说主任。"

右胸下侧有做过胆囊炎手术的痕迹。

"什么啊，主任。"

"小姬，喂，能听到吗？"

有手术疤痕。有手术疤痕。

"喂——能听到吗？"

"主——任，我爱你——"

高冈的躯体部分有手术疤痕。可是——

"完了。根本听不到。"

"主——任，我要摸你啦——"

好烦。

"啊！"

然而，就在这时。

突然，感到心里吹过一阵风。

是的。死尸鉴定书上确实写着这个躯体部分有手术疤痕。可是，不奇怪吗？

"呀……好疼……过分！"

"哎哟——哎哟。反手拳啊，让我吃了个反手拳。你看啊。"

是啊。是这个。自己感到的那种不协调感就是这个啊。

写了胆囊炎，却没写其他的，怎么想都是不合理的。

铅灰色的雾一下子散开了。

"你流鼻血了，猩猩先生。"

"但是，老师，我心情越来越好了。"

自己要弄明白的点渐渐开始聚焦了。

——也就是说，这个躯体，不是高冈贤一的……

玲子从口袋里取出电话。

"喂，回去啦。"

"真的？"

打给叶山。

"……喂，你好。"

"啊，小则，是我。"

"嗯，怎么了？"

余光中看到，不知为什么，井冈正在流眼泪，还在按着鼻子。

"那个，内藤和敏引发的交通事故，管辖区是哪？"

"是……川口署。埼玉的。"

"哎？是谁说从事故的搜查书上拿到了指纹来着？是不是你啊？"

"是石仓警长。"

对了。是的是的。

"那算了。对了，小则你现在做什么呢？"

"还是内藤君江的盯梢。"

"你让搭档盯一下，或是要一个替班的，那个，再叫上石仓，想让你们去一趟川口署。其实……"

叶山好像瞬间就明白了玲子的意思。

2

日下再次去了木下兴业。

"户部有可能出现的地方，您有什么印象吗？"

木下总经理侧着头思考。

今天不是在总经理办公室，而是在矢代和其他员工也在的办公室的接待区进行问话。

"……这么说的话，他有一个同居的女的吧。"

"是的。她昨天被捕了。因为持有和使用兴奋剂。"

那里的职员们马上露出惊异的表情，当然木下也是。

"兴奋剂……可真是的。"

是非常正常的普通人的反应。

"所以说，不是女人，其他的，有什么地方吗？"

"嗯……其他的女人什么的是吧。比如说……"

他那里列出来的生命保险相关的女性都是本部已经掌握的人了。

"不是这些，比如，夜店之类的。"

"嗯……带我去过一次新宿的叫作 Rosso 的俱乐部。"

日下告诉他那里也已经去过了。

"其他的朋友啊，认识人……因为是那样的男的，即便没有前科，因为那种纠纷，是不是跟律师什么的也有来往呢？"

"律师……哎呀，不太清楚啊。"

结果从木下兴业没得到什么新的消息。

中午过后回到蒲田署，去了组织犯罪对策课。

正好结束小林实夏子的审讯工作的枪械药物对策组的组长、清水警部补刚刚回来。

"怎么样，情况。"

清水把嘴弯曲成"へ"字形，点点头说嗯。

"实夏子上班的那家店在涩谷。药物是在那个区域买的，接下来如果不和涩谷署合作的话恐怕不好办。我们单独行动的话会被攻击的。即便他们不会，目黑也会来提意见的。为什么突然在我们的地盘蒲田来设立搜查本部。就像是到手的山芋被人抢走了似的口气……因此他们想要确认实夏子的家在哪。主要是，没能到手的山芋被我们抢了，在那不高兴地狂吠而已。"

日下先配合着笑了笑。

"那，我跟实夏子谈一下可以吗？"

"啊？……嗯，应该没问题吧。征得她同意的话。"

"当然。那么就这样了。"

然后去 6 层的办公室，填写必要的文件，又下到 2 层。去由总务课管理的羁留室。

现在的警察机构将羁留业务从刑事和组织犯罪对策等这些搜查部门中完全分离出来了。因为不那样做的话，只要搜查员方便一天24小时随时都可以进行审讯，这就有可能引起重大的人权侵犯。

"……根据本人意愿，可以是吧。"

在2楼的羁留办公室提交文件后，羁留管理组长投来严肃的目光这样问道。

"是。最终还是根据本人意愿。"

"知道了。那请来这边。"

"谢谢。"

从那里被带到里面的羁留室。通道的前面，浴室的对面是女性专用羁留室。

坐在门口的管理员看了文件，再把文件拿给小林实夏子。

"……是根据本人意愿的问话，可以拒绝。你怎么决定。接受吗？"

装着强化亚克力板的铁栅栏对面。实夏子用讶异的眼神看着日下和管理员。

"什么，下午是日下先生来审讯吗？"

在搜查户部家的时候，日下作为代表出示了警官证。但是日下没想到实夏子还记得。是不是陪酒小姐这种职业很擅长记住人的长相和姓名。

"嗯。不过正如刚才所说，不是审讯。是根据你的意愿的问话。你有拒绝的权利。"

"关于什么的问话？"

"关于户部真树夫。"

实夏子很无趣的样子叹了口气。

"简直是……躺着也中枪啊。"

日下微笑着接受了这个说法。

实夏子眼睛向上看着日下。

"……请我吃猪排饭吗？"

"对不起。这个做不了。你要自己花钱。"

如果事后说因为想吃猪排饭，所以当时做了虚假的证词之类的会很麻烦。

"那……抽烟呢？"

"嗯，如果不多的话可以。"

突然，她的表情不再那么严肃。

管理员一个劲儿地看日下，不过日下觉得抽烟之类的应该没问题吧。

结果，实夏子答应了。

"好吧……我去。只把我自己关在这里，那家伙不进监狱的话太亏了。"

管理员也点点头。

"知道了。现在让你出来。请后退。"

实夏子很听话地向后一步，啊——地伸了个懒腰。

日下把她带到三楼的审讯室。用纸杯倒了茶，拿出铝制烟灰缸和自己的烟。Frontier light。

"没有 Menthol 吗？"

日下回头问了里村。里村摇摇头。

“对不起，今天只有这个。”

实夏子一边叹气一边伸手拿起一根。日下用从里村那里借来的打火机给她点了火。

吸了一口——

实夏子深深地吸进去，在嘴里回味，停留了一会儿，又长长地吐了出去。看上去很享受的样子。不由得日下也想吸了。

“……真讽刺啊。进了这种地方，成了让别人给点烟的人。”

“是啊。或许是。”

当然，不给嫌疑人递打火机只是要防止被滥用。

再吸一口，用还残留着指甲油的指甲弹了弹滤嘴。碰响了烟灰缸。

“话说，户部。他去了哪？你知道吗？”

实夏子摇摇头，把下巴侧向一边。

“已经跟之前来的警察说过了我能想到的地方。不过那些都已经查过了吧。”

“是的。你告诉我们的地方都已经查过了。”

日下一伸手，后面的里村就抽出一张资料递过来。是实夏子以前说过的户部有可能去的地方的清单。

“除此之外，还有别的吗？没事干时经常去的电影院什么的。”

实夏子嘲讽地笑起来。

“他不是那种看电影的人……你们不知道吗？那个人是不会特意走到什么地方去看电影的，他没有那种细腻的神经。色情片他也不会去看的。除了做爱的地方他对哪都没有任何兴趣。”

“酒馆，经常去的酒店，这类的呢？”

“和我没去过酒店。兴致来了也是在那个房间里。……我啊，别看这个样子做饭还是很好的。然后给他做过几次饭后，他大概看上我这点了吧。跟我说你一直在这儿吧，要和你一辈子一直在一起，什么的……我也被他蒙住了，认为可能就是这个人了。……不过，过了三个月就清醒过来了。”

以前，实夏子说过和户部在一起生活两年了。

“兴趣啊，喜欢的东西……因为这些结交的朋友之类的呢？”

稍微侧头想了想。不能说是美人，但还是有些姿色的。这样如果再化化妆的话应该会显出她特有的华丽的气质来。

“兴趣啊，喜欢过一阵热带鱼。”

“是吗，热带鱼……不过房间里没有这类东西啊。”

“我懒得照顾，结果都死了。被他狠狠骂了一顿，我反驳他说要不你来照顾不就好了，他气呼呼地出去了，然后就没事了。……我如果认真起来的话，他就退让了，那个人。”

“有没有常去的热带鱼商店什么的？”

“在祐天寺车站附近，不过现在倒闭了。”

“和那个店主，后来还有联系吗？”

“没有。因为鱼都死了啊。”

越问越觉得好像只有主动出击型的人际关系。户部真树夫这个男人。

“没有能称作朋友的人吗？”

“嗯……黑社会关系里好像也没人理他，女人关系……你们不是都查过了吗？”

点头示意。

实夏子将烟头熄灭在烟灰缸里。

"……有段时间，比较迷赛艇，但是这种交情，也只限于在那个地方吧。"

"也不是吧。很有可能因此而变得亲近了呢。"

"但是我想不到还有谁。有那么一阵说过与四郎、与四郎的。不过那个与四郎是哪里的谁，我也不知道。"

真是不好办。

"能再给我一根吗？"

"请。"

再一次给她点火。确实是没有了刚才的那种感动。一脸无聊地吹了一下。

"还有什么……好像有点对不起。没帮上什么忙。"

"不会的。"

"光要烟抽了。"

"要是这么想的话，你想到什么就再说些什么吧。"

实夏子叼着烟抱着胳膊，仰头开始思考。

"……衣服，之类的？"

"衣服吗？"

"嗯。他喜欢涩谷的一家叫'Cain'的店。多少有些黑社会的风格，但不是很夸张，他好像喜欢这种感觉。"

先让里村记下来了，虽然不抱什么希望。

"还有呢？"

"嗯，还有就是……"

这次是低下头。

"啊，对了，别看他，对健康还是格外用心的。"

"哦。比如说呢。"

"说是理所应当也是理所应当的。他和别的女人做的时候，好像都要戴好安全套。说害怕得艾滋病。还有性病，叫什么……淋病啊，衣原体感染啊，说以前得过几次，太讨厌那种痛苦了，所以都是戴好套做的。"

"有经常去的医院什么的吗？"

"也是涩谷吧。道玄坂中央诊所……那个地方还介绍我去过。"

这个谨慎起见也记下来了。

"其他的身体上有什么老毛病吗？"

如果是严重的问题，应该是有常去的医院的。

"老毛病？我想没有吧。"

"平时喝什么药吗？"

"嗯……没有吧。没有。那个人不论是兴奋剂还是大麻，什么都不吃。"

"不，不是说那种违法药品，为了健康而吃的药。"

"啊，对不起对不起……睡眠也挺好的。也不用喝安眠药，那个也健康得很。他说过伟哥之类的，到90岁都不需要。我还说你那个球寿命真长啊。"

已经从之前的话题转移到让人很难认为是有关健康的话题上面来了。

"喝酒也挺凶的吧。肝脏什么的，都没事吗？"

"嗯，好像蛮健康的。不过，不都说是沉默的脏器嘛，也有可能只是没发现有什么不好而已。但是他参加公司的体检，每次都说一点儿问题都没有。不知是不是真的。"

"公司的，说的是木下兴业的？"

"是的。春天做的体检。"

木下经理完全没提到这件事。

实夏子喝了一小口已经凉了的茶水。我特别怕烫，没问她却自言自语地说。

"……喂，日下先生。户部到底做了什么啊？"

日下没有回答。

"杀人，是吧？昨天给我的名片上写着'杀人犯搜查'。户部是杀人了吗？"

倒没想过告诉她后能得到什么东西，只是试一下。

"怀疑他杀害了43岁的木工。叫作高冈贤一的男的。"

"啊……木工吗？"

脸上露出惊讶的表情。

"你想到什么了吗？"

"嗯？不，没有。一点儿都没有。"

还是没戏。

然后，实夏子突然睁开眼睛，站了起来。

"这么说来那个人，在和我交往前，做了个什么手术，还说那个医生特别照顾他之类的，很少听他说这种话。"

"手术？什么手术？"

她突然皱起眉来。

"不知道，不过这边有一个手术的痕迹。"

实夏子比画的地方是右胸的下面。

——是肺吗？……不，是胆囊？

被一种从脚底升上来了强烈冷风的幻觉所环绕。

——胆囊的手术疤痕，这样说的话……

回头看，里村的表情也僵在了那里。

"之前的尸体照片，有吗？"

"是，有，有……现在拿给你。"

里村翻开文件，在一页文件袋里抽出照片。是手术疤痕最清楚的一张。

日下把照片转向实夏子。用烟盒挡住了被切掉的肩膀的伤口部分。

"能看一下吗？"

实夏子的眉宇间竖起深深的皱纹。

"哇……这是什么？"

"这个手术疤痕，有印象吗？"

整个表皮白得已经不像人的皮肤了。因为由于淤积了腐坏气体而反复膨胀和收缩的腹部上，有几根蜘蛛网状的龟裂。

但是，与腹部有些距离的，这个右胸下侧的手术疤痕应该还是比较接近生前的状态的。由于没有血色了，所以颜色上可能感觉不太一样。但是伤口的形状本身应该没有太大变化。

"……这……是怎么回事？"

实夏子像是在黑暗中迷路了一样，视线向四周漫无目的地来回转。大概是在寻找最坏的推测之外可能成立的合理的解释。

"这个手术疤痕，有印象吗？"

面无表情地微微地点头。但是，不说话。

"这个疤痕，是谁的？"

还在点头。

"是谁。这个疤痕的主人，到底是谁？"

细长的眼睛里，透明的泪珠，涌了上来。

对这个女人会流泪感到有些意外。

这也是为了那个厌倦了的，不正经的情夫。

"……是户部……户部，真树夫……"

实夏子推开烟盒和户部的手，盯着照片。

"……啊……户部……"

日下起身。

"里村，下面就交给你了。"

"好的。"

走出审讯室。

感觉到自己非常慌张。但是，他安慰自己说，并不是不可以这样。

——开玩笑吧……这样的话，被杀的不是高冈，而是户部了。

连向对面走过来的人问好都顾不上了。

——怎么办。从哪里开始重新搜查。在哪里出错了。差错是从哪里开始的？

等电梯太急人了。

直接从楼梯跑上去。

3

约定就是约定。

玲子去了大和田屋，和国奥、井冈三个人点了鳗鱼饭。

另外，和跟踪中川美智子的汤田提前说了下午也没法去替班了。

"……主任。这样真的行吗？"

井冈环视着稍微高出来一些的榻榻米房间。

"没关系的，反正重新鉴定的结果要 9 个小时以后才出来。"

玲子挂断和叶山的电话后，又联系了警视厅本部的科学搜查研究所，委托他们进行了 DNA 的重新鉴定。当然是有些独断专行，不过如果先和本部说明情况的话就来不及了。理由回去之后慢慢说好了。另外，从国奥这里得到了正确的 DNA 鉴定方法的指导，跟科学搜查研究所说了按这个方法进行。

"是啊……"

看了一眼贷款买的宝格丽手表。刚刚 12 点半。

"一个小时之前联系的……不管怎么说又要到夜里了。"

"不过，只有我是松，真的没关系吗？"

看着端上来的木盒，国奥眉开眼笑的。

"请用，不要客气。因为您给了我非常有参考价值的鉴定结果。"

"主任，我也要……"

简直是，我、我、我的家伙们真烦人啊。

"你就不用了。"

玲子和井冈是梅。碗里盛着满满的大酱汤。

"……老师的汤里有小沙丁鱼。"

"我们的里面也有，你看，三叶草啊。看起来很好吃哦。"

不过，现在不是安下心来慢慢吃饭的心情。

赶快吃完，快点结束吧。

"我开动了。"

"喂，猩猩先生。帮我取下辣椒。"

"好好。我帮你倒吧。"

"不用了。要是给我弄多了，我哭都没地方哭去啦。"

这种东西要想快点吃的话3分钟就吃完了。

"……小姬，你不要慢慢品尝吗？"

"不要吵……快速吃饭是警察的本分。井冈你也快点。"

"主任。你掉饭粒了。"

嗯。即使吃得快，好吃的东西还是好吃。

啊，真好吃啊。

"……吃饱了。走吧井冈。"

"我，还没吃泡菜呢……"

"老师您慢用。"

国奥露出他拿手的哭相。

"你好忙哦……我会想你哦！"

"这边忙完后，我们去吃陶壶炖菜吧。啊，老师。那，下次见。"

"小姬……"

穿上大衣，穿上鞋后，把小票拍给了井冈。

"哎，干什么？"

"今天没带现金。先借我。"

"嗯？开玩笑吧？"

"真的真的，先帮我付了。"

"真的会还我吗？"

"会还会还。不要一件小事啰啰唆唆的。你是男人啊。"

"真过分啊……真是的……"

好了，继续工作！

回到蒲田搜查本部正好是两点左右。

"……怎么回事，姬川，真早啊！"

坐在上面的今泉目光从文件上抬起。玲子把包放在经常坐的座位上，只取出了文件。

"系长，我有重要的话要说。"

环视四周。管理官桥爪可能去了别的搜查系，不在这里。剩下的只有两三个办公室的勤杂工。

今泉从她脸色上也有些觉察，不由皱起眉。

"……什么事？"

"嗯。是关于从多摩川打捞上来的尸体的躯体部分，我有要汇报的情况。……首先是关于这个喉结部分的缺损。"

打开文件，在照片上指出这个部分。

"有看法说，这是由电流斑引起的烫伤，在水中溶化后形成的疤痕。"

今泉闭上眼睛，微微低下头。

"又是，国奥老师吗？"

"是的。我个人委托他进行了鉴定。"

"文件呢？"

"是我复印后，我交给他的。"

"你怎么……像这种过后很难解释的事情，也不经过我的同意就去做。"

"对不起。"

不过，只要道歉就没事了。玲子和今泉是这样的一种关系。

"也就是说，高冈的死因是触电身亡，你是想说这个？"

"你听我接着说。"

今泉一边点头一边叹气。

"既然是触电身亡，就要有能导致触电身亡的电源和能够移动的电极。于是比起屋子外面，屋子里面进行犯罪的可能性更高。现在，最容易想到的就是仲六乡的车库。杀人地点和分尸地点是同一场所……是这么回事。"

不知是因为兴奋还是什么，井冈的呼吸声有些烦人。侧眼瞪了他一眼，不过好像根本没有觉察到。

"……然后，嗯，电源不成问题。因为有两个插座。只是，作为凶器的裸露的电极的话……我认为会不会是这个呢。"

翻资料。拿出在车库没收的电锯的照片。

"这个电线的中间有修理过的地方。有必要查一下这是什么时间修理的，我先要获得剥开这个胶带进行搜查的许可。"

285

确实如果没有申请就去做的话，会因破坏证据而被严厉追究责任。

"知道了。那是要把它拿到科学搜查研究所去是吧。"

"是的。"

"就这些吗？"

"不，还有……不过，要稍等一下。"

计划中叶山那边应该有消息了。

用手机稍微催他一下。

"……你好，我是叶山。"

"是我。怎么样。知道些什么了吗？"

"嗯。的确内藤和敏因事故受了很严重的伤。他驾驶的那辆车据说没有安全气囊，和敏的胸部撞击到方向盘，造成复杂骨折。搜查书上写着虽然没有生命危险，但断掉的骨头插进肺里，伤势严重。已经知道被送去的医院是哪家，再给我些时间的话，或许能找到执刀医生，问清楚是多大的手术。"

"知道了。尽量去问一下。不过晚上的会议要回来。那个搜查报告能复印的话就复印，不能的话摘抄些要点回来。我已经回到搜查本部了，要是对方说到许可的问题，可以让我来处理。刚才已经跟系长通上话了。"

"知道了。我这就去。"

挂了电话，今泉咳嗽了一声。

"怎么回事？"

"是。"

玲子再次指着躯体的照片。

"这个尸体。除了这个胆囊炎手术疤痕之外，没有记录其他手术疤痕。但是这个尸体是高冈贤一的同时，也应该是内藤和敏的。也就是说，这个尸体上没有留下 13 年前的车祸受伤时的任何治疗痕迹，这是很奇怪的。"

今泉眯起眼睛，表情严峻。

"……什么意思？"

"意思就是：这个尸体，有可能不是我们认为的那个人的。"

"你是说，不是被视为被害的高冈贤一即内藤和敏的？"

"是的。"

"那，是谁的？"

"大概是户部真树夫的吧。"

今泉哈地吐出口气。

"你说什么呢。这个躯体是高冈的，这是 DNA 鉴定已经证明的了。"

"不。这次的错误，我觉得首先就出现在这里。"

玲子翻看文件，重新找出记录着对东朋大学的梅原的问话的那一页。

"这个躯体的 DNA 是从司法解剖时采集到的体内的血液中提取出来的。因为这个躯体长时间暴露在水中，从表面上已经采集不到血液了。这样一来，在司法解剖中提取 DNA 时，一般来讲，主要是从其样本源取得血液。"

"这个应该不限于司法解剖吧。"

是不是我的说法不太好？

"是的。关于 DNA 的提取一般都是那样的。……然后，从这个躯体得到的 DNA 样本，和两个现场采集到的血液，以及从左手腕上采集到的 DNA 类型进行比对，得出了是一致的这样的结论。从这里推导出左手腕和躯体是同一人的意见。"

"这有什么疑问吗？"

玲子非常明确地大大地点了点头。

"是的。问题就在于手腕的 DNA 样本的采集方法上。刚才向科学搜查研究所进行了确认，据说这个部位的 DNA 是从附着在切断面上的血液中提取的。具体的鉴定程序是用专用棉签蘸取左手腕的裸露的肉的部分，从附着在上面的血液中提取细胞，进而提取出 DNA 样本，用 PCR 设备进行增幅，用 MCTI18 进行类型的判定，然后与通过其他方式采集到的血液痕迹的类型进行比对，结果判定是同一类型。但是。"

稍微喘口气。

"……如果是罪犯故意的，将这个手腕泡在装有别的什么人的血液的袋子里的话会怎么样呢？具体来说，放着那个左手腕的塑料袋里，装着左手腕和别人的血液，会是什么结果呢？实际上，被发现时左手腕已经被血浸染，基本上变成了红姜的颜色了。"

今泉沉默不语，从相反方向看着本子上的记录。

"也就是从左手腕的切断面上采集到的，是和左手腕没有关系的其他人的 DNA。"

"为什么这么做。"

"高冈贤一为了让别人以为自己死了。"

今泉伴随着叹气从嗓子里发出嗯嗯的声音，他抱起胳膊，紧皱眉头。

不管他，接着说。

"不确定高冈贤一有多少关于 DNA 的知识。但是，想让别人认为手腕和别人的血液是相同类型的，所以把它浸泡在被人的血液里，这个想法本身是非常简单的。我们完全被这个简单的想法所迷惑了……"

又回到了躯体照片的那一页。

"伪造指纹是很困难的。而且警察能够准确地确认出是谁的指纹。这即使是外行一般也会想到。正是因此，高冈才自己切断手腕，留在了现场。让自己的手腕吸满户部的血液……然后肢解其他部位，丢弃掉，这样的话指纹本身是高冈贤一的，所以那大量的血，后来打捞上来的躯体部分，也会被认为是高冈贤一的。……当然，也许不会想到躯体被打捞上来。"

今泉松开胳膊。

"……但是，像每次一样，你的推理中有太多不确定因素。在掌握到的现状中，你能作为根据的，只有同时应该是内藤和敏的那个躯体上没有 13 年前的治疗痕迹这一点吧。"

"是的。所以，我委托了科学搜查研究所重新进行 DNA 鉴定。"

咕地，今泉的喉咙响了一声。

"你……又自作主张！"

"对不起。但是，是紧急且必要的。……还有，我不太想说这种事，我认为最开始的鉴定失败，责任在于一个劲儿地催促科学搜查研究所的桥爪管理官。说是需要 9 个小时，等 9 个小时就好了。"

"不过，不管怎么等如果是用同样的方法采集的话，这次也只能出来同样的结果吧。"

"不需要担心这个。和国奥老师商量过，这次告诉科学搜查研究所将左手腕的指尖切开，从内部直接取出细胞，从这个细胞中提取DNA样本，然后增幅，进行鉴定。再怎么样，切断的手腕的指尖里也不可能浸染上他人的血液。"

今泉摇了摇低垂着的头。

"你这家伙……是什么跟什么啊……"

"对不起。真对不起。"

这次正式地低头道歉。不知为何井冈也在旁边低下头。

"……关于内藤和敏13年前的治疗痕迹，打算让叶山带回报告来。DNA重新鉴定的结果我想要到晚上8点半左右才能出来。"

这时，听到有人粗暴地打开礼堂大门的声音。回头一看，竟是惊慌失措的日下向前倾倒着闯了进来。

"系长！"

"怎么了？"

这是从哪里跑来的啊。气息完全乱了节奏。

两手撑在今泉的桌子上，眼睛向上地看着今泉。

"系长，请听我说。"

"啊，好。你先沉住气。"

"我，已经沉住气了……"

日下好像意识到并非如此，深吸了一口气。

"……好了。嗯，刚才，小林实夏子对打捞上来的躯体部分做出了重大供述。……那个躯体，是户部真树夫的，看到右胸下面的，胆囊手术疤痕后，她这么说的。"

瞬间，玲子在心里"啧"的一声，还有这招啊。

不过，算了。

日下不可思议地看着玲子和今泉。

"……什么。你们不感到吃惊啊。"

是的。现在玲子心里想的不是吃惊。而是比日下早一点找到真相的那种优越感。

4

日下马上联系三岛耕介。说有事情要问他，让他尽量快点到蒲田署来一趟。三岛说现在正在工作，做完手底下的活儿就早些收工过去。

傍晚6点叶山带回了在川口的搜查报告。

受伤情况和刚才玲子在电话中听到的一样。叶山还报告了到医院找到执刀医生问话的结果。

"遗憾的是病例已经被销毁了，不过执刀的池尾辰夫医师当时还在南埼玉中央医院工作，对于夫人死亡，儿子病重失去意识，之后陷入全身麻痹的这次事故记忆尤新。得到了医生的证词说，内藤和敏应该留有不小的手术疤痕。"

玲子不由得拍了拍他的肩膀。

"小则，像个警察的样子。"

叶山的脸颊向上吊起了将近两厘米。

——小则，刚才难不成是，笑了？

作为支援一起去的石仓也露出很满足的笑容。

三岛耕介就在这个时候到达了蒲田署。

日下在内线电话中答道马上过去，玲子戳了戳他的胳膊肘。

"日下。请让我也参加对三岛的问话吧。"

在旁边的里村一脸惊讶地看着玲子。

"拜托你了。不会做任何多余的事情，让我来做记录吧。"

日下皱起眉，看了看里村。他微微低下头表示回应。交涉成功。

"我们倒是没有问题……怎么样？"

日下又向今泉取得确认。玲子回过头，今泉抱着胳膊，轻轻地点点头。

"你们要是没问题的话，那就……这样吧。"

"谢谢。"

玲子低了三次头，向今泉，日下和里村。

"玲子主任，那我呢？"

对了。他也有重大的任务。

"啊，井冈君你把那个圆锯送到科学搜查研究所去。坐电车也行，署里能出车的话坐车去也行……可以吧，系长。"

确认今泉再次点头后，玲子走向礼堂的出口。

井冈在背后叽叽咕咕地说着什么，这之后就不知道了。

第一次近距离接触的三岛耕介，和至今为止听到的一样，是一个与耿直这个词语很相配的好青年。

不知是不是很小就开始做体力活的缘故，厚实的上半身非常健壮，而且让人感觉可靠。明明还不能算作大人，可已经有了让审讯室感觉狭小的存在感。

"……其实，我们发现之前说的案件的经过中，有一个严重的错误。今天要谈一下这件事，希望你还能协助搜查。"

玲子认为日下的声音听起来和平时一样，但里面一定有着不安。而恰好昨天在搜查本部又开了记着见面会，声明了 DNA 鉴定结果是手腕和躯体为同一人。那边还话音未落，这边就要承认其实弄错了，这对于日下来说应该是最让他感到羞耻的事情了。

——不过，我到不怎么介意。

耕介认真地点点头。日下静静地吐了口气。

"今天得知，你发现的那个左手腕和 15 号在多摩川打捞上来的躯体，有可能不是同一个人的。"

耕介一下子皱起眉头。

"我们进行了指纹比对，那个左手腕是高冈贤一的没有错误。但是车库和遗弃车辆中的大量血迹，以及躯体部分，是别人的。"

日下喘了口气，耕介茫然地张开嘴。

"……别人，说的是……"

"现在正在进行各种数据的比对，大概是户部真树夫吧。"

惊愕的神情在脸上蔓延开来。张得大大的嘴停在那里一动不动，好像连呼吸都忘记了。

"现在能想到的就是这样。高冈贤一 3 号晚上，在仲六乡的车库里和户部真树夫发生争执后，杀害了户部。具体的，触电致死的嫌疑很大。从目前的情况看，使用的凶器应该是电锯的断掉的电线部分。顺便问你一下，那是什么时候断掉的？"

耕介仍然回答：被杀的那天傍晚。还说当天工作时没有修理。

"是吗。知道了……嗯，然后高冈大概是杀掉户部之后，修好了那个电锯，将户部的尸体肢解，装到轻型货车上。在那之后，自己切断了自己的手腕。"

耕介轻声说："怎么会。"

"他是为了制造出看起来被杀的是高冈，杀人的是户部这种情景才这样做的。"

从外面都能轻易地看穿现在耕介脑子里在盘旋的事情。高冈不是被杀了，是高冈杀了人。而且杀的是户部真树夫。为什么？为什么？为什么——

"也就是说，高冈贤一现在仍有可能在某个地方在失去左手腕的状态下活着。如果是在某个医院接受着护理还好，如果不是那样的话，应该是陷入极度危险的状态了。"

为什么高冈要杀户部？恐怕耕介应该能够想到那个动机。

13 年前的车祸以后，丢掉了作为内藤和敏的人生，而驱动他的往往是他心里那种强烈的"父性"。这次罪行背后，一定也是这个。而且耕介不可能感觉不到那个"父性"。

玲子能看出来。

从这双眼睛——

虽然从小就失去了父母，但耕介的眼神是非常清透，非常坚定的。这是一直受到关爱，感受到爱，并能在自己的身体中孕育出来爱的人才有的眼睛。

耕介有高冈贤一。

只有血缘的不是父子。不是一家人。

到现在也还这么想。

成长中没有感受过爱的人的眼睛，是迟钝的，而且是冰冷的。用角膜遮蔽了感情，对什么东西都视而不见。所以才会若无其事地做出残暴的行为。如果说这次的相关者中，户部真树夫恐怕就是那样的。

正是因此，耕介对那件使得高冈不得不对户部下手的事情感到无比后悔。高冈因为他的父性，犯下了又一个罪行。

玲子终究不能闭上眼睛逃避。但是也不能简单地下一个有罪的判定，就在那冷眼旁观。

为什么呢？因为玲子本身，也是罪人——

和犯法的那种不同。但是她让杀意栖居在了自己的身体里。她有这样的罪。想亲手杀了强暴自己的那个男的。想让杀害了自己部下的家伙去死。在心里某个地方一直这样想。

在这种意义上，玲子的父亲也同样是罪人。玲子对于因为自己才使爸爸那样去做更加感到罪恶，但同时也感受到了大大的爱。

"三岛。高冈会去哪里？你能想到吗？"

玲子在心中发出了和日下同样问题，而对这个发问让她感到很痛苦。

但是希望耕介能知道。这不是为了要惩罚高冈。这是为了要救高冈的发问。

"……不知道。"

当然，是这样吧。从案件发生开始已经过了两周了。时间上已经足够让他认识到他已经失去了每天一起开车、一起工作、一起吃饭、一起笑的高冈。突然问他，高冈去了哪里，他也不会马上想起来的。

或者说，想要问高冈去了哪里的，更应该是耕介吧。

"根据我们的搜查，得知高冈贤一有一个亲姐姐和儿子。你知道他姐姐吧……内藤君江。儿子是雄太。比你小两岁。现在在东京都内的医院住院。回顾高冈贤一的过去，能够称得上亲人的，也就是这两个人了。但是高冈没有去那里。现在在这两个地方增加警力进行搜查，但还没有发现高冈贤一的报告。"

不停地眨眼。耕介突然被告知那么多事情，能看出来他脑子里已经乱作一团了。

"……除了这两个人以外，和高冈贤一有着深交的，只有你，三岛一个人了。要是想到什么一定告诉我。什么事情都行。什么地方都可以。"

玲子一边盯着耕介，一边想象着那天晚上的高冈。

他在用电锯锯掉自己的手腕的时候，心里在想什么？他在把户部一块块的尸体搬运上车，手握方向盘的时候，心里在想什么？在那晚的小雨中，他又是以怎样的心情，一次次往返于黑暗的大堤的土坡，往返于长满被淋湿的枯草的河堤的呢。

高冈只有一只手了。他一定是一边忍着左手的剧痛，一边用剩下的右手，拼命地把户部的尸体拢到一起，再运走的。决不能断气。都做到这个地步了，决不能在这时候放弃。一定是一边这样鼓舞着自己，一边一次又一次地往返于大堤上的车辆和河边的。

咬着牙，擦着黏汗，抵抗着寒气和自己身体发出的恶寒，脑子里只想着卧病在床的儿子和耕介——

啊！……

突然脑子里迸出一个黑色的烟花。

——笨蛋……我真是个笨蛋……

同时，眼睛里充满了眼泪。

——我，见过高冈。

切断自己的手腕，处理完一个成人的尸体的高冈，不可能还有逃到其他地方的体力了。把那个轻型货车遗弃到大堤上不是为了让别人看到，以为自己已经弃车逃跑，而只是因为高冈已经没有开车的力气了。这样的高冈能逃匿的地方——

首先注意到玲子的异常变化的，是耕介。

然后，日下才顺着他的视线回头看去。

"怎么了？姬川……"

玲子摇摇头。但是那意味着什么连自己都不知道。

"三岛君，和我一起来……"

玲子站起来，握住那放在桌子上的厚实的右手。

耕介一脸茫然地看着玲子。

"……快点，起来。快点我们去见高冈。"

咣当，耕介坐着的椅子倒了在地上。

终章

　　不过，俯视着一动不动的户部我想到的，还是我的亲儿子，雄太。

　　作为内藤和敏死去后，我成功地让姐姐君江拿到了总共 3500 万日元的死亡保险金。在那之后，作为高冈贤一工作的时候，也是每个月都会给她寄 7 万日元。

　　作为内藤和敏死去后，和姐姐一次都没联系过。但是从在远处偷窥过她，她非常憔悴。

　　以前是一个很漂亮的人。她很得意自己的皮肤白。可是现在她的皮肤不知是不是由于喝酒的缘故变得又黑又红，而且穿得土里土气也能满不在乎地出门了。

　　她生活得并不轻松，我能一目了然。不过即便那样，她也在尽力照顾着雄太。

　　从远处看到二楼晒出的儿童用围嘴，一年比一年大。一面觉得对不起姐姐，同时确认到雄太还在继续成长，心里又觉得热乎乎的。

但是，现在——

我竟然成了杀人犯。这样的话即使我死了，也不能再让姐姐领取5000万日元的死亡保险了。

说实话，自己什么时候死去都无所谓。倒不如说我觉得这个假冒的人生真正的意义就在于再次死去。

但是，那也变得没有意义了。

不，等等。

应该还有办法。

我想到这个是因为一个特别简单的原因。

户部和我的血型都是 A 型。这本身绝对不是什么稀奇的事情，但对我来说我感到这就是天上的一道光明。

能不能好好处理一下这里，好好收拾一下，制造出我死了的假象呢。杀了我的人是户部，这家伙不知跑到哪去了，能不能让人看起来是这样呢？

我先把修了一半的圆锯修好。然后戴上劳动手套，开始肢解户部的尸体，为了一会儿好搬运。

首先是头，用刀刃较长的切割刀，从下颌的下面切进去。很像让断掉的电线露出芯来的操作。不，我自己跟自己说着：很像，然后拼命地继续着手上的动作。

切断大动脉后，血像打翻了的蜂蜜瓶子一样，汩汩地，以无法挽回的态势，在水泥地上扩散开来。

也有不好割断的筋和软骨一样的东西。皮肤的下面有脂肪层，脂肪渗入手套里，沾到手指上，拿着工具直打滑，影响了效率。

但是割断骨头还是比较轻松的。不管怎么说因为有圆锯。只要按住扳机，不管多粗的骨头瞬间就能搞定。

我用切割刀切掉周边的肉，有时也用锉，用圆锯割断骨头，就这样把户部切分成一小块一小块的。割断的部位尽量选择离关节近的地方。顺利的话切开肉之后将关节朝反方向一折就能取下来。另外，我还留起来一部分后面要用到的血。正好有塑料袋，我就往里装了满满一袋子。

肢解完尸体之后，车库的地板上已经成了一片血海。实际上我被滑到了两次。我也浑身是血。

将户部的各个部分用工地上养护作业时用的塑料膜卷起来。直到最后我都在纠结要不要把躯体也分成两半，不过想到内脏出来的话不好处理，结果还是放弃了。脱下的衣服塞进车库的纸袋里。但是，只有鞋被我穿上了。因为我想穿着这双鞋在这里走走的话就能造成户部还活着的假象。

然后，打开卷帘门，倒车到车库中间的位置。

打开后门，一个一个地把那些部位放到货架的下面。弄错就麻烦了，所以只留了头和左手腕没有放上去。

然后，从现在开始，才是关键时刻。

我又把车开到门外，回到车库，关上卷帘门。

首先，用车里的毛巾，做了一个头带。摘下左手的手套，塞进嘴里。从上面卷起头带，把它咬在嘴里，然后从后面绑紧。牢固地绑紧。口中渗出了户部的血和脂肪，我把那当成一杯相互叠加的罪恶的酒吞咽进去。

接下来将粗电缆缠绕在左手腕上。一圈一圈地缠。然后紧紧地系上，好让血流停止，手腕能够掉下来。最后使劲儿地卷到板凳上。

然后就是切割刀了。

在准备接血的桶上架好已经黏糊糊的切割刀。

好。和切割户部时同样的要领，切进去。

切出了几道犹豫的伤口。心脏发出从未听到过的响声，让全身的血液出乎意料地沸腾起来。

不行，这样不行——

我无数次深呼吸，决定数到20，就一鼓作气地切下去。

"……呜……"

终于切割刀已经有一半切进自己的手腕了。

全身的毛孔全部张开，黏汗像涌起的水花一样喷涌而出。

伤口上的神经疼得发出声音，那个声音已经吵到让我听不到其他任何声音了。

但是，还不行，还不能昏倒过去。

使出浑身的力气，举起圆锯。将圆锯的刀刃轻轻插进已经失去力气的左手腕的伤口，插进鲜血不停地涌出的红肉之间。

到了这个时候，还在犹豫什么？自己也不知道。我用肩膀不停地擦拭着黏汗，眼睛直瞪着掉下一半的手腕和被血浸湿的圆锯的刀刃。

切下去，切下去，切下去。

按住扳机，一口气，压下去——

我咬烂了手套，嘴里发出悲鸣。

我大叫着，几乎要把喉咙喊破，要把脑袋震破了。

我大哭着，几乎要把内脏都哭出来了。

接着按了扳机。压了下去——

切割骨头的振动通过手肘传到肩膀，在全身像疯了一样狂奔。

啊啊——！

我咬着手套，在毛巾的里面。

啊啊——！

更加疯狂了。

啊啊——！

然后手腕哐当掉了下来。

剩下的皮，用右手切断。

不。我已经疯了。

*

坐上出租车，告诉司机要去多摩川河堤。

在车上三岛耕介一句话都没说。坐在副驾驶的日下也始终保持沉默。

让司机在第一京滨过了杂色站附近的位置右转。玲子问司机：这前面有一个寺庙是吧。司机看了一眼车载导航仪，说：啊，安明寺，语气好像知道一样。搜查刚开始几天，借了那里的接待室作为夜里的盯梢据点。

开到那边后，道路好像已经被多摩川大堤堵住了。往左或往右走的话也有能上大堤的坡道，不过玲子说到这就可以了，让车停在了这里。日下默默地付了车费。

玲子先带着耕介下了车。右手边看到了步行用的台阶，从那里上去。日下马上也从后面追了上来。

站在大堤上，放眼望去，多摩川河堤简直就是漆黑一片。

没有街灯，对岸的建筑物的光亮多多少少倒映在河面上。河堤本身只有漆黑的、平坦的、沉默的黑暗。

日下拿出来的手电筒的光亮最多也只能照亮脚下。不过那就可以了。玲子心里，交织着急于看到结果和不想看到结果这两种心情。像这样一步一步地慢慢地往前走刚刚好。

不会一直抓着耕介的手。在坐上出租车时就放开了，车行进时候也一直那样了。但是下车的时候又抓住了。上到大堤上，又要往下走的这个时候，玲子还在抓着他的手。

硬硬的皮肤。厚厚的手掌。粗粗的手指。这样的温暖的手。

劳动的人。与这个词很相配的手。

从步行用的台阶上下来，向河床的右斜方前进。方向完全是蒙着走的。不过应该不会有太大偏差。来到高高的杂草附近后，接下来应该就可以凭电灯的光亮去找了。

玲子突然脚底下又滑了一下。耕介用力地往上一拉没有让玲子摔倒。谢谢。说了谢谢但耕介却没有回应。

来到了杂草的篱笆墙前。稍微往左走了一点儿，但感觉不对，又回到右边，便看到了之前的那个缺口。

停下来，向日下点头示意。本想自己先进去看一下，不过日下迈步走向了缺口的亮光处，玲子又觉得这里还是应该让他去。

日下的背影在被灯光照射的帐篷的白色中显得很黑。他把手举过肩膀，示意玲子他们停下。

仔细一看，还和那天一样，晒着三双鞋。日下上到高一些的地面，谨慎地窥探着内部的情况。

帐篷的入口也和那天夜里一样打开着。日下用手电筒向里面照去，环绕了一周的亮光被全部吸收，现在帐篷开始发出弱弱的光。

在河边的黑暗中浮现的四方形的亮光。

放河灯——

脑子里浮现出这个词的时候，耕介突然紧紧地抓住了玲子的手。

日下手中的手电筒慢慢地从帐篷的内侧开始一点点掠过。好像是因为风向变了，鼻子里又钻进了那股恶臭，可今天没有堵住鼻子。毫无保留地去呼吸吧。玲子在心里决定。

终于，从入口露出脸来的日下无言地点点头。

玲子把手松开，耕介看着玲子像是要问她什么意思。

玲子小声说：去吧。耕介像踩着云彩一样，一步又一步地靠近帐篷。

向上走了一段，在入口处和日下擦肩。手电筒还是日下拿着。从那里照向里面。

玲子也来到了入口。

日下朝里面看了一会儿，玲子站到身边后，静静地转过身，低垂着眼睛，摇了摇头。日下只在右手戴了白手套。

干爹——

那个仿佛要把身体撕裂般的叫喊，渐渐融化在河边的黑暗中。

干爹——

恸哭渗入地面的土里，不久又像是腐朽了一样，慢慢地变小。

日下跟玲子说替一下我，然后向后退一步让出了位置。玲子接过手电筒，向日下刚才那样，同时照着耕介和他对面。

日下向外走出几步后，拿出了手机。背景灯点亮后，他的侧脸便浮现在黑暗当中。紧皱着眉头，使劲儿地咬着后牙。

我是日下。发现嫌疑人高冈贤一。已经死亡。应该是死后数日了。

对方应该是今泉吧。取证的去接班后就回来吧。听到了那个声音。

挂掉电话的日下一边叹着气一边往回走。

"手里攥着一张旧照片……和他在游乐园拍的。……高冈也还很年轻。"

摘掉白手套，放进口袋里。

玲子的手中，还留有一丝耕介的温暖。

实际的取证工作在次日展开，从帐篷内部的地面上发现了户部真树夫的左手腕和头部。

同时，高冈贤一的尸体仍然被送到了东朋大学的法医学教室，接受司法解剖。

据说是死后四五天了。

鉴定结果认为由于切断左手引起失血，陷入循环性休克状态，进而引起全身的小血栓症、血压和组织酶压下降、血管收缩以及毛细血管障碍，由此引发体内的所有脏器功能缓慢下降，最终导致心肌衰竭。

另外据说由于暴露在寒冷干燥的空气中，裸露的脸面部分已经呈现出木乃伊化的初期状态。如果再不慎使用暖气等设备的话就会快速腐烂，所以 19 号那天应该处在三岛耕介即使看到了也辨识不出是谁的阶段。

之后又继续进行了鉴定，确认最初发现的左手腕和在河堤的帐篷中发现的尸体是同一人。

另外也明确了多摩川打捞上来的躯体是户部真树夫。是通过次日再次对户部所住公寓进行搜查时没收的梳子上附着的头发发根确定的。

只是，不管怎样弄清、弄清了什么，嫌疑人高冈贤一已经死亡的事实是改变不了的。即便送交检察也绝对不会被起诉。已经知道案件的结案不会看到法律上的解决。但是即使知道，也要通过警察的手来证明高冈贤一就是犯人。为了证明这点，接受送交的检察官就要重新清查案件，因嫌疑人死亡而不起诉该案件。还需要这种法律程序。

然后，这个工作由谁来做呢，实际现场责任人搜查一课十系长今泉警部和现场主任日下警部补以及玲子。其他搜查员是 C 级待命，实际上是进入休假了，而玲子他们三个人还要在总部官厅的六层、搜查一课的大房间里每天因准备文件而忙碌。

必须要写的文件名副其实地有山一样多。

全部搜查员的全部报告书的清单，全部证人的供述搜查书的整理，最终高冈死亡场所的发现现场搜查书，再加上各种鉴定书的检视报告。后面还有井冈拿到科学搜查研究所的电锯的电线部分的鉴定检视报告。虽然说日下来做搜查户部家的所有内容，但这次还要证明高冈贤一是内藤和敏并形成文件。因此，作为杀一个人的案子来说，文件简直多得离谱。再加上写的顺序和参考的编号如果弄错了的话，前后文有可能就对不上了。

——啊啊！真是，好麻烦！

玲子忍不住看了一眼隔着三张桌子的日下的侧脸。

让人恼火的是日下对这种工作非常擅长。一副若无其事的表情，像穿孔机操作员一样敲着笔记本电脑的键盘。到底为什么那个年龄的人能打字打得这么快啊。纯盲打。一般超过四十岁的警察连打字机用起来都很费力。

——是不是偷偷去学了电脑。真卑鄙。

现在玲子正在整理的是确认高冈死亡后发现的新的事实。

据说高冈在3号丢弃了被肢解的户部的尸体后，去找了那个白帐篷的原先的主人。在那递给他两捆一百万日元的钞票，什么话都没说，请原主人把帐篷让给自己。

那个流浪汉田中正义当然一口答应，把用那个钱买的酒和食物当作礼物加入了住在棒球场对面的那伙人中。原本是被排挤没有办法才在那里生活的，好像二百万日元现金的作用很大。不仅和那些人和好了，而且还几乎升格到领导的位置上了。

当然，负责此事的搜查员问那个田中，看到失去一只手的高冈不觉得奇怪吗？他一副无所谓的样子回答说，到这里来的人都是有原因的，不会一个一个地去追问的。

现在不知道这二百万日元的来路。但是有可能是户部带在身上的。和负责此事的检察官商量，如果没有问题的话，或许可以不搜查这件事了。

然后还有一个，玲子自己想要搜查的事，是关于高冈的驾驶证。

在驾驶证更新中心有以高冈贤一的名义，而且是用内藤和敏的照片进行登记的，普通汽车驾驶证的数据。如果是伪造的还好说，以冒名顶替的高冈的脸，下发了真的驾照，而且还进行了更新。究竟使用了什么骗术啊，玲子绞尽脑汁，可答案却非常简单。

自杀的南花畑的真正的高冈贤一原本没有驾照。所以搬到仲六乡的内藤和敏用他的脸申请新驾照，从开始就没什么不妥。

——啊——啊，花时间搜查真是不值啊。

看一看表，已经下午3点了。

今泉刚才被一课长从大房间叫走了。A级待命是二系，座位非常远。现在，在玲子附近的人很讽刺的只有日下。

——真没办法！

玲子走到咖啡机前，给日下也倒了一杯，然后来到他的座位。

"请用。"

因为知道他喝黑咖啡，所以没有放糖和奶。

"……啊啊……谢谢……"

但是眼睛并没有离开文件，手还保持着打字的速度。真是让人生气的态度。

玲子从日下的长相开始就不喜欢他。

读不出感情的冷漠的眼睛，细细的鼻骨，薄薄的嘴唇——

如果一直盯着这张脸看的话，玲子总会想起那个17岁时的强奸犯。并不是长得特别像，只是看到他能想起来那个人。

但是到现在，她开始觉得这也是给自己的一个考验吧。

玲子在心里的某处想要原谅高冈这样的杀人犯。这是因为自己也想杀了那个强奸犯，或者杀害大塚的那个犯人，也就是潜在杀人者，而且也在默默地希望别人能够原谅这样的自己。

但是，作为警察的自己又不一样。尽管有很多值得同情的点，但高冈犯了法这是事实。自己如果以复仇的名义杀了那个强奸犯，或是杀害大塚的犯人，也同样会被问罪。玲子既不认为那样做没道理，同时又确信法律就应该是这样。

但是怎么办好呢？

大概自己在寻找的，是与法律无关的，对杀意的否定，或者那个理论。想要复仇，也不惜杀人。但是即便那样，也能够控制自己的某种东西。在寻找那个东西。想要找到。不是因为法律上的不允许，而是希望通过自己精神上，能够控制自己的杀意。

所以，认为是考验。和这个与强奸犯有着相近面孔的同事一起工作。还有这个同事在所有方面都和自己格格不入的性格。

偷看了一眼日下的屏幕。现在好像在做两次家宅搜查中没收的东西的名单。

不过，不管怎样努力，这次这个优秀的"有罪判决机器"也没能发挥其真正价值。这样想来，心里有些许的愉悦。

"喂，日下。"

听到了吗？还是没听到？

日下无声的把字打到一行的末尾，敲了回车键，点击保存，再次敲回车，做完这些后，终于转过身来。

"……什么？"

好像很痛似的眨了眨眼。

"啊……我想知道，日下是怎么看高冈的事的。"

"怎么看，是什么意思？"

"嗯……作为家里有个男孩，相同年代的父亲。"

日下很不耐烦地叹了口气，敷衍了事地说了声"我喝了"，拿起杯子。这一个接一个的态度让玲子的神经一根根竖起来。

"说怎么看，有值得同情的点，也有能够理解的地方，但无法共鸣，可以这么说吧。"

"同情和能理解的点是说？"

又是一声叹息，好像要说不要再问这种笨蛋问题了。

"……想要帮助、抚养卧床不起的儿子和三岛耕介，作为男人，作为不管有没有血缘关系的父母，这是能够理解的，也不禁同情他因为这个想法和行动而杀了户部。是这个。"

"那，不能共鸣的点呢？"

又是一声叹气。为什么这个人能若无其事地显示出把别人当成笨蛋的态度呢。而且，这次还一直低着头。

"喂，不能共鸣的点是怎么回事啊？"

"……为什么要问这些？"

"因为你们是同一年代的男人，都是有一个男孩儿的父亲，不是说了吗？"

虽然对于自己固执地要去问他，玲子也感到有些不好。

"……好像，面对你，只能想出那些陈腐的台词。"

"这是什么意思？是我的问题？"

"我没那么说……别再问了。反正也不是什么大不了有见地的看法。"

"没关系的，陈腐也好什么也好。又不是电视上的评论员。"

"那个电视的评论员才是最陈腐的。我是说我不想说了。"

真是的，在这装什么酷啊。

日下摘下眼镜，开始用手指揉眼睛。这是赶我走的意思吗？还是他要想想让我等会儿的意思？连这种叫作对话或动作的时机，或者说叫作节奏的东西都和这个男的完全合不来。究竟他和他爱人两个人的时候是在什么气氛下过日子啊？某种意义上说对此特别感兴趣。

"……不是说孩子是看着父母的背影成长起来的吗。"

然后，出其不意地开始说话。果然是陈腐的台词。

"嗯，是这么说的。"

"这并不只是说孩子要模仿父母做的一切，这里面还有把父母当成反面教材的意思。……高冈两次抛弃了自己的人生。作为内藤和敏死去，作为高冈贤一死去，最后要成为一个无名的流浪汉。"

我想说：不，他被取名为饭塚武士，不过还是不开这种无趣的玩笑了。

"……孩子好像没有看到，其实是一直在看着父母。还是不要做那种无法向孩子解释的，不想让孩子看到的行为吧，不管孩子是否在场。如果想让孩子正直，首先自己做个正直的人，如果想让孩子自力更生，首先自己要做个自力更生的人……总之，就是这个地方吧。"

说是理所当然也是理所当然的，不过有多少父母能够真正做到呢，终究是个疑问。这个世上引发犯罪的仍然大多数还是大人。这其中有孩子的父母也不在少数。另外，虽然并不是犯罪，也有的父母自己什么都不做，却只要求孩子。这种事，确实玲子也觉得"是不对的"。

"对不起啊，竟是些无聊的意见。"

"我并没有这么想……"

也是因为自己一点儿都不可爱，所以他才是这样的态度。经常说互敬互爱。自己如果不想这样的话，对方也不会认为自己是这样，就会陷入恶性循环。

——首先从自己开始……是吧。

玲子有意识地使表情柔和下来，又去找别的话题。

"这么说的话，日下结婚已经很长时间了吧。……怎么样呢？结婚这件事。"

觉得自己已经让了很大步了，可是日下眉头皱得更紧了，眼神也变得严厉起来。

"……怎，怎么了？"

"你们，行不行啊？"

"你们？"

"什么意思？"

"结婚怎么样，怎么样的。这种事，不同的组合肯定是构建起不同的关系啊。"

"不是，我是说。"

"如果那么想知道的话去问菊田。我跟他说过一个更好的答案。我不能不知羞耻地把同样的话说两次。想知道的话去问问那家伙吧。"

这里为什么出现了菊田？

——话说回来，这个人为什么生气了？

日下突然把视线转移到桌子上。

"然后还有……这个。你写的把河堤上的帐篷屋锁定为高冈的潜伏地点的过程说明，这个啊，我看了好几遍还是一点儿都不明白。"

什么嘛，一下子又回到工作上了。

"到高冈已经没有开车的体力了为止还好，然后为什么就马上锁定帐篷屋了呢？他也可能走路逃跑，也可能跳进多摩川里吧。不要靠推测，要仔细整理出曾经走访的时候看见过之类的具体的事实，把这些写清楚。你这样和之前的即使是乱猜但最后猜中了别人便无话可说的这种论断不是一样了吗？……那个，我好像说过好几次了，不是挖出嫌犯就大功告成了，如果这个过程中有坑的话，在判决时还要返回来……"

这时，日下胸前的手机响了。赶快掏出来，在小屏幕看了看显示。

"……抱歉。"

一边打开银色的电话一边站起身向窗边走去。玲子感觉到是家里打来的。

"……是我……啊……什么……然后呢……对方是……芳秀没事吧……是吗……不是，现在在本部……啊，不过……"

看了一眼手表。

"知道了。现在就回去。5点前应该能到吧……我知道。挂了……啊，挂了……啊，好。"

马上回来坐到座位上。开始一个一个地保存电脑上打开的文件。

"姬川。我现在必须回家一趟。不好意思，让我先回去一下。我不会落下进度的，一定能赶上的，也跟系长说一下。"

好像，刚才的话题，就那样结束了。

"啊，好……那个，家里发生什么了？"

沉痛的表情。日下平时不会露出这种表情。

"我儿子……忍受不了被欺负，打了别人。对方和我家的好像都受伤了。"

拔掉电脑的电源，把文件收进抽屉里。

"那么严重啊……系长那边我会跟他说的。"

起身的日下突然"啊"了一声，大衣穿着一半停下来。

"……不小心说漏了。不要说刚才的受欺负什么的，还有受伤。"

玲子点头说好。日下的眼神又严厉起来。

"……还有。刚才的事明天再说。"

什么啊，还没完啊？

日下抱着包，像是抢来的一样，一边整好衣领，一边向出口走去。

——这人……真狡猾。

听到孩子受伤不由自主地有些慌乱的父亲的侧脸。尽管跟妻子讲话语气严肃，却依然藏着一份温存的那个表情。看到了这些后的现在，似乎开始觉得那个背影看起来有点像一个好人了。

——他是一个丈夫，是一个父亲啊。

或许我对日下的讨厌已经变少一点点了，虽然仅仅只有几毫米。

这又让玲子觉得懊恼不已。

虽然懊恼，但那是一种有点像"高兴"的东西，所以就变得更加懊恼。